講談社文庫

キウイγ《ガンマ》は時計仕掛け

KIWI γ IN CLOCKWORK

森 博嗣

講談社

目次

プロローグ——9

第1章　アカデミックな器機——35

第2章　エキセントリックな鬼気——117

第3章　リカーシブな忌諱——201

第4章　アヴェイラブルな危機——283

エピローグ——348

解説　雨宮まみ——368

Kiwi γ in Clockwork

by

MORI Hiroshi

2013

PAPERBACK VERSION

2016

森博嗣

MORI Hiroshi

キウイγ《ガンマ》は時計仕掛け

KIWI γ IN CLOCKWORK

講談社文庫

おそらく創造のためには、「真実」を語ることが、それほどは有効でないだろう。まだ「真実」が保証されないような、あやふやなことを論じあう中で、たとえその九割が虚偽として投げすてられようとも、残りの一割の中から〈真理〉が姿を現わしてきたものである。少なくとも、一七世紀はそうした時代であった。彼らは、「真実の騎士」ではなかった。もっと猥雑な時代を、混沌《こんとん》と喧噪《けんそう》の中に生きたのだった。

（魔術から数学へ／森毅）

登場人物

事件の関係者

柴田《しばた》　修三《しゅうぞう》 ---------------- 日本科学大学理事長
福川《ふくかわ》　啓司《けいじ》 ---------------------------- 同学学長
蔵本《くらもと》　寛子《ひろこ》 -------------------------- 同学副学長
新田《にった》　信一郎《しんいちろう》 ---------------------- 同学准教授
伊納《いのう》　左人志《さとし》 -------------------------- 同学助教
島田《しまだ》　文子《あやこ》 ---------------------------- 同学助教
スマリ ----------------------------- 同学留学生
里見《さとみ》 -- 刑事

いつもの人々

加部谷《かべや》　恵美《めぐみ》 ------------------------- 県庁職員
雨宮《あめみや》　純《じゅん》 ----------------------- ＴＶレポータ
山吹《やまぶき》　早月《さつき》 ------------------------ M大学助教
海月《くらげ》　及介《きゅうすけ》 ------------------- W大学大学院生
西之園《にしのその》　萌絵《もえ》 ------------------- W大学准教授
犀川《さいかわ》　創平《そうへい》 ---------------------- N大学准教授
国枝《くにえだ》　桃子《ももこ》 ---------------------- C大学准教授

プロローグ

有限的な完結を尊ぶギリシャにたいして、この近代ヨーロッパがもたらしたものは、完結することなき〈無限〉の世界像だった。スコラ学者の先例を含め、当面のガリレイやケプラーにしても、〈無限〉への言及は急速に増える。

「箱根《はこね》っていうのは、つまり、どこにあるわけ？」加部谷恵美《かべやめぐみ》は、地図を見ながら呟《つぶや》いた。それはスケール的な地図ではなく、漫画的に描かれた観光地図だった。

「何言っとるの。あんたが見とる、その地図が箱根だがね」駅弁を食べている雨宮純《あめみやじゅん》が箸《はし》を振りながら答える。「ほれ、ここ！　箱根の地図って書いたるでしょうが」

「うーん、だからぁ、箱根っていう地名の場所はどこなの？」

「ほりゃあ、そのあたり全部が箱根なんだがね」

「箱根の山とか、ないわけ？　箱根っていう街とか、駅とかは？」

「知らん……。ない？」

「ないよぅ」

「ふうん、そうなんだ。ま、ほんでも、日本地図を見ても、日本っていう地名はどこにもないわけだで、それと一緒だわね」

「おぉ……」加部谷は顔を上げて、親友を見つめる。「純ちゃん、冴《さ》えてるじゃん。いつから？」

「このまえな、目覚ましを止めようと手を伸ばしたら、スタンドのコードに手が引っ掛かって、それが、こっちへがーんて倒れてきやがってよぅ、頭に直撃だがね」

「うわぁ、痛かった？」

「いや、あの、えっと、冗談だがね、ボケとるんだがね。まあ、この子は……」

「ボケ？　何が？」

「ええからええから。加部谷、弁当、食べんの？」

「うーん、なんかねぇ……、ふう……」

「また、溜息《ためいき》かよ」

「食欲ないんだなぁ。どうも、はあ……、気が重い」

「もしかして、妊娠？」

「違います」

「ははは、わかっとります。なんで？」

「緊張かなぁ、やっぱり」

「あ、なんだ。発表のことか……。そんなの、ただ読むだけだろ？　簡単なこった」

「代わってほしいわぁ。そうだ、純ちゃん、それが仕事だもんね」

雨宮純は、ＴＶのレポータである。アナウンサなのだ。人前で原稿を読むことには慣れているはずである。

「代わったげてもええけども、ほりゃ、そうはいかんわねぇ。私にしてみたら、美味《おい》しい役だと思う。えっらい名誉なことだがね。絶対なにかええことあるって。ほれ、業績？　そんなやつがあるでしょう？　学会で発表したなんて、一般人には雲の上の話、どえらいことしやぁたなぁって、拝《おが》まれるで」

加部谷恵美は、日本建築学会で論文を発表することになったのである。その論文は、加部谷が書いたものではない。大学のときの先輩、山吹早月《やまぶきさつき》が全部書いた。加部谷がまったく知らないうちに、その論文は書かれ、そして投稿されたのだ。ただ、加部谷が一昨年に大学の研究室で書いた卒業論文の成果が、その論文の基礎的な部分になっているため、山吹が加部谷を連名者にしたのだ。かといって、その卒業論文だって、山吹の指導で書いたものだから、オリジナリティが彼女にあるとも言《い》い難《がた》い。加部谷は、現在は三重《みえ》県庁の職員だが、建築に無関係な業務ではないため、勧められて建築学会の会員になっていた。論文は、会員しか発表できない。口頭発表の短い内容だが、その一とその二の二編に分かれている。文章量的に一編では収まらなかったためだ。加部谷がその一を発表し、続けて山吹がその二を発表することになっている。だから、質疑には全部山吹が答えてくれる、という約束になっていた。これは当たり前である。加部谷にはそんなことは逆立ちしてもできない。それどころか、彼女は逆立ちができない。

頭の上に、水が満々と入った桶《おけ》をのせているような気分だった。そういう水運びの経験はないものの、頭の辺りが重いことに加えて、姿勢を崩せない緊張感が、まさに今の彼女の状態をよく表現している。さきほどから漏《も》れる溜息も、大きなものではなく、細かく、小さな、コントロールされた吐息《といき》だった。

最初に山吹から聞いたときには、それほどでもなかったのだが、日が近づくほど緊張が高まっていたし、今、初めて乗る鉄道で、その場所へ地理的に接近するほど、躰《からだ》の中で圧力が増してきた。血圧なのか脈拍なのか、よくわからないが、関節が渋く、筋肉が固い。

「そもそもな、なんで、あんたに役目が回ってきたのぉ？　山吹さんが一人で発表する手はないわけ？」

「そうそう、そうそう、そうなんだよ。私はそれが言いたい」

「言ったら？　言ったの？」

「うーん」

「言わんかったんかね」

「だってぇ、もう投稿して、発表のプログラムなんかも全部決まったあとだったんだから……」

連名にするという連絡は、事前にメールであった。そのときには、「はい、よろしくお願いします」とだけリプライしておいたのだ。ちょうど、年度始めで忙しい時期だったので、深く考えもしなかった。その数日後に山吹がその論文のコピィをメールで送ってきたときも、へえ……、と眺《なが》めただけだった。

それが、つい二カ月ほどまえになって、君も発表者だよ、と言われたのだ。え、そんな、と驚いたら、あれ、言わなかったっけ、というのが山吹の言葉だった。そういえば、論文の著者名で、加部谷のところに○が記されている。それが発表者の意味だったのだ。そんなこと、知りません。え、知らなかったの？　といった応酬《おうしゅう》がメールであった。あのときほど、この少しとぼけた先輩を恨《うら》んだことはない。学生の頃だったら、泣いて抗議をしただろう。

学会で発表となれば出張ができるはずで、リゾート地へ公費を使って旅行にいけるのだから、これはもう誰だって喜ぶべき状況だ、という頭が山吹にはあったようである。加部谷が喜ばないのが不思議だ、といった顔が、メールなのに見えるようだった。いちおう、質疑応答は全部自分がするから、加部谷さんは気楽に構えていれば良いから、といったフォローがあった。

職場で事情を話すと、上司からは、「それは良いことだ、是非《ぜひ》頑張《がんば》ってきなさい、あとでレポートを出すように」と言われた。意外にも、交通費に加えて三泊の宿泊代も認められた。発表は一日で終わってしまうけれど、学会は三日間ある。しっかりと勉強をしてくるように、その結果をレポートにまとめるように、とのことだった。

そうなのか、そこまで前向きに受け止めて良い状況なのか、と彼女は改めて驚いた。自分は、やや消極的すぎただろうか、もしかして山吹に抵抗したことは非常識だったか、と再検討したのだが、しかし、「発表」というものが、どうも好きになれないのは事実だ。卒論発表会のときだって、先生たちから質問され、非難され、こてんぱんにやっつけられた彼女である。学会となれば、ああいう学者という宇宙人たちが日本中から集まってくるのである。考えただけでも恐ろしい。

　質疑応答は連名者の山吹が受け持ってくれるというが、たとえば、名指しで質問を受けるようなことはないのだろうか。その場合どうしたら良いだろう。そういう夢を見た。小さいときから、心配事は必ず夢で予行されるのだった。

　電車は、森林の中を走っている。ほんのときどき風景が開け、少しまえには海が見えた。シートが回転して、窓を正面に見る角度に固定できる。観光地らしい仕様《しよう》の電車だ。既《すで》に、加部谷と雨宮は、窓に向かって座っている。雨宮は弁当を食べ終え、大きなカップのヨーグルトを食べている。デザートにと駅前のコンビニで買ったものだ。彼女はこのほかにシュークリームとチーズケーキも買っていた。食べるものに関しては、雨宮はまちがいなく貪欲《どんよく》である。

「やっぱり食べよう」加部谷も弁当を取り出して封を開けた。

「うん、食べなかん。明日は明日の風が吹くかもってゆうでしょうが。ただし、風のない日もありってな」

「はあ、明日なんだよねぇ……」

　発表は一日めである。

「初日は、そんなに人がいないかなぁ」加部谷は希望的観測を口にする。同じことをもう何度言葉にしただろうか。

「初日だけ来て、あとは温泉へとんずらってゆうのが、多いと見たな」雨宮がすぐに応じる。「俺も、できたら、日曜日は温泉オンリィにしたい。酒飲んで、良い湯に浸《つ》からきゃあてな、ああ……、ええなぁ、のんびり、のんきだねぇ」

「駄目でしょう、ちゃんとレポートしなきゃ」

「カメラスタッフが来るのは、金土だでね。確認と事前打上げが金曜日の夜。事前に打ち上げって、凄《すご》いだろ? この頃多い。ま、不足がなければ、日曜日はオフだわさ」

「ふうん。気楽で良いな」

「気楽? 何言っとりゃあすだ。こっちだってしっかり仕事だでね。あんたみたいに、決まった文書を読むだけとは話が違うんだに」

雨宮が勤めるTV局は、東海四県をネットしているらしい。その関係で、日本建築学会の年次大会が静岡《しずおか》県で開催されるのを取材することになったらしい。特に、今回の大会では、新しいエネルギィと建築・都市の関係に関するパネルディスカッションがある。これがマスコミを引きつけたのか、あるいは、誰かがマスコミを呼んだのか、いずれかだろう。ちなみに、加部谷が発表する分野は、それとはまったく無関係である。だから、雨宮が自分の発表を聴きにくることはないだろう、と予想していた。親しい人間に見られるのは嫌なものだ。

「でも、何が嫌って、やっぱり、国枝《くにえだ》先生なんだなぁ、はあ……」また溜息が漏れる。

「何を突然呟いとるのぉ。国枝先生？　そんなに苦手だった？」

「だから、普通じゃないでしょう？」

「まあ、あの人は普通じゃないわな」

「違うって。先生に発表を聴かれるというのが、普通じゃないってこと。もう、恐怖だよぅ。あの目で、じっと睨《にら》まれるんだよ」

「レーザのような」

「あとで、何て言われるか。加部谷さん、貴女《あなた》、意味わかってないでしょう？」

「あ、似てる似てる」

「わからないのに、わかった顔しないで、紛《まぎ》らわしいから。あ、雨宮さん、何か用？」

「いえ、先生、なんでもありません……。うわぁ、鳥肌立つわ。蘇《よみがえ》るなあ、ミイラだがね。そっかぁ、国枝桃子《ももこ》様が来るわけかぁ、そいつは、やっぱ恐いわなぁ」

「私、夢で見たんだけれど、発表を聴いている人が、みんな、国枝先生なの」

「どうゆう恐いの。それはかん。恐ろしいこと言わんといてぇな」

「服装はね、それぞれまちまちなんだけれど、みんな眼鏡《めがね》は同じで、同じ顔で、じっとこちらを睨んでいるんだな」

「なんか、君な、そういう想像力が卓越しとるわぁ」

「で、部屋の一番後ろには、顔がばかでかい国枝先生がいるわけ」

「顔がばかでかい？　どうゆうこと？」

「頭の直径が一メートルくらいあるの」

「ほう……、それは……、ちょっと、ついてけんけど」

「あとね、眼鏡も大きいんだよ」

「まあ、そうだろうね、大きくしないと、かけれぇせんわね」

「ああ、恐い恐い」

「今ので、若干《じゃっかん》、恐くなくなった方向かも……」

加部谷は、弁当を食べることにした。食べ始めると、意外に空腹だったことに気づく。単に緊張して、胃が萎縮《いしゅく》していただけのようだ。雨宮は既にヨーグルトを食べ終え、今は缶コーヒーを飲みながらシュークリームを食べている。まだ、目的地に到着するまでには数十分の時間があった。時刻は午後一時を回ったところ。天候は晴、台風が近づいているのだが、万が一こちらへ接近しても、日曜日か月曜日のことになるだろう。間違っても、大雨暴風警報で、明日の発表が中止になることはない。

「そういえばさ、純ちゃんと一緒に電車に乗るのって、一年振りだよね」加部谷は思い出した。「去年の夏も、こんなふうだったなって、今、ふと、デジャヴっていうの？　あれ？って思った」

「あれ、そうか……。でも、さっき、新幹線では、それ気づかんかったんか？」

「そうそう、この田舎《いなか》の風景で、思い出した。山が見えたり……」

「そっか、あんときは、えっと、山吹さんが、駅で待っとらしたんだ。今回は？　彼、いつ来るの？」

「明日の朝だって。朝一番に出てくるって」

「え？　三重県から？」

「そうだよ」

「発表って、何時？」

「十時からのセッションで、発表は後半だから、十時四十分くらい」

「えっとぉ、六時の電車に乗って、新幹線に七時に乗れたとして、うーん、八時半で、それから九時半で、あと、うーん、けっこうぎりぎりだがね、それ」

「そうなんだよ。なにかトラウマがあったら、どうなるの？」

「トラウマ？」

「あ、間違えた。トラブル」

「あんたに、トラウマがあるんじゃ……」

「台風だって心配だしぃ」

「台風は大丈夫だろ。ほんでも、ちょっと寝坊したら、終わりだがや」

「終わりって……、終わりになるのは、誰？　私が、もしかして代わりに山吹さんの分も発表して、そのうえ、質問に答えることになるわけ？」

「そんときは、国枝先生が代わりに発表してくれるんでない？」

「国枝先生は、連名じゃないもん。謝辞が書いてあるだけ。謝辞に書かれた人が、発表するわけないでしょう？」

「ほうか、それは、うーんと、えっとぉ、なんと言って良いのか、加部谷、あんま気にすんなって。山吹さん、ああ見えても、ぞんがい、朝は弱いでね」

「弱くないって、どうしてそういうこと言うの？」

「ほほ、真剣！　冗談に決まっとるがね。早く、それ食べなって」

「うう……、今のでまた、胃がぐうっと……、はあ……」

「それは腹が鳴っとるでだろ？」

しかたなく、また食べることにした。夜には山吹に電話をしよう。明日の朝も、ちゃんと確認の電話をしよう、電話くらいで起きてくれたら良いのだが、と考えを巡《めぐ》らせる。

山吹早月は、今三重県のM大学で助教をしている。県庁所在地にある国立大学である。加部谷と同じ街に住んでいるので、ときどき会う。ときどきというのは、二カ月か三カ月に一度くらいで、彼女が仕事の関係で大学へ行く機会に、彼の研究室を訪ねるといったケースがほとんどだ。ただ、一回だが、街でばったり会って、一緒に喫茶店に入ったことがある。街が小さいし、人口も少ないので、知った顔に出会う確率が、大都会に比べて格段に高い。山吹は、もともとは那古野《なごの》のC大で国枝研究室に在籍していた。加部谷の卒業研究でも、国枝准教授《じゅんきょうじゅ》以上に、直接の指導を受けた先輩である。年齢は三歳上だ。

風光明媚《ふうこうめいび》な景色も、今の加部谷の余裕のない心にはあまり響かない。あっという間に目的の駅に到着した。ここで乗換えである。それほど大きな駅というわけでもないが、ほとんどの乗客が降りた。スーツ姿の男性が多い。若い女性の二人連れは自分たちだけだ。

「おお、なんか真面目くさったおじさんたちばっか。整髪料の匂いが充満しそう」

ホームに降り立った雨宮が、辺りを見回して呟いた。

「そういうときは、どうやってレポートするの？」

「日本の将来を背負って立つ知的な方たちの姿が目立ちます」

加部谷は前方を見て、立ち止まった。後ろから雨宮が彼女の背中にぶつかった。

「こら、急に止まるな。踏んづけるところだったが。そんなに私って小さい？　冗談だって、泣くなって、それなりに大きくなったがね、あんたなりに。ん？　何？」

「あそこ。今、階段の前で並んだ人」

「誰？」

「N大の先生。眼鏡している、頭がぼさぼさの人」

「わからん。みんな同じに見える」

「犀川《さいかわ》先生だ」

「へえ、有名人？」

「山吹さんが、博士の大学院のとき、そこの研究室だったの」

「建築学科の先生なら、日本中から集まってくるんだで、いてもおかしくないだろ？」

「おかしくはないけれど……。あの人だよ、西之園《にしのその》さんの……」

「え！」雨宮は目を見開いた。「ちょい、見てこ」

雨宮は駆《か》け出していった。大きなバッグを両手に持っていたが、もともと力も強いし、運動神経も抜群である。あっという間にホームの端を前進し、人の列で見えなくなった。さすがはマスコミ人である。俗人的好奇心というのか、野次馬《やじうま》根性というのか、そういうごく普通のものに支配された精神なのだ。加部谷は、車輪のついたスーツケースだったので、走ることはできない。そのままのペースを維持《いじ》して歩く。

列に並んだところで、前方から雨宮が戻ってきた。

「見た？」

「見たがねぇ、見た見た」雨宮はうんうんと頷《うなず》いた。

「感想は？」加部谷はそれが聞きたかった。

「うーん」雨宮は首をゆっくりと捻《ひね》った。ほとんど九十度くらいまで。視線は上を向いてしまっている。「まあ、とりあえず、一言でいえば……」

「一言でいえば？」

「下賤？　そんなことないでしょう。何？　服装が安っぽかった？」

「納得がいかん。ずばり言ったら……」

「ずばり言ったら？」

「不釣り合い」

「え、そこまで言う？　何？　そんなに？」

「西之園先生が美人すぎるでね」

「だからね、人間、見かけじゃないってことだよ」

「いやいやいや、だいたい九十六パーセントくらいは見かけだがね」

「残りって、四パーセントしかないの？」

「四パーセントくらいは、目の見えん人もおりゃあすし、真っ暗な場所もあるかもしれんし」

「そこまで言う？　あ、今の場合、どうやってレポートするの？」

「とても大人しそうな、そして優しそうな、平日のビジネス街でお見かけするような、ごく普通の、そう、平均的な日本人というのでしょうか、そんな爽《さわ》やかな印象の方でした」

「げせんな」

＊

日本科学大学《にほんかがくだいがく》は、森林に囲まれた高台にある。経済成長の夢が頂点に達した頃に計画され、その夢が消えた頃に完成したキャンパスである。もともとは、都内にあった小さな私学で、前身は専門学校だったのだが、多額の金を集めて大きな夢を見た人間がいたのだろう。そんな人間は、あの時代にはむしろ平均的な人種だった。もっとも、当時は、狭い都内の土地が夢みたいな高い値で売れたので、資金的には一概《いちがい》に無謀《む ぼう》な計画と非難することはできなかった。ただ、都心から遠く離れ、こんな僻地《へきち》にまで学生が来てくれるのか、という小さな心配があっただけだ。当時、その心配は、自然に囲まれた環境、という綺麗《きれい》な言葉で一蹴《いっしゅう》されたわけだが、今では、その心配が致《ち》命傷《めいしょう》と断言できるほど大きくなっていた。

十二階建ての管理棟の最上階の特別会議室は、理事長室の隣にある。ここが、今回の日本建築学会の〈学内本部〉になっていた。紛らわしいが、〈学会本部〉は、利便性から図書館の講会議室が割り当てられていて、そちらには学会の関係者が詰めている。学会の運営はそちらに一任されているが、学内関係者の対策本部的なものが必要だろうと、理事長のほか数人の教授が集まるのが、〈学内本部〉である。

現在の副学長でもある蔵本寛子《くらもとひろこ》教授は、建築学科の所属でもあり、今回の学会の学内総責任者だった。役名としては、準備委員会委員長である。三日間、〈学会本部〉に詰めているのが彼女の仕事であるが、もちろん、決まった時刻には〈学内本部〉へも来なければならない。なにごともなければ、理事長やほかの教授たちと雑談をし、弁当を食べるだけだ。なにか大きなトラブルが発生したときには、ここで最終判断を下すことになっている。ただ、どんなものが大きなトラブルなのか、どこからが「大きい」のかは、一度も話し合われていない。

学会は、明日からである。一部の例外を除き、設営などの最終準備もほぼ終わり、細かい確認をしている段階だった。一年まえに準備委員会が発足し、年次大会開催の準備を始めた。メインとなる研究発表の会場割当てとプログラム編成、そして、広報活動から、宿泊施設の準備、案内、さまざまな業務を分担し、それぞれの責任者を決めたのちは、個々のワーキンググループが作業を進め、その報告を毎月の準備委員会で行った。責任者さえ決まれば、その後は各自に任せて、報告を受けるだけ、というのが「大人の仕事」の流れである。

準備委員会なので、準備をすれば、あとは自然に進む。日本建築学会は毎年、各地方持ち回りで開催されている。大学のキャンパスが会場になるのが恒例で、キャンパスの広い国立大学での開催が過去には多かったが、私学が立候補をすることも珍しくない。なによりも、ここにこんな大学があるのだ、という宣伝になる。日本中に名前を知ってもらえるのであるから、悪い話ではない。予算は、学会からすべて出るが、人件費は出ない。すべてこの地方の、多くは学内の関係者が奉仕する。ボランティアという表現が飛び交うところであるが、もちろん、断れるようなものではなく、かぎりなく強制労働といって良い。ただ、こういったことは、この種の仕事をしていれば、当たり前のこと。そもそも「学会」というものが、この仕組みの上に成り立っているのだから。

特別会議室は、奥行きが長い部屋で、短辺の一つが通路に面し、対面は窓になっている。また、理事長室に通じるドアが通路近くにある。理事長は、通路に出ることなく、この会議室に来ることができる。これが、「特別」の理由だった。

既に夏休みは終わっている。今日は木曜日だが、学会のために午後は全学が休講になっていた。蔵本寛子は、特別会議室の窓際に立ってぼんやりと外を眺めた。キャンパスは角度的には下すぎる。窓ガラスに鼻がつくほど顔を近づけないと見えない。普通に視界に入るのは、緑の森林と、遠くに霞《かす》んで見える海。蔵本の研究室は三階だったから、いつも見られる風景ではない。理事長は出かけているようだし、今、部屋にいるのは、彼女のほかにもう一人、同じ学科の新田《にった》信一郎《しんいちろう》准教授だけだった。彼は、準備委員会委員長補佐、つまり彼女のアシストをする役目である。研究室は違うが、同じ建築学科なので、教室会議や学会支部などではいつも顔を合わせている。今回、この準備委員会でコンビを組むことになり、どんな人間なのか、という理解も深まった。非常に有能で誠実で仕事上はまったく問題がない新田だが、普通の世間話ができないというか、どことなくぎこちない。三十代なので、彼女よりも二回り近く若い。年代の差がそう感じさせるのかもしれないし、あるいは、向こうが緊張して打ち解けていないだけかもしれない、と蔵本は簡単に処理していた。

その新田准教授と、弁当を食べたところだった。途中で交わした会話は、準備に関する具体的で細々《こまごま》とした確認だった。蔵本が、こちらの〈学内本部〉にいるとき、新田は、〈学会本部〉との連絡役をすることにもなっていた。通常は、携帯電話で事足りる。二人だけで弁当を食べるのは、もしかしたら初めてのことだったかもしれない。

蔵本は壁の時計を見る。十二時四十五分。一時から、学内の報告会がある。理事長や学部長がここへやってくる。蔵本は、準備の進捗《しんちょく》状況を説明することになっていた。簡単な資料も既にコピィして用意をしている。

　ドアがノックされた。少し時間が早いな、と思いながら蔵本は返事をする。ドアが開いて、入ってきたのは事務課長だった。手に箱のようなものを持っていた。ケーキでも持ってきたのだろうか、と蔵本は一瞬思った。しかし、箱の雰囲気《ふんいき》が違う。段ボール箱だ。それに、課長の顔がいつものにこやかな表情ではなかった。

「あの、ちょっと見ていただきたいものが」課長が部屋の中央まで来て言った。近くにあったテーブルに、その箱をそっと置いた。

「どうしたの？」蔵本はそのテーブルに近づく。

「こんなものが、大会本部宛に届いたんです。今日の午前の指定でした」

「え、誰から？　何ですか？」蔵本は箱に触れようとした。

「あ、ちょっと、先生、私が開けます」

「え？」

　三十センチほどの大きさの段ボール製である。なにも印刷されていない。ただ、宅配便の伝票が上面に貼《は》られているだけだ。蔵本は、差出人が誰かを見ようと覗き込んだが、そのまえに課長が箱を開けた。片側が蓋《ふた》のように持ち上がる。テープを切った跡があった。

課長が少し下がり、箱の中を見せる。空気で膨《ふく》らんだ透明の袋が幾つか周囲に詰《つ》められている。中央にあるのは、茶色いボールのようなものだった。ジャガイモかとも思ったが、よく見ると違う。それよりも、まず目についたのは、そこに銀色のリングのような金属片が突き出ていることだった。

「危険なものではないと思うのですが……」課長は箱から手を離して、そう言った。

危険なものではない、という言葉を聞けば、それが危険かもしれない、という発想を持つものではないか。

「気持ち悪いな……。誰が送ってきたんです？」

「いえ、それが、その、シールには、荷物の依頼主として、G・O・S・I・Pと書かれているだけです」課長は、アルファベットをそのまま発音した。彼は箱の蓋を閉めて、貼られている伝票を見せた。

蔵本は眼鏡に手をやって、その文字を確かめた。たしかに、大文字で五つのアルファベットが書かれていた。

「ゴシップですか？」いつの間にか、すぐ横に立っていた新田准教授が呟く。「あれ、でも、ゴシップの綴《つづ》りは、Sが二つじゃなかったかな」

「東京からららしいです」課長が言う。

「どうしてわかるの？」

「差出人の電話番号が書かれていますので」

住所はなかった。電話番号とその五文字のアルファベットだけだ。再び箱を開け、中に注目した。不気味な物体は、球形ではない。楕円《だえん》というのか、やや長く、表面に艶《つや》はない。

「これって、キウイじゃない？」蔵本はようやくその物体の正体に気づいた。「あと、このリング、えっと、缶ジュースに付いてる、何て言うの？　開け口に付いてる金具、ニップル？」

「そのようですね。プルトップっていうんじゃないですか。アルミでしょうか。今どきはないタイプですね。昔のやつですよ。今のは、こんなふうに取れませんから」新田が言った。「キウイですか……、そう言われてみると、まちがいないですね。こんなところに入っているから、わかりませんでした。綺麗な形ですね。まるで、その……、人工的に作ったもののようです」

「本物のキウイじゃない？」

「たぶん、ええ、本物だと思います」課長が言った。「最初にこれを開けた者が、それを摑《つか》んで持ち上げたんです。普通の感じだったと、ええ、言っております」

「確かめなかったの？」

「その……、金具に気づいて、近くにいた者が、びっくりして、声を上げたんです。それで、慌《あわ》てて……、その、そっと箱に戻しまして、ええ、すぐにここまで、私が、はい、責任を持って、そっと静かに運んで参りました」

「どうして、そっと静かに？」

「万が一、爆発でもしたらいけないと思いまして」

「だったら、運んでこないでよ。わざわざここまで来なくても、電話で呼んでくれたら、行ったのに」

「はあ、ええ、あ、しかし、本部には、大勢の先生方がいらっしゃいまして、本学以外の方も多く、よけいな心配や、その、つまり、騒ぎが大きくなってはいけないと判断いたしまして……。とにかく、こちらへお持ちして、判断を仰ごうと考えました」

たしかに、なにかトラブルがあった場合には、なにをおいてもまず、学内本部へ報告し、判断を仰ぐ、という内々の取り決めをしていた。事務課長の判断は、それに基づいたものといえる。トラブルの大小の閾値《しきいち》を決めていない弊害《へいがい》ともいえる。

「これは、警察を呼んだ方が良くないでしょうか」新田が言った。

「私も、はい、そう思います」課長が頷いた。「その場合も、その、あちらに警察官が来るよりは、こちらの方が大事にならないのでは、と判断した次第でございます」

「ただのキウイだと思うけれどなあ……」蔵本は腕組みをしていた。

「ただのキウイにしても、警察を呼ぶ方が良いのではないでしょうか」新田が言う。

「警察なんて呼んだら、パトカーがサイレンを鳴らして来るでしょう？　マスコミだって大勢集まっているところへね。ただのキウイで、そこまでしなくても……」

「サイレンを鳴らさず、パトカーではなく、普通の車で来てくれ、と頼めばよろしいのではないでしょうか」新田が軽く言った。

「あ、うーん、そうね」これには、蔵本も頷かざるをえない。「そうするか」

「とりあえず、爆弾ではないでしょう」新田が話す。「見た限りでは、そういった時限装置のようなものはなさそうですし……。振動で爆発するなら、荷物が運ばれてくる途中で、とっくに爆発しているはずです」

蔵本は時計を見た。まもなく一時である。

「理事長に相談してみます。警察を呼ぶのは、そのあとでも良いでしょう。緊迫した事態とも思えません」彼女はそう発言した。

課長は無言で頷いた。新田もなにも言わなかった。

課長は、事務に戻ると言い残して部屋を出ていった。新田は、このあとの報告会に出席する予定だが、トイレにでも行くのか、席を外した。会議室には、蔵本一人だけになった。

彼女は、ずっとテーブルの上の箱を睨んで、腕組みをしたままだった。「キウイですよ」と何度も一人呟いていたが、もちろん、そうではない可能性は現状では誰にも否定ができないだろう。皮だけがキウイで、中身は違うものかもしれない。たとえば、ガラスの容器に入った揮発性《きはっせい》の劇物などが考えられる。落としたり、ぶつけたりしたショックでそれが割れて、ガスが拡散すれば、そこに居合わせた人間を殺すことくらいできるはずだ。化学は専門ではないが、非現実的な発想とは思えなかった。

あるいは、プルトップになにか仕掛けがあるのか、と普通の者なら考えるだろう。それを引き抜いたらどうなるのか。

箱の蓋は開いたままだった。組んでいた腕を解き、そちらへ一瞬だけ伸ばしたものの、触れるまえに留《とど》まった。

また時計を見る。既に一時五分。会議というものは、予定どおりに始まったためしがない。特に、理事長や学部長など、偉い先生が出席する場合ほど、そうなる。

第1章　アカデミックな器機

学問というものは、アイデアと事実だけで成り立つものではない。それぞれの時代精神の中で、整合的な概念の枠組みを作っていくものだ。アルキメデスが天才と言われるのは、彼がギリシャ的な枠組みの中でなしたことが、その時代に反するにいたったからであるが、時代は決してそれを孵卵《ふらん》させはしない。

1

加部谷恵美と雨宮純がホテルに到着したのは、三時過ぎだった。ホテルという名称だが、玄関はどう見ても旅館風だった。つまり、木造である。建物を一見して、鉄筋か、鉄骨か、それとも木造か、と区別できるのは、彼女たちが建築学科の出身者だからである。

玄関ホールやロビィは木造だったが、外から見たとき、その建物の後ろに、鉄筋コンクリート造の五階建てのビルがあった。内部でつながっていて、チェックインしたのち、通路を奥へ進み、この鉄筋コンクリート造のエリアでエレベータに乗った。

部屋は四階で、和室だった。ツインという予約をネットでしたのだが、ベッドはなかった。布団《ふとん》を二つ敷けばツインということになるのか。敷こうと思えば、三人分も可能だ。常識的な判断という不思議なルールに従っているらしい。畳《たたみ》敷きの部屋のほかに、窓際に板の間のスペースがあって、二脚の椅子《いす》とテーブルが置かれている。ベランダはないものの、大きな窓は、腰掛けられるほどの高さにあって、外側に手摺《てす》りが設けられている。

建築学会は、会員数が多いマンモス学会の一つで、その年次大会となると会場周辺の宿泊施設だけでは足りなくなる。特に、学会が委託した旅行会社が早い段階でほとんどの施設を押さえてしまうので、個人でこの時期に宿泊することは難しくなる。加部谷と雨宮は、二カ月まえに参加することが決まったのであるが、その段階ではもうどこも予約で一杯だった。残っているのは、電車の駅で幾つか離れた場所、しかも良い値段のする高級ホテル、高級旅館しかない、という状況だった。

　しかし、加部谷も雨宮も既に社会人。給料をもらっている。むしろ、自由になる時間の方がない。こんな機会に少々の贅沢《ぜいたく》をするくらいの余裕はある。しかも、加部谷の場合は、宿泊については一定額が公費から支出されるので、足りない分を負担するだけだ。これについては、雨宮の場合はどうなっているのか、加部谷は知らない。友達でも、ききにくいことはある。

「なんだか、セレブになった気分」加部谷は言った。「とにかく、今夜だけは節制して、あまり食べ過ぎないで、飲み過ぎないで、ちゃんと練習をして、明日に備えるしかないよね。明日さえ終われば、そのあとはもうバラ色なんだから」

「そうそう。練習するなら、つき合ったるでね。ほいじゃあ、まずは、風呂《ふろ》に入ろまいか」

「え、いきなり？」

「温泉だがね、入らん手がありゃあすか。お肌すべすべになるんだに」

「そうなの？」

「ほりゃそうだろ、やっぱ。お肌ごわごわになる温泉なんて、聞いたことないでしょ」

バス停からホテルまでの坂道は汗をかいた。都会に比べればずいぶん涼しいとはいえ、それでもまだ九月である。ホテルはクーラが効いていて今は快適だったが、一風呂浴びてさっぱりしたい、という誘惑はスイカみたいに大きかった。ただ、風呂上がりに、雨宮はきっとビールを飲むだろう。そちらの誘惑には負けないように気をつけなくては、と加部谷は一人決意をする。

二人で浴場へ向かった。通路でつながっているが、裏手の別の建物だ。露天風呂もあるらしい。でも、それは男湯だけかもしれない。そういう例が多いのだ、と雨宮が通路を歩きながら話した。

露天風呂ではなかったが、壁側はほとんどガラスで、森林と岩の崖《がけ》が迫っていた。もちろん、まだ夕方とはいえない時刻である。

「おお、どえらい気持ちええがぁ、おお、来て良かったのう」雨宮がお湯に浸かりながら言った。ほかに客はいない。二人だけなので、声も大きい。

「あぁあ、幸せ……、極楽……」加部谷も息をついた。「このまま、なにもかも忘れてしまいたい」

「俺も、いろいろ忘れたいわさ。ああ、忘れたいあの言葉、あいつの態度、あのいやらしい目、あの皮肉っぽい言い回し」

「だんだん具体的になってくるね」

「あんたの、その横に浮かんどるの、なにぃ？」雨宮がきいた。

「え？　何のこと？」

「そこ、何？　ジャガイモ？　ほれ、浮かんどるがね」

「あ、本当だ」加部谷は、そちらへ手を伸ばす。お湯が注がれているところで、踊るように動いているボールのようなものがあった。「あらぁ、これ、キウイ」

「キウイ？　何でそんなもんがあるの」

「誰かが忘れていったんじゃない？」

「風呂にキウイ持ってくる奴がおるかぁ？」

「いるんじゃない。お肌に良いかもよ。レモンとかみかんとか、やるじゃない」

「輪切りにしたったら、そうかもしれんけど。そんなぁ、丸ごとじゃ、なんともなれへんて。食べようとしたとか？　温泉キウイって、なかったっけ？　このへんの名物だったりして」

「そんなの聞いたことないよ。ま、人のものだから、このままにしときましょう」

加部谷は、キウイをもとのところへ戻した。

「スイカが浮いとったら、びっくりするけどな」

「あぁあ、広いお風呂っていいよねぇ。お風呂っていったら、ユニット・バスじゃん、普通どこでも。もの凄く狭いところで、湯気《ゆげ》に咽《む》せながら入るんだから。あれは、バス・ボックスって言った方が良いかもね」

「温泉は、いつでも入れるゆうのが、最高だわな」雨宮が言う。「これが、ガスで沸《わ》かさなかんとなったら、もうはいエネルギィの無駄遣《むだづか》いになるわけだでね」

「地熱発電とか、ときどき話題になるけれど、あまり広く実用化してないよね。発電に地熱を使っちゃうと、温泉のお湯がぬるくなっちゃうのかな？」

「そういえば、学会で、そんな感じなのが、テーマになっとるがね。明日、取材をしなかんのだ」

「そうじゃん。純ちゃん、ちゃんと予習してきた？」

「予習？　そんなもんするかいな。レポータが物知りでは逆効果なの。なんにも知りません、わかりません、私、超馬鹿なんですっていう顔しとる方が、話し手も、説明が丁寧《ていねい》になるし、あと、視聴者にも受けるんだがね。この子、馬鹿だなぁって、それに比べたら自分はまだましだと安心するわけだ」

「へえ、それはまた、冷めた分析」

「馬鹿な振りも、頭使わんとな」雨宮は、頭の横に指を当てる。「風力発電って、このまえ三重県で倒れたやつあったろ？」

「ああ、そうそう、あったあった。大騒ぎだったよ」

「風力発電が風で倒れとったら、ダムが大雨で決壊するようなもんだわ」

「それは言いすぎだと思うけれど」

「俺、取材にいったんだに」

「そうだったの」

「まあ、あれな……、学者さんとか、研究者さんっていうのは、だいたい、あんなもんかね」

「どんなもん？」

「うん、とりあえず、まったく反省はなし。そんなもん、なんか間違らきゃあたに決まっとるのに、計算上の想定外だから、倒れても当然、つまり設計どおりだって。べつだん驚くようなことじゃないって。しれっとした感じ。お前、どんだけ金使って作ったのって、思うよ、普通の神経ならな」

「事故じゃなくてもね、けっこう大変なんだから。低周波の騒音が問題になってて、住宅のそばにはもう作れないし」

「かといって、あんな山奥とかに建てると、それのために道路も作らなかんし、えらい自然破壊だわなぁ。海に建てるっていう計画もあるみたいだけれど、それも絶対なんか影響出そうだし。まだ太陽光発電の方が有望か？」

「うーんどうかなぁ。太陽光発電のパネルを製産するのに、エネルギィかかるし、材料が有害だとか、高いとかで、元が取れるかどうかっていう感じらしいよ。今のところは、補助金が出るから勢いがあるけれど、つまりは、国が負担している、税金を使っているってだけのことだし」

「そうかといって、原子力は、めっちゃ危ないでなぁ。水力発電は、もうでかいダムを作る場所があれせんし」

「火力発電は、温暖化を進めることになるでしょう。世界中で洪水が増えて、竜巻が増えて、今でももう、沢山《たくさん》の人が犠牲になっているよね」

「どうしたらええのって、ききたいわな、みんな」

「マスコミは、あれでしょう、今は、反原発なんでしょう？」

「そうそう。反対する方が、まあ、角が立たんでね。安心のためには、全部止めるっていうのが手っ取り早いしな。反対だって言っとけば、表立って誰にも怒られんし。ほんだで、土曜日のパネルディスカッションも、まあ、そういう、どっちつかずの、これからもみんなで考えていきましょうっていう結論になるわけだわさ。目に見えとるわ。目に見えとるって、ほかにどこで見える?」

「みんなで考えようって、よく言うよね。みんなで考えても、しかたがないのに。もっと、考えるべき人がきちんと考えた方が良いと思う」

「誰が、その考えるべき人かっていう点が、難しいわけだでね。少なくとも、俺じゃないしって、みんな思っとるわけだ」

「総合的に考えられるような人って、いないんじゃないかな。だって、たとえば、研究者だったら、自分が研究している分野が発展してほしいって思うでしょう? 自分が開発した方法がメジャになってほしいって。だいたい、論文なんかでも、メリットばかり書いてあるじゃない」

「かといって、政治家は頼りないでなぁ。なんでも大丈夫《だいじょうぶ》だって言う奴か、なんでも反対する奴か、どっちか」

「ああ、こんなところで、こんな高尚な話をするとは思いませんでしたよ」

「ちょい、そのキウイ、貸して」

加部谷は、自分の近くに浮かせてあったキウイを雨宮の方へ押した。

「これ、茹《ゆ》で上がっとれせん? うーん、キウイって、こう、改めてじっくり見ると、グロテスクだわなぁ」

「パイナップルほどじゃないでしょう」

「ああ、あれは、ちくちくする。キウイは、うーん、鮫肌《さめはだ》な感じ。スキンケアが必要だな。これって、爆弾に似とるがね」

「爆弾？　あ、アニメで出てくるまん丸い爆弾？」

「そうじゃないけど……、あれな、あんなまん丸のダイナマイトって、実際にあるんかね？　打ち上げ花火とかは丸いの見たことあるけど、ダイナマイトって、普通は細長いんじゃない？」

「手榴弾《しゅりゅうだん》か……。あ、似てるかな」

「そうそう、それだがね、ちょうど、それくらいだわ」

雨宮は、キウイを投げるジェスチャをした。

「手榴弾の、リュウって、どんな字だったたっけ？」

「ま、実物、見たことないけども」

「ときどき、不発弾とか見つかって、爆弾処理班みたいな人が来るんだよね」

「あれな、危ない仕事だよね、よくもまあ、あんなの仕事にしやあすわって思うに。ロボットにやってもらやぁって」

「ロボットじゃあ、微妙な扱いができないんじゃない？」

「そっか……。よけいに危ないか」

「ああいう人を殺すような道具を、どうして作るんだろう？　ピストルとかも」

「ああ、なんか、ちょっとのぼせてきたなぁ。ふう……。しっかし、ぼうっとするのも、これまた、気持ちええよなぁ」

2

会議のまえに理事長や学部長にキウイの話をしたところ、すぐに警察を呼びなさい、ということになった。しかし、内密にした方が良い、という条件がついた。結局、新田准教授が言ったことと同じである。

警察はすぐにやってきた。爆発物処理班も来た。ヘルメットや防具を装着して、検査が行われたが、危険なものではない、ということがすぐに明らかになった。ようするに、普通のキウイだった。予想どおりの展開だが、蔵本はほっとした。処理班は、もう帰ってしまった。残っているのは、鑑識というのだろうか、検査・分析をするチームの者が三人だけである。

特別会議室の中には、その鑑識の捜査官だけになり、外の通路で、蔵本寛子は刑事と立ち話をしている。さきほどまでは、ずいぶん離れた場所の階段の踊り場まで避難していたのだ。理事長は自分の部屋に戻り、学部長も戻っていってしまった。報告をするための会合は三時に延期された。

警察は、どこかから不審な電話や手紙、あるいはメールが届いていないか、という質問をした。キウイの入っていた箱には、手紙もなく、メッセージの類《たぐい》も皆無《かいむ》だったからだ。また、差出人とともに記されていた電話番号も、実際には存在しないことがわかった。

少なくとも、その種の不審な連絡のようなものがあった、という通報を蔵本は受けていない。どこかで情報が止まっているかもしれないので、改めて、関係者に問《と》い質《ただ》してみる、とは答えておいた。事務課長に調査を依頼すれば良い。あるいは、学会の事務局にも尋《たず》ねるべきだろうか。ここは難しいところだ。今回の年次大会が終わってからにした方が良いかもしれない。しかし、何事もなく終わったとしたら、もう、そんな調査をすること自体が無駄とも思われる。

「単なる嫌がらせにしても、何に対しての嫌がらせなのか、ということが、普通は示されているものです」刑事はそう説明した。

蔵本も、刑事の言うとおりだと思った。日本建築学会に抗議をするつもりなのか、あるいは、この日本科学大学に対するものなのか、それさえも現状では判断ができない。

「この状況では、犯罪とも断定できません」刑事は言う。「つまり、単にフルーツをプレゼントしただけだ、ということになります」

「いえ、でも、金具が刺さっていたんですよ。あれは、明らかに爆弾に似せたものでしょう。なんらかの警告か、あるいは嫌がらせに近いのでは？」蔵本は自分の考えを語った。「とにかく、あれを調べて、誰が送ったのか突き止めて下さい」

「もちろん、調べます。ただ……、かなり難しいでしょうね」刑事は、苦笑いをしたような顔になった。「なにしろ、どこでも売っている。簡単に入手できるものですからね」

キウイのことを言っているようだ。そうではなくて、宅配便とか、伝票とか、指紋とか、いろいろ調査・分析をすることがあるのではないか、と蔵本は言おうとした。しかし、過度に要求する理由もない。ここは黙っていた。

「あの、ちょっとよろしいですか」特別会議室のドアから顔を出した捜査官が、こちらを見て数歩近づいた。紺色の制服に、白い手袋をはめている。その手には、ビニル袋に入ったキウイがあった。「これを見てもらいたいのですが」

刑事がそちらへ歩み寄り、蔵本も後ろからついていった。捜査官が持っているキウイの袋に顔を近づけ、刑事は目を細めて覗《のぞ》き込んだ。それから、蔵本に見えるように、と刑事は身を引く。彼女は近眼だった。眼鏡をかけているが、その眼鏡に手をやっていた。

ビニル袋の中のキウイを、捜査員の白い手袋の指が示していた。そこには、引《ひ》っ掻《か》いたような小さな跡がある。最初はよくわからなかった。しかし、視点を少し動かし、光の方向を変えると、そこに文字のようなものが書かれているのがわかった。

「ボールペンかなにかで書いたんじゃないでしょうか」捜査官は平坦な口調で言った。「青いインクが少しだけ付着しているようです」

簡単な模様にも見える。ちょっとした引っ掻き傷のようでもある。文字だとしたら一文字。記号かもしれない。

「魚の形ですよね」捜査官が言う。「ゼロかもしれません」

「ゼロではありませんね。r《アール》じゃないかしら、小文字の」蔵本は言う。

その文字の大きさは、一センチよりは小さい。しかし、丁寧に書かれているように見えた。つまり、勢い良くさっと引っ掻いたものではない。捜査官が言ったように、ボールペンで書かれたものだろう。つまり、キウイの皮を引き裂くほど強い力ではないものの、ある程度は尖ったものを押しつけて記された跡だ。

「ｒにしては、左右対称ですよね」捜査官が言う。

「左右って言っても、どちらが上かもわからないでしょう？」蔵本は顔を上げて、捜査官を見る。「逆なんじゃないですか？　リットルのℓ《エル》かもしれない」

「いえ、この方向なんです。同じマークが、箱にもありまして……」捜査官は、そう言って、部屋の中へ入っていく。

刑事と蔵本も、会議室の中に入った。テーブルの上に、キウイが入っていた段ボール箱が置かれていて、その中にあったビニルのクッション材が、その横に綺麗に並べられていた。写真を撮っている男性と、メモを取っている女性がいた。いずれも若い。

キウイを持った捜査官が、年齢からしてリーダのようだ。五十代だろうか、帽子を被っていたが、白髪《しらが》が覗いている。理知的な顔で、警察官というよりは、研究者の雰囲気だった。彼は、刑事と蔵本の顔を順番に見てから、開いていた箱の蓋を手前に倒して閉めた。そうすることで、そこに貼られている宅配伝票が二人の視線の的となった。捜査官の手袋の指は、その伝票の〈品名〉の欄を示していた。

そこには、微《かす》かに文字らしきものが記されている。カーボンで印字されたもののようだ。しっかりと書かなかったからなのか、鮮明ではない。さきほどは気づかなかった。というよりも、単なる汚れか、チェックマークのように見えたのだ。

「そうか、たしかに、同じだ」刑事が呟いた。

魚の形だが、頭が下で尾が上、やはり、アルファベットのrに見える。捜査官が言いたかったのは、キウイに書かれたマークの上下の向きが、これによって明らかになる、ということだ。

「ゼロにしては、ちょっと上の交わり方が不自然ですね」蔵本は意見を述べた。

「なにかのマークなのでは？」刑事が言った。顎《あご》を指で摘《つま》んで、顔を歪《ゆが》ませていた。

「あるいは、そうですね……、文字だとしたら、γ《ガンマ》ですか」蔵本は言う。

「ガンマ？　ああ、アルファ、ベータの？」刑事が首を捻る。「その次が、ガンマでしたっけ？」

「そうです」

「どういう意味なんですか？」

「いえ、特に、意味はありませんね」

「ガンマといったら、放射能のガンマ線の、あれですか？」

「ええ、そうですけど……」

「建築学会に対して、なにかのメッセージになる、というようなことは？」

「心当たりはありませんが」

「そうですか……」刑事はまた首を捻った。

「品名がガンマだということですね」捜査官が言った。「同じように、中身のキウイにもガンマと書かれていたわけですから、つまりこれが、ガンマということですね」

「そういうことですね」蔵本は頷いた。その捜査官の物言いは実に的確だと彼女は思った。

「だが、意味がわからない」刑事は納得できないようだ。「いったい、それが何だというのでしょうね？　住所は、この大学、宛名は、大会本部とある。この名称は、先生が委員長のもの以外にはありませんか？」

「大会本部といえば、つまり学会の年次大会本部ですね。ただ、建築学会の本部なのか、本学の本部なのかはわかりません。でも、大学宛となると、後者でしょうか。いえ、そうとも限りませんね。今日からは、建築学会の事務局の関係者もほとんどこちらへ来ているはずですから」

「ようするに、そういう内部事情をよく知っている者が出したということになりますね？」

「まあ、一般の人ではないでしょうね。だけど、大会の本部がここにあることくらい、たとえば、参加者だったら、みんな知っているはずです。連絡先も電話番号も会報に書かれています」

「明日から行われる、その年次大会っていうのは、何人くらい参加するんですか？」

「そうですね、多めに言うと一万人」

「一万人？」

「少なめに言うと、六千人くらいでしょうか。その範囲です」

「そんなに大勢が、ここへ？」

「ええ、一度に集まるわけではなく、三日間の合計です。受付で会費を集めるので、その人数です。延べ人数で言えば、一万人は確実に越えます」

「そうですか……。そんな大規模なものなんですか。県警には届けていますか？」

「もちろんです。主に、交通課の方と打合わせをしました」

「私は、全然知りませんでしたよ。そうなると、もっと増員して警戒した方が良いでしょうか？」

「何を警戒するのですか？」蔵本は尋ねた。

「警官が何人か目につくところに立っていると、それだけで抑止の効果があると思います」

「そうかしら……」蔵本は少し笑ってしまった。

そもそも、何が起こるというのか。テロのようなものを想像しているのだろうか。このキウイからは、そんなメッセージは受け取れないだろう。しかし、自分が今ここで、警察の提案を断ってしまうと、なにか起こった際には責任が生じる。安全を考えても、警戒はした方が良い。

「でも、大学の中に制服の警官が何人もいるというのは、ちょっと抵抗がありますね。私服の方では駄目でしょうか？」蔵本は提案した。

「抑止にはなりませんけれど、でも、ええ、それは可能です。そうしましょうか？」

「思い過ごしだと思いますけれどね」

「なにごともなければ、それはそれで良い結果といえます」

「はい、では、お願いします。もうすぐ、理事長や学部長に会いますから、そう話しておきます」

「ほかにも、なにか不審に思われることがあったら、知らせて下さい。どんな小さなことでもけっこうです。お願いします」

「わかりました。スタッフにそう伝えます」蔵本は、そう答えたものの、誰もなにも知らないに決まっている、と思った。「あの、三時から、この部屋で会議があるんですけれど、別の場所にした方がよろしいでしょうか?」時計を見ながら、彼女はきいた。あと十五分で三時だった。

3

風呂上がりに、雨宮は売店でアイスクリームを買った。加部谷は、ノンカロリィのソーダで我慢《がまん》した。部屋に戻り、雨宮が窓際でアイスクリームを食べるのを横目に、彼女は発表の資料をテーブルの上に出して、最終確認をした。もう何度も最終確認をしているので、これが最終とも思えなかった。

図面は、メモリィスティックに入っている。プロジェクタで投影し、それを見せながら話すのだ。口頭発表用の原稿も作って、本当に何度も繰《く》り返《かえ》し練習をした。読むのにどれくらい時間がかかるかも測った。ほとんど暗記してしまったくらいであるが、もちろん、見ないでは無理だろう。上がってしまって、忘れてしまうかもしれない。かといって、ただ文字だけを追って読み上げると、一行飛ばしてしまったりするから、気をつけた方が良いよ、と山吹に釘を刺されている。そうなのだ、それは卒論発表会のときに彼女が実際にしたミスだった。

「加部谷、ここで練習しとる？」

「え、何？」

「ちょっと、散歩してこようかなって」

「どこへ？」

「神社があるでしょ。あと、土産物屋《みやげものや》も何軒かあるみたいだし、まあ、取材を兼ねてな」

「取材は関係ないじゃない。行ってきたら。私は……、はあ、もう少し練習しなくちゃいけないし、万が一に備えて、質問にも答えられるようにしておかないと……」

「あんまり練習せん方がええと思うわぁ。よけい緊張するで。そういうもんだで」

「そうかなぁ」

「そんなもん、多少失敗してもよ、誰も笑ったりせんがね。暖かい目で見てくれるわさ」

「その暖かい目がぐさっとくるんだよね。いつもそうなんだから」

「ちょっと、そこから離れた方がええにぃ」

「そうかなぁ」

「ほれ、気分転換ってやつ。あんましまっしぐらではな、息がつまるでしょうが。さ、さ、行こうぜ」

結局、押し切られて二人でホテルから出た。まだ外は暑い。それでも、涼しげな風が感じられないこともなかった。

「おお、涼しいがね」雨宮は言う。「やっぱ、都会とは違うなぁ」

彼女は那古野に住んでいるので、そう思うのだろう。加部谷は、就職して那古野を離れ、今は隣の県の小さな街にいる。海風がいつも吹いて、那古野のように暑くはない。

アスファルトの道路に出て、白いガードレールの横を歩いて坂道を下っていくと、古そうなトラス橋が架かっていた。渓谷《けいこく》は深く、ずっと下方に岩場が見えた。人の姿もある。釣りをしているのか、それとも水辺で遊んでいるのだろう。その橋を渡ったところに、土産物屋があった。角地なので、二方向に店がオープンになっている。木造の瓦屋根《かわらやね》に、黒く艶光りする柱。いかにも、といった感じの店構えである。

雨宮は、そのまま店の中に入っていった。それが当たり前、といった迷いのない動線である。加部谷も後に続いたものの、ぱっと見ただけで欲しいものはない、と断定できた。どうして、この土産物というのは、ここまでつまらないものばかりなのか、と不思議に思う。値段が半分になっても買わないだろう。地名が記されているものが多いのだが、それがことごとくわざとらしい。その文字さえなければ、と思うものなのである。

ぼんやりと、外の道路を見ていたら、タクシーがゆっくりと店の前を通り過ぎた。その後部座席に、マネキン人形のような顔があった。目と目が合う。

「あ！」彼女は思わず声を上げた。そして、すぐに表へ飛び出した。

「あ、こら、加部谷」後ろから雨宮が呼ぶ。

店の前に立つと、タクシーは十メートルほど先、橋の直前で停《と》まっていた。後部座席でこちらを振り返り、手を振っているのが見える。

「どうした？　突然」雨宮が店から出てきた。

加部谷は、タクシーを指差した。料金を払い終えたのか、ドアが開き、西之園萌絵《もえ》が降り立った。彼女は、大学のときに指導をしてもらった大先輩だ。今は、東京の私学、W大に勤めていて、准教授に昇格したばかりである。白の上下のスーツに、白いバッグを持っていた。その白さが尋常ではない。眩しいくらいだった。二人はそちらへ歩いていく。

「おや、雨宮さん？」西之園は目を少しだけ大きくして、小首を傾《かし》げた。「学会に？」

「そうです。取材です」

「ああ、なるほど。それで一緒にね」

明日から建築学会なので、西之園がいても不思議ではない。加部谷が来ることも、当然彼女は知っているはずである。しかし、雨宮は建築学会員ではない。不思議に思ったのだろう。

「私がいたから、タクシーを停めたのですか？」加部谷は尋ねた。

「そうだよ」西之園は頷く。「でも、ホテルはこの橋を渡ったところだって聞いたから、それなら、ここでって」

「あれ、もしかして……」加部谷と雨宮は顔を見合わせた。

確認をすると、そのとおり、彼女たちが泊まっているホテルだった。ここは、学会が斡旋《あっせん》したホテルではない。会場からも遠い。西之園も間際《まぎわ》になって予約をしたのだろうか、と加部谷は不思議に思った。自分と違って、学会に出席することは、ずっと以前から決まっていたはずなのに。

「そうかぁ……。それは少し、困ったわね」西之園は口を結んだ。

「え、どうして困るんですか？」

「誰にも顔を合わせないようにって、遠いホテルを選んだのに」

「顔を、合わせないように？」

「そう……。もう会場の近くの宿とか店とか、どこへ行っても、知った顔ばかりになるんだから」

「はあ……」と頷いたものの、それのどこが不都合なのかわからない。

またあとで、と約束をして、西之園と別れた。彼女がトラス橋を渡って行く後ろ姿を加部谷は眺めていた。

「あぁあぁ……」雨宮が呟く。「なんで、あの人、いつもあんなふうなん。信じられんわぁ」

「え、何が？」

「綺麗すぎ。美しすぎ。完璧すぎ」

「まあねぇ、輝いているよね」

「輝きすぎ。ぴっかぴか。あれは、いかんで。あそこまでパーフェクトは、いかんと思うな」

二人は歩き始める。土産物屋には戻らず、片側が石垣の坂道を上っていく。神社がある方向である。

「ね、なんか、西之園さん、不思議なこと言ってたよね」加部谷は思い出しながら話した。

「そう？　ああ、同じホテルだとわかって、困ったなって言わしたな」

「誰にも顔を合わせないように、ここのホテルにしたって……、でも、私たちと顔を合わせちゃったから、困ったということだよね」

「困ったようには見えんかったけども」

「あ、わかった！」加部谷は立ち止まった。

「なにぃ？」

「犀川先生と一緒なんだ」

「ああ、駅で見た、あの人か」

「そうそう。なるほどぉ、なるほど、なるほどな」

「ん？　わからんけど。どうゆうこと？」

「犀川先生も、同じホテルなんだよ」

「だから？」

「秘密の逢引《あいびき》だよね」

「なんで？」

「なんでって……」

「そんなもん、隠すようなことか？」

「それは……、まあ、その、学会といえば、出張でしょう？　仕事で来ているわけじゃない。旅費も大学から出ているわけでしょう。でも、逢引はプライベートじゃない」

「逢引って、ミンチカツみたいだな。そんなもん、べつにかまわんでしょうが。出張にはちがいないし、たまたま、同じ建築学科の先生なんだし、とりたてて、なんの問題もないだろうが」

「うーん、そうだけれど、そこが、その、上品なところじゃない」

「上品？」

「奥床《おくゆか》しいわけ。ふふふ」

「気持ち悪いな、なんだよ、急に変な笑い方して」

「なんか、西之園さんを見ていると、私、それだけで幸せになるんだよね」

「なったらええがね」

「でも、西之園さんが見ているところで、恥はかきたくない」加部谷は明日のことを思い出して、躰から空気が抜ける思いがした。「やっぱり、私、部屋に戻って、練習しよう」そう言うと、彼女は方向転換して、橋へ向かって歩きだす。

「ええ……、ちょい、待ちなって」雨宮が後ろから腕を取る。「わかった、わかった。じゃあさ、私が聞いたげるで、な、時間とか測ったげるで」

「うん、ありがとう」

「納得するまで、やりゃあ、もう……」

4

犀川創平《そうへい》は、日本科学大学の会議室にいた。建築学科のある建物の二階だった。学会は明日からだが、日本建築学会の研究委員会が、ここで開かれることになったからだ。彼は現在、四つの研究委員会のメンバになっている。通常は、東京の学会本部で開催されているが、今回は年次大会が行われる前日に、この日本科学大学で集まろうという話になった。それというのも、研究委員会の委員長が、この大学の蔵本寛子教授だったからである。彼女は、年次大会の準備委員会の委員長でもあるから、前日は忙しいのではないか、とほかの委員が口にしたのに対し、「前日になったら、もう仕事はないはずです」と簡単に答えていた。たしかに、そのとおりかもしれない。

もしこの研究委員会がなければ、明日の朝に那古野を出発して、こちらへ来ることになっただろう。前日の夜に来るという選択はない。研究委員会が開催されるなら、大学では出張の扱いになる。ほかの委員も、その点ではありがたかっただろう。何故《なぜ》かといえば、早起きをしなくても良いからだ。

研究委員会は四時から六時までの予定だった。省エネルギィと建築・都市環境に関する研究がテーマであって、取り立てて実務があるわけでもなく、ただ報告書、つまり技術の現状（ステート・オブ・ジ・アート）を取りまとめることが主な作業である。四月に発足し、まだ半年も経過していない。活動期間は二年間なので、今のところのんびりしたものだ。犀川は、今回は宿題もなく、ただ出席して話を聞くだけなので、気楽のターボ状態だった。

時間の五分まえに会議室に入ったが、まだ誰もいなかった。場所は間違っていない。入口に、委員会の名称が書かれた紙が貼ってあったからだ。

適当な椅子に座り、待っていると、蔵本寛子が現れた。分厚いファイルを両手に抱えている。犀川は、座ったままで軽く頭を下げた。ホワイトボードがある上座の席に、蔵本は腰掛け、ふうっと溜息をついた。なにか、話をした方が良いだろうな、と犀川は考える。こういうことを考えるようになったな、と自覚しながら。

「学会の準備で、お忙しいのでは？」

このようなどうでも良い質問が、社会では潤滑剤《じゅんかつざい》などと呼ばれるのである。それで、みんなあんなに滑って転んでいるのか、と思えるほどだ。

「いえ、そうでもない。全部、分担していますし、もう、だいたいは終わっているはずです」

「トラブルはありませんでしたか？」

「そうね……、小さなトラブルだったら、もう山のようにありましたけれど、それは、先週くらいまでのことですね」

「段取りが良かった、ということですね」

「まあ、そう……、あ、でも、今日になって、変なのが一つ」

「何ですか？」

「えっと、大会本部宛に、キウイが一つ送られてきたんですよ。箱の中に、キウイが一つ」

「キウイって、果物の？」

「そうそう。犀川先生、キウイって、ご存じですか？」

「あまりよくは知りませんが、輪切りにしたものなら、たまに食べますね。でも、もともとの形は知りません。なすびみたいな形でしたっけ？」

「なすび？　いいえ」

「黒いんじゃないですか」

「それは、アボカドじゃないですか。違いますよ、もう少し球《きゅう》に近いですね。色は茶色というのか、黄土色というのか、灰色というのか」

「そのキウイが、どうかしたのですか？」

「ええ、差出人不明で、キウイが一つ届いたんです。手紙もなにもなくて」

「へえ、それは、謎ですね」

「謎ですよ。警察を呼びました」

「え？　どうしてですか？」

「キウイだけだったら、呼ばなかったと思いますけれど……」

ドアが開いて、一人入ってきた。ゼネコンの研究所の職員で、この委員会のメンバである。犀川と同年代だ。無言で頭を下げ、椅子に座った。犀川は、再び蔵本を見た。話が途中だったからだ。

「あの、缶ビールなんかの開け口についている金具がありますよね、引っ張って、こう折り曲げて、飲めるようにするやつです。以前のものは、取れましたよね」

「ああ、えっと、プルトップですか」

「そうそう、それです」蔵本は頷いた。さきほどよりは、少し声が小さい。犀川だけに話しかけている音量になった。ただ、もう一人にも確実に聞こえているはずである。「あの金具が、キウイに刺さっていたんです」

「刺さっていた？　よくわかりませんが……」

「つまり、なんとなくですけれど、手榴弾みたいなふうにも見えるわけですよ」

「手榴弾、ああ……、なるほど。それで、警察を？」

「万が一、危険なものだといけないので」

「へえ、それはまた……」

「爆弾処理班みたいな人たちが来て、調べてくれました。結果は、本物のキウイでした。それで、そのあとも、さらに警察の人たちが分析をしています。悪戯《いたずら》でしょうけれど、ちょっと気味が悪い」

「意味不明ですね。でも、意味不明のものって、珍しくありません。処理班は、どんな検査をしたのですか？」

「さあ、検査するところは、直接見ていません。たぶん、X線とかではないかしら。機械類が内部に仕込まれていないか、というような……。爆弾だったら、時限装置なり、起爆装置なりがあるはずですから」

「クール便でしたか？」犀川は尋ねた。

「え？　何ですか？」

「低温の状態で荷物が運ばれてきませんでしたか、という意味です」

「さあ、そこまでは、私、見ていないので。どうしてですか？」

「あ、いえ、なんでもありません」犀川は人工的に微笑《ほほえ》んだ。

温度が上昇することで起爆するものが、たぶん作れるだろう。その場合は、機械的な部品が必要ない、と思ったのである。しかし、そんな不安定なものを作ったら、作った本人が一番の危険に晒《さら》されるだろう。特に、宅配便の受付へ荷物を持ち込むときが危ない。

「キウイって、何のお話ですか？」今まで黙って話を聞いていた委員が、質問をした。

これに答えて、蔵本がまた最初から話をしているところに、次の委員が部屋に入ってきた。このままでは、さらにもう一度ストーリィを語らなくてはならない、と犀川は心配になった。

ところが、その二度めのストーリィには、さきほどの話にはなかったディテールが加わっていた。キウイにギリシャ文字のγのサインがあった、というのである。筆記体のℓではなく、γだということは、宅配伝票の品名の欄にも同じ文字が書かれていたことで明らかとなった、と蔵本は話した。その話が終わったとき、二人また委員が部屋に入ってきた。さらに、蔵本研究室の学生だろうか、アジア系の若者が、コピイした資料の束を持って部屋に入ってきて、蔵本に手渡した。蔵本は英語で彼と短い会話をした。タイか、あるいはベトナム人だろうか。インド人ではないな、と犀川は思った。その若者は、そのまま背を向けて部屋から出ていった。日本の学生ならば、部屋を出るときに一礼しただろう。そういった習慣がないようだ。定刻になったので、蔵本は、委員会を始めるという挨拶《あいさつ》をした。

犀川は、頭の半分を使って、委員会のやり取りを聞いていた。報告をする者が資料を配付して、内容を説明する。ただ、それを聞いているだけだ。終わったところで、意見や質問を述べる。そして、次の者の説明に移る。遅れて部屋に入ってくる委員が、まだあった。三十分後には、ちょうど十人になっていた。

犀川の頭の半分は、γのことを考えていた。考えるといっても、ただ、連想を続けるだけで、夢を見ているような状態だった。γの意味を、可能なかぎり連想したが、決定的に優位なものは見当たらない。世間では、γという文字はどう見られているだろうか。たぶん、放射線の一つにつけられた名称くらいしか、一般の人は知らないだろう。数学でもよく用いられるし、物理分野、力学、あるいは天文学でも、珍しい記号ではない。しかし、これといって、特定の意味を持っているわけではないことは明らかだ。前から三つめ、英字のgに相当するもの、というだけである。そして、形としては、最初のαが九十度左回転したもの、ともいえる。そんなふうに認識している人間は少ないだろうか。

しかし、ほんの僅《わず》かに引っ掛かるものがあったので、いちおう、彼に連絡をしておこうか、と考えた。こっそり携帯を取り出し、短いメールを書くことにした。

5

加部谷と雨宮の部屋に、西之園萌絵が訪ねてきた。時刻は午後五時になろうかというところ。彼女は、さきほどの白いスーツではなく、半袖のシャツにジーンズというラフな服装に着替えていた。

「お風呂に入ってきた」西之園はにっこりと微笑んだ。

「私たちも、入りましたよ」加部谷は答える。

「キウイがありませんでした？」雨宮が横から言った。

「キウイ？　どこに？」

「お湯が出ているところで、くるくる回っていたんですよ」

「いえ、気づかなかった。何のために、キウイが？」

「さあ、わかりません」雨宮が余所《よそ》行きの口調で答える。声も高くなっている。「誰かが忘れていったんじゃないかって」

「じゃあ、そのあと、取りにきたのかも」

お茶を入れることにした。ポットの湯を急須《きゅうす》に移したのは加部谷である。

「加部谷さん、発表の練習は、もう充分？」

「はい、さっき、雨宮さんに聴いてもらったところです。時間もぴったりでした」

「そんなに気にしなくても良いからね。誰も真剣に聴いてなんかいないんだから」

「そうなんですか？」

「口頭発表なんて、そんな感じ。質問する人は、発表よりも、梗概集《こうがいしゅう》の論文を読んでいる。そうだ、山吹君は？」

「山吹さん、明日の朝、三重から出てくるんです」

「あら、それは危険だ」

「危険ですよね」加部谷は思わず泣き顔になる。

「遅刻したら、どうするの？」

「どうしようもないと思います。私が、もう一編も発表するんでしょうか。でも、プレゼンの用意もないし……」

「その場合は、梗概集で説明すれば良いわ」

「うわぁ、やっぱり、そうなるんですか？」

「発表は、難しくないでしょう？　問題は、質疑応答ね。二編まとめてだから、五分くらい時間があって、二、三人は質問をするんじゃないかな」

「どうしよう、どうしよう」

「自分の思ったとおり、答えれば良いわ」

「わからなかったら？」

「わかりませんって言うだけ」

「でもぉ、全部の質問に、全部わかりませんでは、格好《かっこう》悪いですよね？」

「ええ、格好悪いわね」

「うわぁ、どうしよう」

「どうしようもないわよ。わからないんだから」

「なんとか、助けてもらえないんですか？」

「私は、論文の連名者じゃないから、それはできない。あ、でも、もしかしたら、国枝先生がお答えになるかも。指導教官として」

「ええっ、そんなこと、ありえませんよ。それをしてくれるなら、国枝先生が連名になっているはずじゃないですか」

「それは、山吹君が一人前の研究者になったから、遠慮されたんだと思う」

「自分のことは自分でしろ、私は知らんぞっていう感じなのでは？」

「うーん、まあ、端的《たんてき》に言えば、そういうことかしら」

「うわぁ……」加部谷は口を開けたままになる。

「西之園さん、きっついですね」雨宮は顔をしかめている。「やっぱり、厳しい世界なんだぁ」

「いえ、正直に言っているだけだよ。こんなところで、安心させるためだけに上手《じょうず》を言っても無意味でしょう？」

「それは、そうですけれど」

「ああ、山吹さん、お願いだから、寝坊しないで」加部谷は両手を合わせて力を入れる。

「お願いするなら、本人に連絡しないと。祈っても、効果はないと思う」西之園は言った。

「メールは何度も出してあるんですけど、返事が来ないんですよ。なんか、あんまりしつこいから、山吹さん、怒っちゃったかもです。はあ……、心配だなぁ、ああ……」加部谷は溜息をつく。あまりに大量生産しすぎている溜息なので、安っぽくなってきた。「そうだそうだ、犀川先生を見かけましたよ、駅で」

「あ、ああ、そう……、それは、学会なんだから、そうなんじゃない？」

「でも、那古野からだったら、明日の朝で充分ですよね？」加部谷は言った。「あれ？　西之園さんだって、どうして今日からなんですか？　東京からなら、もっと近いから、前日でなくても……」

「たまには、その、のんびりしたいじゃない。もう、毎日ね、忙しくて。授業はさほどでもないけれど、准教授になったから、教室会議や教授会に出席しなくちゃいけなくて、大変」

「犀川先生は、どちらにお泊まりなんですか？」加部谷は質問した。

「えっと……、犀川先生は、今日は日本科学大学で委員会があるって、たしか、そんなお話でした。それで、前日にいらっしゃっているんだと思う」

「そうですか……、だから、西之園さんも？」

そこで、しばらく沈黙があった。西之園は、視線を逸《そ》らして窓の外を見た。加部谷もつられてそちらを見たが、森林と岩肌が見えるだけである。そのあと、雨宮と目が合った。

「さてと、じゃあ、これで」西之園は立ち上がった。「あ、そうだ、海月《くらげ》君が来ているよ。知っていた？」

「え、そうなんですか。どこにいるんですか？」

「いえいえ、学会に来るというだけ。今日はまだかも。明日の朝かな。宿はどこか知りません。メールしてみたら？」

「そうか、海月君、西之園さんの研究室なんですね？」

「ええ」西之園は頷いてから微笑んで、片手を顔の横で広げた。「では、明日会場で。発表、聴きにいきますから」

「あ、はい」加部谷は立ち上がった。

西之園は、あっさり部屋から出ていった。

「おやおや……」雨宮が肩を竦《すく》めるジェスチャ。「はぐらかされたがね」

「でも、まちがいないよね。犀川先生もきっと、ここへ泊まられるんだ。くうぅ！」

「え？」

「何、くうぅって」

「大人だわぁ」

「あんたも、とっくに大人だがね」

「そうか、そうだよね。なんとかしなくちゃ」

6

研究委員会は三十分の延長で、六時半に終了した。委員長の蔵本教授は、これからまだ仕事があると話していた。ほかの委員も、建物を出て、夕暮れのキャンパスを歩いていった。犀川は、この大学が初めてだったので、建物を見るために、わざと大回《か》りをした。誰かと一緒に歩くと、無駄な会話をしなければならない。それよりは、寡黙《もく》な建築物を眺める方が有意義だろう。

景気の良い頃に建てられただけあって、どれも贅沢な設計だった。それは、素晴らしいという意味ではない。金がかかっているな、ということである。この頃の特徴は、ガラス張りの大空間を作りたがること、そうした室内に、自然を無理に取り入れること。たとえば吹抜けのスペースに大きな樹を植えたりする。そんな不自然さが流行《はや》った。この大学も、講堂の中にある空間がまさにそれだった。長いエレベータが外から見えた。まるでショッピングセンタである。

メールが届いた。公安の沓掛《くつかけ》からだった。電話をかけても良いか、という内容だったので、「どうぞ」とリプライする。まもなく、電話がかかってきた。ちょうど、講堂の前の階段を下りているときだった。

「沓掛です。先生、お忙しいところ、ありがとうございます」

「いえ、特に忙しくありません」

γと記されたキウイの件である。蔵本から聞いた話を、メールで沓掛に送った。電話でも、状況をきかれたが、メールで書いた以上の情報を犀川は持っていない。

「同様のものが、報告されていませんか？」犀川は尋ねた。

「いえ、ありませんね。γについては、幾つかキャッチしているのですが、これはというものはありません。このところ、世間を騒がせるようなレベルのものは、起きていません」

「けっこうなことじゃないですか」

「そのキウイも、たぶん、無関係かと思います。文字だけが書かれていたという例はこれまでありません。誰かの悪戯でしょう」

「そうですね」

「先生、どちらにいらっしゃるんですか？」

「明日から、建築学会なんです。伊豆《いず》にいます。日本科学大学です」

「ああ、はい、知っています。えっと、二年まえですか、一度だけ行ったことがあります。そちらの計算機センタにハッキングがあったんです」

「沓掛さんが来るような事態だったんですか？」

「ええ、そうです。結局、シャットダウンして、すべてオフラインにして分析をするしかありませんでした。完全に乗っ取られていたんです」

「完全にというのは、どういう意味ですか？」

「つまり、通常のルーチンもこなしていたので、発見が遅れました。六割ほど効率が落ちて、どうもおかしいという話になったんです。それで、専門家が入ったのですが、ダミィのメモリィ障害まで装っていました。その例を、たまたまアメリカ帰りの担当者が知っていたので、気づいたんです。故障と見せかけて、実は別の計算を裏でしていたんです」

「なるほど、データはどこへ送られていました？」

「ロシアです。でも、それは中継でしょうね」

「何をしていたのか、わかりましたか？」

「それが、あまりにも膨大《ぼうだい》で、今も分析が続いています。なにかのシミュレーションだとは思います。天体でも気象でもない、なにかの」

「たぶん、ここのコンピュータだけではなく、複数で分散して計算しているはずですから、一部から全体を知ることは、難しいでしょうね」

「おっしゃるとおりです」

「この大学で、その件について一番詳しいのは、誰ですか？」

「えっと、情報工学科の助教をされていた人ですね。そのスパコンが来たあとに、新しく赴任《ふにん》した方でした。教授も准教授も、まったく専門外で、その新しい先生が実質的には、計算機センタの面倒を見ていたんです。もし、その方がもっと以前からいれば、あんなことにはならなかったでしょう。名前は、えっと、ちょっと失念してしまいましたが、調べて、あとでメールします」

「ちょっと訪ねてみます」

「あの、女性ですよ」

「そうですか」

「もう、勤務時間外なのでは？」

「では、これで……」

「はい、またよろしくお願いいたします」

まだ七時まえだ。この時間に勤務していない研究者などいない。特に、有能な人間ならば、この時間からが勤務時間といっても良い。

大学内の配置図は頭に入っているので、計算機センタの建物の方へ歩いた。問題は、その人物がいる場所だ。計算機センタの面倒を見ているといっても、計算機センタにいるわけではない。どこからだって面倒を見ることはできる。地球の裏側からでも、タイムラグは〇・三秒くらいだろう。ちょうど、人間の脳と手の間の神経のアクセスくらいである。

計算機センタの建物は、照明が灯《とも》っていたけれど、入口のドアは開かない。閉館しているので当然だ。ガラス越しに中を覗いたが、人影は見当たらない。しかたがないので、情報工学科へ向かうことにした。

途中でメールが届いた。沓掛からだった。その助教の名は、島田《しまだ》だという。それだけだった。姓だけというのは、名刺が見つからないからだろう。そもそも名刺がなかったのかもしれない。

情報工学科の建物に入り、ピロティの壁にあるスタッフと部屋のリストを見た。すぐにその名前が見つかる。そして、驚いた。島田文子とある。その名前を、犀川は記憶していた。ずいぶん以前に会ったことがある。

部屋番号と配置図を見比べてから、階段を上った。国立大学とは次元の違う明るい階段だった。なにしろ、手摺りが赤い。赤い手摺りなんて洒落《しゃれ》たものは、国立大学には無縁だ。いや、そんな考えはもう古いだろうか。

部屋の前まで来て、ノックをしようとしたら、中から「どうぞ」と声が聞こえた。人工的なアクセントだった。センサに反応してしゃべる装置だろうか。何のどうぞかわからないので、いちおうノックをした。こんどは、「はあい」という人間の声が聞こえた。ドアを開ける。

「こんにちは」中に入って、奥にいる女性に挨拶した。

彼女は、モニタを向いて座っていた。横から見た角度である。モニタは二つ、大きい方が24インチくらい、小さい方は14インチくらい。彼女は、こちらを見た。眼鏡をかけている。白衣を着ていた。立ち上がって、無言で近づいてくる。

「あれ？　誰でしたっけ、えっとぉ……」眉を顰《ひそ》めている。

「島田さん、お久しぶりです。犀川です」

「あ、ああ、そうそう、犀川先生だ、犀川、犀川、思い出した。ああ、懐かしい。お久しぶりですね。どうして、こちらへ？　え、何のために、こちらへ？」

「突然ですみません。今、よろしかったですか？」

「大丈夫、大丈夫。全然オッケィ。うわぁ……、先生、変わっていませんね。同じじゃないですか。私は、だいぶ違うでしょう？」

「いえ、同じですね」

「ありがとうございます。えっと、コーヒーでよろしいですか？　熱いの？　冷たいの？」

「おかまいなく……」

「大丈夫、大丈夫、両方どっちも、すぐに出せますよ」

「では、熱いのを」

「あ、そうか。建築学会だ。だから、いらっしゃったんですね？」

「ええ、まあ、そんなところです」

「今日からですか？」

「学会は、明日からです」

島田文子《あやこ》が、コーヒーの用意をしている間、犀川は、ここへ来た経緯を説明した。キウイの話から始まって、公安の沓掛から聞いたことまでである。多少抽象化し、固有名詞や具体的な詳細を避《さ》けて話した。三十秒くらいで説明できた。

「そうそう、私がここへ来たときに、計算機センタがハッキングされていたんです」

島田は、カップを二つテーブルに置いた。

「誰にですか?」犀川は、彼女に促《うなが》されて、ソファに座っていた。

「それは、わかりません」島田も対面の肘掛《ひじか》け椅子に座る。彼女は脚を組んだ。

「島田さんなら、わかるのでは?」

「どういうことかしら」島田は首を傾げてから、口をへの字に曲げる。「想像ならできるけれど、証明することはできませんね」

「どんな想像ですか?」

「たぶん、五つか六つのスーパ・コンピュータを使って、計算をしていたのね。日本ではここだけ。あとは、中国の一台、それ以外はわかりません。リモート・データはロシアから来ていたけれど、そこが起点ってことはないでしょうし、衛星を使う経路もありました。美しいくらい細かく分散されている。人間業《にんげんわざ》とは思えないくらい。うーん、アメリカでしょうね、きっと」

「何の計算ですか?」

「ご興味があるのですか?」

「ええ、ありますね。真賀田《まがた》博士が何をしているのか、知りたい」

島田は、カップを口につけていた。少し遅れて視線を上げ、こちらを捉《とら》えた。真賀田四季《しき》の名を聞いても、まったく動じない。驚きもしなかった。そういうことなのだ。

「私のことを、なにか、疑っているのですか？」

「どうして、疑われると？」

「私が、以前に、真賀田研究所にいたから」

「だから？」

「まあ、疑われてもしかたがない。公安も疑っていましたよ。ハッキングしたのは、私じゃないかってね、最初は、そんな感じでした。まさか、自分が就職するところに、そんなことしませんよね。それで、面倒だったけれど、彼らのためにいろいろ調べてあげたの。ようやく、少し信じてくれたようでした」

「真賀田博士とは、連絡が取れますか？」

「私が？　まさか……」島田はふっと息を吐いた。「あ、でも、連絡を取るなんて、簡単じゃない。誰だって、呼びかけたら、通じると思います。むちゃくちゃなアドレスに、真賀田博士へって書いて送ったら、きっとピックアップしてくれるわ」

「なるほど、試してみましょう」

「特に、犀川先生だったら、確実に、リプライが来るはず」

「島田さんは、それをしたことがあるのですか？」

「ありません。どうして、私が連絡を取るわけ？　なにも相談事なんてないし、ええ、彼女の下《もと》で働きたいとも、正直、思っていません。うーん、そうね、若いときには憧《あこが》れだったけれど、私も歳を取ったっていうか、大人になったのね。現実を見て、自分の人生をリアルに生きていくのに手一杯。こちらへ就職して、二年ですけれど、ここは居心地が良いわ。若い人が相手だと元気が出るし、そう、日本でも博士を取ろうと思っています」

「それは良い。島田さんなら簡単でしょう」

ということは、島田は、海外でドクタを取っているのだ。日本でも取り直す、という意味である。

「簡単じゃありませんよ。コードなら書けるけれど、文章は苦手」島田は笑った。

「あ、そう、西之園さん、ええ、彼女、今、W大の先生になっているでしょう？」

「良くご存じですね」

「なんとなく、風の噂で……。この頃はね、先生が美人だっていうだけで、学生が授業中に写真を撮って、それをネットに流すんですよ。プライベートなんて、あったもんじゃない」

「ツイッタですか？」

「ええ、そう。みんな喜んでやっているけれど、利用されているって、どれくらい気づいているかしら。私はやらない。利用されるよりは、利用する側に回りたいから」

「僕もやりません。でも、常に見ています」

「同じ。SNSもね……、まるで家畜」

「そこまで酷《ひど》くはないでしょう」

「餌《えさ》は何かしらって、思わない？」

「何でしょう。つながりたいんですよ、人間というのは」

「そうそう、絆《きずな》ね。絆って、牛をつないでおく綱のことでしょう？」

「ネットというものが、元来そういう装置なのでしょうね」

「人を縛りつけておく装置？」

「そうです」

7

犀川から電話がかかってきたのは、七時だった。西之園萌絵は、窓際の椅子に腰掛けて、携帯でネットを見ていたところだったので、一秒で電話に出た。

「遅いじゃないですか」彼女は息もつかずに言った。「六時半にこちらへいらっしゃるって」

「うん、その……、ちょっと、委員会が長引いて」

「嘘ですね」

「うん、いや、それが半分で、あとの半分は、島田文子氏に会ったんだ。日本科学大学で助教をしている。知っていた?」

「いえ、本当ですか?」

「明日にでも、訪ねたら。会いたがっていたよ」

「私に?」

「うん。今、タクシーに乗っているから……。運転手さん、あとどれくらいですか?」

会話のやり取りが聞こえた。

「十五分くらいだって」

「わかりました。私も、それにお料理も、六時半から待っているんですよ」

「さきに食べて良いよ」

「そんなわけにいきません」

「あ、そう……。どうせ、刺身だろう？」

「だから、何なんですか？」

「冷めない」

「氷が解けます」

「わかったわかった。じゃあ」

電話が切れた。彼女は、ふっと息を吐《は》いた。自分に対して、「怒らない、怒らない」と注意をしていた。

少し落ち着いたところで、十五分をどう使おうか、と考えたが、フロントに電話をして、温め直せる料理は頼むことにした。すぐに、部屋に女性が二人やってきて、ワゴンに料理を載せて出ていった。あと十二分だったが、タクシーだって時間どおりには到着しないだろう。犀川が運転しているのではないからだ。

結局、犀川は、二十三分後に現れた。その一分後に、料理も温かくなって戻ってきた。刺身の氷はほとんど解けていたが。

食事をしながら、犀川は、キウイの話を始めた。それが切っ掛けで、公安の沓掛と久し振りに話したこと、また、その関係で、島田文子に会ったことがわかった。

「キウイといえば、加部谷さんたちが、このホテルのお風呂に、キウイが浮いていたと話していましたけれど」

「え？　加部谷さんが、このホテルにいるの？」犀川は驚いたようだ。

「ええ、お友達も一緒です」

「もしかして、国枝君も？」

「国枝先生は、さあ、どちらでしょうか」

犀川は黙ってしまった。茶碗蒸《ちゃわんむ》しをスプーンで食べている。その光景が、少し面白かったので、西之園は見とれてしまった。

「まずいなあ」犀川が呟く。

「え、茶碗蒸しが？」

「違う。国枝君に知られるのが」

「何を知られるんです？」

「だから、僕と君が、このホテルにいること」

「このホテルにいちゃいけませんか？」

「いけないことはないけれど……」

「国枝先生が、どうおっしゃるでしょうか？」

「いや、言わない。ただ、じっと睨むだけだ、横目で。まあ、言うとしても、ご一緒ですか、くらいだろうね」

「いいじゃないですか。ごく普通です」

「普通ほど恐いものはない」

「国枝先生に取《と》り憑《つ》かれているみたい」

「そうかもしれない。だいぶまえからだ。彼女がC大へ行って、会う機会が減ったんだが、よけいに恐くなった」

「怒られますよ」

「怒られたくないなぁ」

明らかに、犀川は面白がっている。西之園も、面白かった。しかし、話題を変えることにした。

「それで、そのキウイの話は、結局、どうなのですか？」

「さあ……。風呂のキウイは？」

「僕は、キウイっていうのが、すぐにイメージできなかった。黒いやつですね、と言ったら、蔵本先生に、それはアボカドですって言われてしまった」

「ああ、恥ずかしい」

「いや、恥ずかしくはないが、どうして、自分がそう思ったのか、と考えてみたんだ。それに、手榴弾を真似《まね》て、プルトップまで付けたわけだ。それだったら、何故、アボカドを選ばなかったんだろう？」

「それを、考えたのですか？」

「うん、タクシーの中で、ほとんどずっと、この問題を考えていた」

「問題ですか……。なにか結論が出ましたか？」

「いや……」

「ギリシャ文字の方は？」

「べつに、取り立てて考えるほどでもない。キウイに比べたらね」

「普通は、キウイとγを比べたりしませんから」

「γはどうだって良い。でも、キウイは気になるな。どうして、キウイなんだろう？

たまたま、手許《てもと》にキウイがあったのかな。もしかして、今は、キウイしかない？　アボカドは季節外れなのかな」

「どうでしょう。私もわかりませんけれど、でも、一年中あると思いますよ」

「アボカドだったら、六かける十の二十三乗だ」

「約ですね」西之園は補足した。「それに、アボガドロですけれど。わざとおっしゃったでしょう？　笑わせようと思って」

「こういうのに、国枝君は笑ってくれない。ジョークに理解がない。博愛というものがない」

「そんなに気になるのなら、国枝先生と結婚されたら良かったのに」

「恐ろしいことを言うなぁ」

8

国枝桃子は、くしゃみをした。彼女は新幹線に乗っていた。隣のシートには、山吹早月が座っている。

「クーラ、効きすぎですね」山吹は言った。ついさきほどは、少し暑いのでは、と感じたのだが、今は涼しすぎる。

国枝は、学術雑誌を読んでいて、なにも言わない。頷きもしなければ、視線さえ移さなかった。山吹の言葉は、結局独《ひと》り言《ごと》になってしまった。国枝と一緒にいると、どうしても呟きが増える。国枝が会話に乗ってこないせいだ。

学会の年次大会へは、明日の朝の電車で行くつもりにしていたのだが、今日の午後のスケジュールが一つキャンセルになって、それならば、今日のうちに行くか、と考えた。そうすれば、早起きをしなくても良い。なにしろ、加部谷恵美から嫌というほどメールで釘を刺されているのだ。あそこまで言われると、なにかもう寝坊をしてしまう運命なのではないか、という強迫観念に取り憑かれそうだった。ネットで捜《さが》してみると、明日から予約している同じホテルに空きがあることがわかり、電話したところ簡単に部屋が取れた。おそらく、キャンセルがあったためだろう。発表がいつになるかわかる以前から、まずは全部の日を予約して、間際でキャンセルする、という参加者がある程度はいるはずだ。

そういうわけで、夕方に電車に乗った。那古野の駅で新幹線に乗ろうとしたところ、ホームに立っている国枝を見つけたのだ。国枝は、C大で四年生と修士課程の三年間、指導教官だった。博士課程は、N大で犀川准教授の指導を受けた。もともと、国枝は犀川研究室の助手だったので、その後も、山吹が書く論文は国枝との連名だった。今は自分も研究者として独立したので、国枝からは論文の連名を断られた。これは、犀川研の伝統らしい。通常は、かつてのボスまでずらりと連名にするのが一般的だ。

国枝は、とにかくいつも不機嫌《ふきげん》に見える。不機嫌ではないのだが、ほとんど笑わないし、雑談をしないし、上手もなく、また、歯に衣を着せずずばり発言する。とても厳しい。もう国枝の下で長いのだから、慣れているはずなのだが、躰に染みついてしまったというのか、まったく頭が上がらない。

時刻は、間もなく午後九時になる。次の駅で新幹線を降りて、そのあとまた一時間近く電車に乗らなければならない。ホテルに到着するのは十時過ぎになる。窓の外は、九十パーセントは真っ暗闇だ。山吹は窓際の席に座っているのだが、景色を楽しむことはできない。地下鉄に乗っているのと同じ。国枝のように、読むものを持ってくれば良かった。学会の梗概集ならば鞄《かばん》に入っているけれど、読む気にはなれなかった。自分が発表する論文に目を通して確認しても良かったが、国枝が横にいるのに、そんな学生みたいな真似はできない。ホテルに着いてからにしよう、と決めていた。

しかし、国枝と会っていなかったら、一人でシートに座って、コーヒーを飲んだり、なにか食べたりしたのではないか、と想像した。会った以上、では一緒に、ということになったわけだが、国枝は話の相手をしてくれないので、これでは、隣のシートに座っている意味がない。向かうホテルも違うのである。このあとの電車もこのままだろうか。息苦しいし、堅苦しいし、なんか損をした気分である。

「これ、面白いよ」突然、国枝がそう言って、読んでいた雑誌を山吹の目の前に差し出した。

読め、という意味に受け取った。雑誌を手に取り、開いてあったページを読んだ。

幸い、英語ではなく日本語だった。論文ではなく、報告のような内容、つまり、非常に限られた分野の現状を取りまとめている。引用文献が数多く、それらを知らない山吹には、さっぱりわからなかった。何が面白いのだろう。最後までとりあえず目を通してから、もう一度読み返した。しかし、特に新しい知見もなく、面白いとは思えない。

「何が面白いのですか？」しかたなく、山吹は尋ねた。隣の国枝は、新幹線の電光掲示板を見ているようだった。

「そんな下らないものを書く神経が面白い」国枝は言った。「わざわざ時間を使って、みんなのためになると思っているほど、馬鹿じゃないはず。たぶん、編集委員から依頼されて、嫌々書いた。そういう後ろ向きの気持ちが滲《にじ》み出ているのが、面白い。世の中には、面白い人がいるもんだね」

「はあ……」もう一度、ページへ視線を落とす。著者は、山吹でも知っている有名な先生だ。学会でも中心的な立場だろう。面白いというのは、もしかしたらそのとおりかもしれない。

しかし、国枝は機嫌が良さそうだ、ということはわかった。たいてい、この時間帯は機嫌が良い。太陽が出ている間に比べると、格段に会話をしてくれる。だが、今口にしたようなことをネットで呟いたら、大変なことになるだろうな、とは思った。

学会はもう何度めになるだろう。学部生のときから参加し、大学院生になってからは、毎回発表をしている。最初は、もの凄く緊張したものだが、もう慣れてしまった。聞いている人の顔もだいたい覚えたし、自分の研究について隅々まで自分の知識が及ぶようになった。ようするに、自分からすべてが発している状態に至ったのだ。だから、質問を受けても、特に困るようなことはない。自分に答えられないような質問ならば、誰にも答えることはできない。学生の頃に、質問にどぎまぎしてしまったのは、まだすべてが自分から発したものではなかったからだ。答えられないのは、自分の不勉強を晒すことだった。今は、もし答えられない質問が来たら、それは素晴らしい課題に出会えたと素直に歓迎できる。嬉しくなって、質問者と握手をしたくなるだろう。

学会の全国大会は年に一度ある。このとき発表する論文は、二ページの短いもので、大したものではない。雑誌に投稿するフルペーパと呼ばれる論文は審査を受けるけれど、大会で口頭発表する論文は、無審査で梗概集に掲載される。会員ならば誰でも、どんなことでも発表できる。発表される内容は、良かろうが悪かろうが、大して評価を受けない。学生たちが発表の練習をする場だと捉えられてもいる。偉い先生が発表することは珍しく、たいていは連名者の学生が壇上に立つ。だから、どの研究室にどれくらいスタッフがいるのか、ということがわかる。留学生も大勢発表をする。日本語で発表できない場合は、英語でも良いことになっている。

よく、テレビや新聞が、学会でこんな研究発表があった、こんな新技術が報告された、などとニュースにするけれど、例外なくヤラセである。マスコミを呼んで、記事にさせているだけで、関連分野の研究者から見れば、今頃何を言っているのか、というものがほとんどだ。今回の年次大会でも、住宅の省エネや地域レベルの小規模発電に注目が集まるだろう。「環境を考慮したこれからの建築」というフレーズが繰り返されるが、いったいどの時代に、環境を考慮しない建築が存在したというのか。省エネ技術が最先端になっている、という物言いも不思議だ。もうかれこれ百年も続いている大きなテーマであるし、技術というものの大半が、そもそも省エネ目的だと言っても良いくらいなのである。

マスコミを利用した売名行為も、しかし、一つのやり方である。それが悪いわけではない。格好は悪いが、手っ取り早い手法にはちがいないし、そういったことに価値を見出す方面もないわけではない。世の中の六割は、「昔の人間」で占《し》められているのだ。それは、ずっと昔からまったく変化なく、同じである。

そういうわけで、この建築学会の年次大会というのは、ほとんどの会員が「お祭り」だと認識している。全国から集まって、研究者が一堂に会するわけで、論文でしか知らないビッグネームを拝むこともできるし、もちろん、直接質問をすることだってできる。滅多《めった》にないことだが、著名な研究者にサインをもらったりしている場面も目撃したことがある。文化というものの奥深さを見た気がした。

明日の夜には、犀川研究室と国枝研究室のメンバが集まる合同コンパがある。これは少し楽しみだった。もちろん、西之園萌絵が出席する。隣にいる国枝桃子もそうだ。犀川創平を含めて、この三人だけでも、もう重力に影響が出そうなくらいのポテンシャルだ。また、国枝研究室のメンバでは、今、西之園の研究室にいる海月が来る。論文を山吹と連名で発表する加部谷ももちろん。あと、雨宮純が取材で来るらしい。彼女は、マスコミでは珍しく理系だ。しかも建築学科の出身なので、レポータとしては適任ということだったのだろう。

山吹は、研究発表は明日だが、明後日の土曜日に、セッションの司会が当たっている。研究発表は各教室で同時に行われ、十題くらいずつセッションで区切られる。休憩をその間に挟み、講演者や聴衆が入れ替わる。それぞれのセッションには、司会が二人つく。これは、学会から一方的に指名される。山吹は今回が初めてだった。助教になると、こういう役目が回ってくるようだ。ただ、難しい仕事ではない。タイトルを読み上げ、発表者の名前を呼ぶだけである。あとは、発表者がプレゼンを行う。終わったら、会場に向かって、「ただ今の発表について、質問はありませんか？」と言うだけだ。時計係は別にいて、これは決められた発表時間の一分まえになったら一鈴《いちれい》を鳴らす。ジャストになったら二鈴になり、発表を止める決まりになっている。

司会のうち一人はベテランの教授・准教授クラスで、もう一人が若い助教あるいは研究者という具合になっているようだった。山吹が司会を務めるセッションのもう一人の司会は、日本科学大学の蔵本寛子教授である。わりと近い研究分野なので、名前はよく知っているが、本人を見たことはない。明後日のセッションでは、最初に蔵本に挨拶し、分担について指示を受けることになる。おそらく、最初の半分を蔵本が、残りの半分を自分が担当することになるだろう。

「国枝先生、日科大の蔵本先生って、どんな方ですか？　同じセッションの司会が当たっているんです」山吹はきいた。

国枝は、山吹が返した雑誌をまた黙って読んでいた。別の面白い記事を見つけたのだろうか。

「五十代。やり手かな」国枝がこちらを見ないで答える。

「やり手ですか」どういう意味なのか、今ひとつわからないが、頷くことにした。

一般的にいえば、仕事ができる、という意味だ。しかし、研究者の場合は、この表現はニュアンスが少し違ってくる。実力よりも大きく見せようとする、政治的に上手《うま》く立ち回る、というような意味合いで使われる局面が多い。何故なら、研究者の場合は、実力が非常にわかりやすいからだ。つまり、自分からアピールをしなくても、凄い仕事をしている人間は必ず周囲から評価される。また、研究というものは、誰もが自分の好きなことを選択しているわけで、積極的なのは当たり前、すなわちデフォルトなので、一般に用いられる「やり手」という表現が研究活動に対して使われることが、まずありえないのである。

「五年くらいまえまで、ゼネコンの研究所にいた」

「じゃあ、いきなり教授で赴任されたのですか？」

「たしか、そう」国枝はようやく顔を上げる。眼鏡に手をやった。「あと……、女性」

これは、可笑《おか》しくて、山吹は思わず笑ってしまった。声を出したわけではないが、息を止め、口が笑う形になってしまった。

「何が可笑しいの？」

「わかりますよ、女性だって。寛子っていう名で」

「あ、そう……。私もたまに、それ、言われるな。名前でわかったって」

今度は、込《こ》み上《あ》げる息を押し殺すことは無理だった。国枝の名は、桃子だ。可能な限り笑いを堪え、顔を見られないよう、山吹は窓の方へ視線を向ける。

ビルが見えている。都会が近づいているようだ。そろそろかな、と思っていると、間もなく到着だというアナウンスが流れた。乗換えの電車は、十四分後だから、駅でなにか食べるものを買おう、と山吹は考えた。

9

　加部谷と雨宮は、夕食のあとも、また大浴場へ出かけた。今度は、何人か先客がいたので、おしゃべりの音量は控えめだったが、よりゆったりと温泉を楽しむことができた。西之園萌絵が来れば良いのにね、という話をしたが、彼女に会うことはなかった。

「きっと、スイートなんだよ。だから、大浴場へ来なくて良いってこと」加部谷は思いつきを話した。スイート・ルームがあるのかどうかも知らないのだが。

「ふうん」雨宮はそう答えて、視線をぐるりと巡らせる。「おお、今、一瞬でどえらいいろいろ妄想してまったがね」

「あぁあ、良いなあ。明日はもっとリラックスして、温泉に入れるんだ。もの凄い楽しみだなぁ」

「そんなもん、今と同じだわさ」

「純ちゃんは、明日の仕事、何時から？」

「うーん、打合わせが十一時から」

「じゃあ、一緒に出かけられるね」

「山吹さんからは？　なんかリプライはないのかい」

「それが、全然」

「おっかしいぞう。たぶん、あれだに。君にわざとプレッシャを与えようとしとるんだに。おお、そうだわ。愛の鞭《むち》っていうんかな」

「愛の鞭？　違うと思うけれど」

「もう少し、理解したげなかんよ。ああいう人なんだで」

「どういう人？　何を理解するの？」

「ん？　なんで、わざわざ君を連名にしたかって」

「一編では、書ききれなかったし、ほかに頼める人もいないし。そう、山吹さんのところには、まだ直属の院生がいないの」

「いやいや、そうかなぁ。そうなのかなぁ。違うんじゃないのぉ。忘れられないんじゃないのぉ、C大での君との思い出？　くうぅ、レモン三十個分の酸っぱさ」

「何の話？　なんか勘違《かんちが》いしてない？」

「いやいやぁ、あれだろ、海月な、あっちへ行ってまったのが、君史上最大のミスディレクションだったわな、ああ、はかなくも悲しい青春でございましたね」

「ビール飲みすぎたでしょう？」

「まままま、あぁ、あかんのぅ、ぼうっとしてきた。アルコールと温泉の相乗効果だな、あぁ……、このまま、沈んでしまいたい」

雨宮は、目を瞑《つむ》って、顔の下半分を水面下に沈めた。

「山吹さんは、純ちゃんでしょう？」

目を開ける雨宮。ゴジラの上陸シーンのようだ。

「何だとぅ？」口を水面から出して低い声できいた。

「絶対そうだよ。山吹さん、そんな素振《そぶ》り見せるじゃない」

「いつぅ？」

「いつも。でも、純ちゃんがつれないからね、なかなか言い出せないんじゃない？先輩だし、あの人、慎重だし」

「それは、あんたの見間違い。お門違い。全然見当違い」

「そうかなぁ」

「そうだわ。お馬鹿さん」

「ねね、実際のところ、どうなの？」

「なにがぁ？」

「だから、山吹さん、純ちゃんとしては、どうなの？」

「ありえない」

「ありえない？　ありえないって、どういうこと？　不可能？　そこまで否定できる、その根拠は？」

「まあかん、のぼせてきた。出るぞ」

「ほらほら、図星《ずぼし》なんじゃない？」

「違う違う、そういう変な勘ぐりはやめたまえ。僕は、そういうのは嫌いだぜ」

「いいじゃない、この際だから、本音を聞いておきたかった」

「ありえない」雨宮は首を振った。

「純ちゃん、彼氏いるの？」

「いる。しかし、本命はいない」

「そうなんだ」

「そんなことは、どうでもいいのだ」

「どうして？」

「うん、この際だから、正直に言うとな、今までのどの彼氏よりも、山吹さんは、ええと思う」

「え？」

「でも、ありえない、ということだ」

「だからどうして？」

「わからんかなぁ」

「わからない」加部谷は首を振った。

「馬鹿」

「教えてよ」

「知らん。さあ、出るぞ。あかんて、二人とも死ぬぞ」

　とにかく、お湯から出ることにした。立ち上がると、たしかに少し頭がくらくらする。部屋まで辿《たど》り着《つ》き、雨宮は、冷蔵庫へ直行し、ビールを出してコップに注《そそ》ぎ入れる。それをたちまち半分ほど咽《のど》に通した。

「ああ、美味《うま》いなぁ……、ふう……、風呂上がりの一杯は、こりゃ格別ですな」

「おやじみたいなこと言わないでよ」

「あのな、さっきの続きだけどな、なんなら、俺が山吹氏に直接直訴《じきそ》してやろうか」

「直接直訴？　重複《ちょうふく》してるよ」

「煩《うるさ》いな」

「何を？」

「加部谷をどうするのかって」

「はあ？」

「はあじゃないだろ、図星だろう？」

「ちょっと、私もビール飲も」彼女は立ち上がって冷蔵庫へ行く。黄色い液体と白い泡を見つめて、そのグラスを口につけた。雨宮がこちらを見つめていたが、加部谷は意識して視線を合わせなかった。変だな、どうして自分はこんなにむきになっているのか。アルコールで胸が熱くなったところで、ふっと息を吐く。

「ああ、美味しい」

「うん。美味いなぁ」雨宮もまたビールを飲んだ。「飲もう、もっと飲もう！」

「そうだ、そうだ、飲もう飲もう」

「山吹とか、海月とか、どうだってええがね」

「どうだっていい」加部谷は、ぐっとビールを飲む。グラスが空になった。

「おんや、加部谷、そんなに飲めたっけ？」

「大人だし」

「成長したな」

「そうだ！　西之園さんを呼びにいこう。誘って一緒に飲もう」加部谷は立ち上がっていた。

「待て待て待て。それはいかんて」

「え？　どうして？」

「それは、あれだ……、一線を越えとる」

「何で？　いいじゃん、女どうし、飲み明かそう」

「いやいや、そうはいかんがねぇ。旦那さんがおるわけでしょう」

「え？　あぁ……、うーん、駄目かなぁ」

「駄目駄目駄目。それが、大人だわさ。な？」

「うーん、悲しいなぁ、大人って」

「ま、ま、さあ、俺がつき合ったるがね。飲もう飲もう！」

10

日本科学大学の理事長室の時計は、十時を過ぎようとしている。この部屋は、建物の角にあって、壁の二面に窓があった。高層棟の最上階。周囲には、この高さの人工物は存在しない。しかし、今は窓の外には暗闇しかなく、ガラスには、無機質な明るさを誇示する室内が映っている。部屋に入ると、屋外に浮かんだそれらの虚構が目に飛び込んでくる。理事長は、デスクの向こうで大きな背もたれのある椅子に腰掛けていた。椅子が大きく見えるのは、彼が小柄だからである。無言で片手を上げたが、そんな仕草《しぐさ》も子供のようだった。

いつもの動作、いつもの道筋で、こちらへ出てくる。応接セットで向かい合って座ることになる。ところが、その低いガラステーブルの上に、キウイが一つ置かれていた。普通のキウイではない。プルトップの金具が刺さっている。

「遅くまで、ご苦労だったね」理事長は言った。

名前は柴田修三《しばたしゅうぞう》。年齢は七十二。学者ではない。この大学の創始者である。そう、まだ初代なのだ。もともとは、専門学校だったらしい。それほど昔のことではない。でも、その程度の昔のことも、蔵本は知らない。彼女は、ここへ来てまだ五年である。

「どうしたんですか？　警察が返しにきたのですか？」ソファに座りながら、キウイを手で示して彼女はきいた。

「違う。ここにあった」

「ここにあった？　どういうことですか？」

「君は、知らんのかね？」

「え？　いいえ、知りません。どうして、ここに？」

「うん、いや、ここにあったんだ。誰かが持ってきたんだろう」

「ここへ？　部屋の鍵《かぎ》が開いていたのですか？」

「表の扉は閉めてあった。鍵をかけて出たんだが、そっちの扉が開いていた。会議室から入ったんだろう」

　理事長室から隣の特別会議室に直接入るドアがある。そこが施錠《せじょう》されていなかったということだ。

「会議室は、施錠されていませんでしたか？」

「調べたが、開いていたよ」

「変ですね。私は閉めました。えっと、夕方のことですけれど」

「まあ、気にすることもなかろう」

「触りましたか？」

「いや、触っていない」

「では、警察を呼んで、調べてもらいましょう」

「うん。そうしてくれ」柴田は咳払《せきばら》いをした。「で、準備の方は？」

「恙無《つつがな》く。もう、明日を待つばかりです。理事長には、開会式と夕方のレセプションに出席していただくだけです。スピーチはありません」

「ああ、わかっている。挨拶は、福川《ふくかわ》君だね？　インフルエンザだったようだが、もう大丈夫なのかな？」

「はい、このあと、福川先生とお会いする約束です。どうも、インフルエンザではなかったそうですが」

福川啓司《けいじ》は、情報工学科の教授だったが、今は学長である。蔵本がこの大学へ就任したのは、彼の力によるところが大きい。建築学会が開催されるということで、昨年度に蔵本は副学長に指名された。学長は選挙だが、副学長は、学長の指名による。彼女は、順番では建築学科主任になる予定だったが、それだけでは肩書きが不足だろう、という配慮だった。

「彼が駄目なときは、君にお願いしようと考えていたが」

「そうならなくて助かりました」

副学長は、蔵本のほかに三人いる。彼女が一番若い。いくら学会が開催されるとはいえ、それは無謀な人事というものだろう、と蔵本は内心感じたが、辞退するようなことは不可能だった。

「なにか、ほかには？」

「特にありません」

「うん。わかった、では、もうけっこう。私も帰ることにしよう。明日があるからね」

「お疲れ様でした」蔵本は立ち上がって一礼した。「明日も、どうかよろしくお願いいたします」

柴田がデスクへ向かうのを見届けてから、もう一度お辞儀をして部屋を辞去した。通路を歩きながら、携帯電話を上着のポケットから取り出す。福川の研究室の番号へかける。

「もしもし、蔵本です」

「ああ、君か」

「今、理事長と会ったところです。これから、そちらへ行きます」

「わかった」

電話を切り、モニタを見る。時刻は十時二十五分。十時半の約束なので、ほぼオンタイムだった。スケジュール的には、これが今日最後の仕事になる。帰宅するのは十一時半になるだろう。彼女は、大学のすぐ近くに自宅を構えている。四年まえに自分で設計して建てた。ただ、帰っても誰もいない。彼女はもう長く独身だった。そのことが、自分のキャリアにとってハンディだとも思っていないが、もちろんアドバンテージだとも考えていない。

エレベータで地上へ下り、屋外《おくがい》に出た。さすがにこの時刻になると、秋が近いと思える気温だ。

キウイといって思い出すのは、この大学の講堂のホールの床の模様《もよう》だった。それは、キウイをデザインしたものではなかったらしいが、色も模様もキウイフルーツの断面そのもので、皆がその場所をキウイホールと呼んでいる。非公式な呼び名なのに、すっかり定着してしまい、ときどき学生向けの印刷物にもその名が書かれているほどだった。

そのことがあって、警察から心当たりがないかときかれたとき、キウイホールの話をすべきかどうか迷った。だが、関係ないことは明らかだ。自分が話さなくても、誰かが話すだろう、と彼女は考えた。

五分後に、情報工学科の福川の研究室に到着した。ドアをノックして中に入った。

福川は、既にソファに座っていた。頭を下げてから、部屋の奥を見た。彼のデスク、そして書棚が見えるだけだ。

「遅くまでご苦労様」福川が言った。

「申し訳ありません、こんな時刻に」

「いや、かまわないよ。選挙のことで、会う人が多くてね。こんな時間になってしまった」

「お忙しそうですね」

三カ月後に、次期学長の選挙がある。福川は二期めを狙《ねら》っている。今のところ、強力な対抗馬がいないので再選は固いだろう、という評判だった。

「なにか聞いておくべきことがありますか？」福川が尋ねた。

「いいえ、ありません」彼女は答える。キウイのことは話す必要はないだろう。

「では、明日は、このまえ見てもらったあれで、話しますよ」

「よろしくお願いします」

明日の開会式とレセプションのスピーチのことだった。福川は建築の専門家ではないため、原稿の半分ほどは、蔵本が用意したデータに基づいている。建築学科のことを少しだけ盛り込み、あとは本学の成り立ち、このキャンパス計画について、といった話題になっている。

ドアがノックされた。

福川がそちらへ顔を向けたが、一瞬、蔵本の方へ視線を送る。心当たりがなさそうな仕草に見えた。

しかし、彼が返事をするまえにドアが開いて、誰かが入ってきた。蔵本の位置からは入口のドアがパーティションの陰になって見えない。しかし、躰を斜めにして覗いてみた。男が一人。黒いシャツ、黒いズボン、そして、黒い帽子。異様なのは、顔を黒い布で隠していたこと。見えるのは目だけだった。

左手には、キウイを持っている。その腕を真っ直《ます》ぐに伸ばし、キウイをこちらへ差し出すようにした。プルトップが付いているのも見えた。

右手には、拳銃のようなものが握られていた。右腕は下がっていたので、それは、床を向いている。

そんないろいろなものが、一瞬で観察できた。

「これは、爆弾です」男はそう言った。「手を挙げて下さい」

蔵本は身を引いた。男から見えない方へ、隠れるように。ソファの背に躰がぶつかった。

一方、福川は既に立ち上がっていた。

「どうしたんです？　誰ですか、あなたは」福川が言った。冷静な口調に聞こえた。

「手を挙げて。でないと、撃ちますよ」

福川は両手を軽く挙げた。蔵本も手を挙げていた。

「目的は、何だね？」福川がきいた。落ち着いた態度に見えた。

福川は、男に近づいた。勇気のある行動だった。女性を庇《かば》おうという意図とも取れた。蔵本は、壁の近くにいたので、入口の男からは多少離れているし、パーティションに半分ほど遮《さえぎ》られていた。観葉植物の葉があって、男の顔はよく見えない位置だった。しかし、差し出した手は見える。キウイを持っている左手。男は黙っていた。福川の質問には答えない。だが、福川を相手にしていることはわかった。蔵本の方は見ようともしない。福川の部屋へ入ってきたのだから、これは当然だろう。

蔵本は、静かにしていた。

しかし、数秒間の静寂のあと、彼女は銃声を聞くことになる。

ただの一発。それは、頭の中で反響した。まるで、効果音のように。

福川が踞《うずくま》り、向きを変えようとしたが、そのまま床に横になった。

ドアの蝶番《ちょうつがい》の音。

走り去る足音。
もう動かなくなっていた学長の横、床にキウイが転がっていた。

第2章　エキセントリックな鬼気

　この点では、ギリシャ時代の座標の萌芽というのは、少し皮肉な現象としてある。ユークリッド幾何は、表面上は少なくとも〈数量〉を拒否した。スコラ哲学で問題になるような、〈砂と石〉の対立を回避する体系は、そうして作られたものだった。数量の拒否によって作られた幾何学において、数量の支配を象徴する座標概念の萌芽があったこと、これはまことに逆説的なことだ。

1

　日付が変わり、金曜日になった頃、加部谷と雨宮は、冷蔵庫の中にビールがもうないことを知った。

「いかんて、まあ、寝るしかない」雨宮が言う。「こんなことになるとはな。買っとけば良かった」

「電話したら？　酒、持ってこぉいって」

「何時だと思っとるの、そんな恥ずかしいことようせんわぁ」

「えっと、じゃあ……、もう一回、温泉にいってこよ」加部谷は立ち上がろうとする。しかし、何故かよろけて、敷《し》かれた布団に倒れ込んだ。

「ちょ、ちょ、おい、何しとるの？」

「おやすみなさい」

「待て、待て、温泉は？」

「ちょっと寝てから、またあとで……」

「着替えは？　顔くらい洗わな。歯磨きは？」

「うっるさいなぁ。何を、ぶつぶつぶつぶつ……。ああ、誰だ？　誰がしゃべっているのだ？」

「自分だがね」

「おやすみ……」

雨宮は速い溜息をついた。とりあえず、テーブルの上を少し片づけてから、バスルームへ行った。戻ってきたら、加部谷恵美は仰向けになっていた。布団に対して四十五度の角度だ。風邪《かぜ》を引くといけないので、クーラを停めようと思ったが、リモコンがない。どこかにあったはずだが、と捜してみたが、途中で面倒になって、加部谷に布団をかけようとするも、その布団の上に彼女がのっているので、上手くいかなかった。思いっきり素早く布団を一気に引けば、加部谷はそのままで布団だけ引き抜けるだろうか、などと想像したが、失敗した場合は、加部谷が転がっていくことになる。しかたがないので、手巻き寿司の海苔《のり》のように、両側からロールにするしかなかった。角度的にも、それに似た造形だった。

自分は支度《したく》をして、着替えもして、布団に入った。部屋の照明を落とす。すぐに眠りにつけそうに感じた。

というのも、一瞬のことで、たちまち目が覚《さ》めた。本当に一瞬だけ目を閉じた、という感覚だったのだ。ところが、窓の外は異様に明るいのでびっくりした。

「あっれぇ？　まあはい朝？　寝たっけ、俺」などと呟いていた。

時計を見ようとしたが、コンタクトを外していたので、ピントが合わない。ようやく見えても、それが何時なのか、すんなり頭に入ってこない。目で見たものをすぐに認識できるわけではないのだな、と冷静に考えつつあった。アリストテレスが考えそうなことだ、とも思った。

「え、九時？」雨宮は声を上げた。「ちょっと待った。九時って、あれ？」

横を見ると、布団ロールになったまま、加部谷が口を開けて寝ていた。転がって敷き布団から落ちていたが、掛け布団ごと回転したので、いちおう布団の上である。

「加部谷、起きなかんよ。もうすぐ九時だに」

まったく反応がない。

「おい」近くへ行き、布団を押す。布団ロールの加部谷を揺《ゆ》さぶった。「起きろっていうの」

加部谷が微かに呻《うめ》き声を上げた。死んでいるわけではない。欠伸《あくび》もした。

「朝飯って、七時じゃなかったっけ？」雨宮はもう一度時計を見たが、見間違いではない。もう七時は二時間も過去のことだった。

「朝ご飯、食べなくちゃ」寝たままの顔で、加部谷が言う。

おかしい。コールはなかった。もしかして、放送を聞き逃したのだろうか。

「あんた、発表は何時からだった？」

「発表って？」

「十時半って言ってなかった？　ちょい待て。落ち着いて……、えっと、いかん、えっらいぎりぎりだがね！　すぐに出発しなかんって。加部谷！　おい、起きろ！」

巻き布団から加部谷を取り出し、立たせて、バスルームへ連れていった。

「はい、顔洗って。いぃい？　わかったぁ？　五分後に出発だからな」

自分は、窓際の椅子で化粧をし、それから、着替えて、荷物を整える。部屋に置いていくものと、持っていくものを確認。

加部谷がバスルームから出てきた。

「あぁあ、頭が痛い」首を左右に振っている。「何時？」

「だから、もうすぐ九時だって」

「九時かぁ……。あぁあ、えっと……、あれ？」加部谷の目が大きくなった。「九時？　え、どういうこと？　今日って……」

「金曜日」

「発表がある」

「そう。良かったね、目が覚めて」

「ちょっと待って。間に合う？　えっと、朝ご飯は？」

「そんなもん、食べとる暇ないわ！」

「うわぁ……、どうしよう、どうしよう。ここって、えっと、遠いんだよね？　どれくらいかかる？」

「さっさと着替えろ。すぐに出るぞ。駅までタクシー。電車の時間が合わなければ、会場まで、またタクシーだ」

「お化粧しなくちゃ」

「タクシーの中でしろ。とにかく、服を着ろって」

「えっと……」加部谷は自分のバッグの近くへ跪《ひざまず》く。

「もう、違うだろ。クロゼットだろ。手伝ってやるから、どれを着るの？　これか？」ハンガに吊《つ》るされたスーツを取り出した。

「そう、それそれ」

結局、部屋を出るのに十分かかった。

「発表の用意は？　大丈夫？　忘れ物ない？」

「大丈夫だと思う」

エレベータも待っていられない。階段を駆け下り、ロビィを突っ切って、ホテルの玄関を出る。幸い、一台だけタクシーがいて、二人はそれに乗り込んだ。

駅まで、とまず頼んだが、走っている途中、十時半までに日本科学大学へ行きたいと話すと、運転手は、電車は三十分に一本だし、間に合わないだろう、車ならなんとかなるかもしれない、と言う。

「それじゃあ、このまま、お願いします。できるだけ速く」雨宮は頼んだ。

加部谷の顔を見ると、もう泣き顔だった。目が潤《うる》んでいる。

「しっかりして」雨宮は彼女に言った。

「どうしよう?」

「とりあえず、深呼吸だ……。そう……。まず、山吹さんにメールを書く」

「え? なんて?」

「寝坊をした。間に合わないかもしれないが、タクシーでそちらへ向かっている」

「え、でも……」

「万が一のときは、山吹さんが発表してくれるでしょう? その可能性を早めに連絡しとかな」

「そうか、そうだね」

「そのあと、ちゃんとメークして」

「うん、わかった」

「お客さん、大丈夫ですよ、道さえ込んでなければね、間に合いますよ」運転手が朗《ほが》らかに言った。

道路は一本道で、山の方へ上っているみたいだった。タクシーはエンジンを唸《うな》らせ、センタラインを越えて、前を走っている軽トラックを追い抜いた。

「日本科学大学って、えっと、建築の学会をやっているんじゃないですか？」運転手が言った。

「そうです。そこで、この子が発表をするんです」

「発表するんですか？　そりゃ凄いですね。学者さんなんですね」運転手が一瞬後ろを振り返った。加部谷を見ようとしたようだが、目が合ったのは左の座席に座っている雨宮の方だった。

「安全運転でお願いします」雨宮は微笑んだ。後ろを向かないでほしい。

「はいはい。そうそう、なんか、えっと、事件がありましたよね」運転手は前を向いて話した。「学長が撃たれたとかなんとか、ニュースでやっていましたけど」

「え？　日本科学大学の学長が、ですか？　本当ですか？」雨宮は身を乗り出した。

「それ、いつのニュース？」

「今朝ですね」運転手は答える。

慌ててバッグから携帯電話を取り出した。着信履歴を見ると、八時頃に三件あった。同じ局の上司からだ。すぐに電話をかけた。

「あの、もしもし、雨宮です」

「何しとったんだ。今、どこ？」

「はい、あの、タクシーに乗っています。日科大にまもなく到着します」

「遅いじゃないか。すぐに連絡を取るように、カメラも待ってるぞ。頼むよう。昼には電波にのせるからな」

「はい、了解です」

電話を切って、すぐに別のところへかける。

「あ、雨宮ちゃんさ、早く来てよね」いきなり言われた。こちらは、出張しているディレクタ氏だ。「べつに、来なくても、絵は撮れるから、かまわないんだけれども」

「行きます行きます。もうすぐですから。近くへ行ったら、また電話します」

「何してたの？」

「いえ、ちょっと……」

「どうせデートでしょ」

「馬鹿野郎、セクハラだっての」電話を切ってから呟いた。「ああ、ちくしょぉ！出遅れたがや。くそぅ……、何があるかわからんなぁ、世の中。あ、運転手さん、ニユースやってません？　テレビは映らないんですか？　あの、もっと飛ばして下さい、一刻も早く……」

「純ちゃん、落ち着いて」加部谷が横から袖《そで》を引っ張った。

「これが落ち着いてられるか。うーん、とりあえず、目薬さそう」

雨宮は、バッグから目薬を取り出す。車が揺れているので難しかったが、なんとか両目に入れることができた。

「学長が撃たれたって、誰に撃たれたんですか？」加部谷は運転手に尋ねた。

「さあ、犯人は、捕まったのかなぁ……」

「いつのことですか？」雨宮はきく。

「昨日の遅くだと思うよ」

「いつも、夜はニュース見ているのに、昨日は、あんたにつき合ったせいだがね」

「え？　私のせい？　私は、純ちゃんにつき合ったつもりだけど」

「よう言わんわぁ！　事実無根」

「ああ、頭が痛い」加部谷は溜息をついた。「気持ち悪くなってきた……」

「我慢しろ！」

2

建築学会年次大会は、予定どおり開催されていた。ただ、情報工学科の建物の周辺が立入り禁止になり、また、講堂で行われた開会式は、学会長の簡単な挨拶があっただけで五分で終わってしまった。夕方のレセプションも急遽《きゅうきょ》中止になった。

それでも、大多数の会員には、ほぼ無関係だった。研究発表会はすべて予定どおり行う、という判断が下され、スタッフも打合わせどおりの作業を遂行《すいこう》した。おそらく、半分以上の参加者は、事件があったことさえ知らなかっただろう。会場内で人伝いに噂が広がった程度といえる。

犀川も西之園も、事件のことをまったく知らなかったし、国枝も山吹も知らなかった。彼らは、朝のニュースを見ていなかった。普段も見ないのだから、特別な偶然ではない。

教室が並んでいる教育棟の通路に、この世間知らずの四人がいたが、学会というのは、世間知らずの割合が平均よりもかなり高い。したがって、これも特別ではない。

あと五分で、次のセッションが始まる。そのセッションの後半に、加部谷と山吹の発表があるので、犀川や国枝が来ている。連名ではないものの、もちろん指導をした研究であるし、自身の研究にも近い。同じセッションに聴きたい発表も幾つかあった。

「間に合わないかな」山吹は時計を見て言った。「酷いですよね、散々《さんざん》僕に寝坊をするなって言っておいて、自分が寝坊をするって……。今回だけは、はっきりと言っておかないと……。もう社会人なんですから」

「でも、加部谷さん、昨日はもの凄く緊張していたのよ。もしかして、心配で寝つけなかったのかもしれない」西之園は庇《かば》った。

山吹はさきほど、次のセッションの司会の先生に、発表者の一人が遅れる可能性がある、と報告しておいた。万が一のときは、自分が二題とも発表しても良いか、と尋ねると、ええけっこうですよ、という軽い返事だった。原則として、発表者の変更は認められていないが、運用としては大目に見られることが多い。山吹はほっとした。

「さっき聞いたんですけれど、開会式がもの凄く短くて簡単だったそうですよ」山吹は別の話題を出す。それは、N大のとき同期だった友人に偶然会って聞いた話だった。彼は、開会式を見にいったのだが、少し遅れただけなのに、もう終わったあとだったというのである。それで、その場にいた人に尋ねたところ、日科大の先生たちが出席しなかった、ということだった。学内でなにか重大なトラブルがあったらしい、と。

「ああ、そういえば、さっき、大会本部に寄ったんだけれど、蔵本先生がいなかった」犀川が話す。「委員長だったら、たいてい本部に陣取《じんど》っていて、接待をしているものだけれどね」

「あ、蔵本先生って、明日、一緒に司会をする先生ですね」

「そうだった？」犀川が言う。知らなかったようだ。

「私の大学へ、六月に特別講義で来ていただいた」西之園が話す。「今は、ここの副学長なんですね。凄いですよね、副学長って」

「学長よりは、だいぶ凄くないよ」犀川が言う。

国枝が時計を見て、黙って教室へ入っていった。そろそろ時間のようだ。研究発表が始まる。教室の入口には、セッション名の下に、発表される講演番号の新しい紙が貼られていた。

山吹も教室に入り、前の方の席に着いた。犀川、国枝、西之園たちは、後ろに近い席に座った。教室には、既に二十人以上が講演を待っていた。このセッションの発表は、十一題である。

「まだ、いらっしゃいませんか?」すぐ前のテーブルにいた司会者が、山吹にきいた。

「はい、こちらへ向かっているという連絡はあったのですが、ぎりぎりかもしれませ
ん」

そのやり取りのあと、司会者は、立ち上がって、教室中に聞こえる声で話した。

「それでは、定刻になりましたので、本セッションを始めさせていただきます。司会を仰せつかりました、私はT工大の加藤《かとう》でございます」

その横にいたもう一人が立ち上がり、「H大の前原《まえはら》です。よろしくお願いいたします」

「では、さっそくですが、講演番号、一二〇四七五番、都市環境計画における各種専用区域の分散過程と交通機能に関する考察と題したご研究を、S工科大学の鈴木《すずき》先生にご講演いただきます。鈴木先生、よろしくお願いいたします」

3

加部谷と雨宮を乗せたタクシーは、日科大の手前一キロメートルのところで、渋滞

に遭《あ》ってほとんど停まっていた。

「何だろうね、事故かな、変だなあ、全然進みませんね」運転手が言う。「この辺りは、裏道もないんですよ。あと、もう一本道、すぐそこなのに……」

高い建物が前方に見えている。そこが目指す目的地であることは、だいぶまえに聞いていた。駅が近いのか、歩道を行く人間も大勢いて、全員が前方へ向けて歩いている。何台か前には、大型の観光バスが三台ほど並んでいるようだ。駅から会場までのシャトルバスかもしれない。もしそうなら、学会がチャータしたものだ。とにかく、参加者が多いということである。

「ここから、あとどれくらいですか?」雨宮は尋ねた。

「さあ、もう一キロもないと思いますけど」運転手は答える。「とにかく、これじゃあ、どうすることもできないよね」

「あの、ここで降ります」

料金はカードで雨宮が支払った。二人は、タクシーを降り、停まっている車の間を歩いて、歩道まで行き着いた。

「あ、お金はあとで払うね」加部谷は言った。

「大丈夫、会社に請求するから」雨宮が振り返った。「私、今から走るけれど。加部谷はどうする？」

加部谷は腕時計を見た。セッションはもう始まっている時刻だが、自分のまえに数名の発表者がいて、まだ三十分少々時間があった。

「私は、自分のペースで歩く。走ったら、汗をかいちゃうし」

「わかった。ほんじゃあ、頑張ってな」そう言うと、雨宮は勢い良く駆け出していく。

歩道には、大勢の人間が歩いていて、ほぼ全員がスーツ姿だった。建築学会年次大会の参加者なのだ。暑いから上着を肩に掛けている人もいる。まだ午前中だから、それほどでもないが、夏なのにスーツというのは大変なことである。そういう加部谷も、いつもより暑苦しいファッションだった。だいいち、慣れないヒール靴なので走れない。普段はだいたいスニーカを履《は》いている彼女である。その点だけでも、雨宮純は凄いな、と思った。ミニスカートで、あんなに高いハイヒールで走っていったのだ。運動神経も体力も、だいぶ違う。

十五分で、大学のゲートに行き着いた。それ以前に、タクシーの中で、会場の配置図を確かめていたので、迷わずそのまま進む。受付で参加料を払って、名札をもらった。

その受付は、講堂のような建物と、背の高いビルの手前にあった。白い仮設のテントが三つ並んでいて、大勢が集まっていた。ふと、その奥を見ると、階段を上がったところに、雨宮純が立っている。テレビカメラを持った人間がその前にいて、ほかにも二人いるようだ。その奥の建物が、事件のあった場所なのだろうか。しかし、制服の警官がいるわけでもなく、周辺も、まったく普通の状態に見えた。

そちらへ少し近づいて、手を大きく振ると、雨宮がすぐに気づいて、笑顔になって手を振り返した。それから、両手で口を囲った。

「ファイトォ！」という声が聞こえてくる。

「ひぃ、恥ずかしいな」と思わず小声で呟く。

こんなところで、あんな大声を出せるなんて、やっぱりプロは違うな、と思ったが、しかし、貴重な友達だとも再認識した。喧嘩《けんか》をしかけたことは謝らなくては。起こしてくれたのは彼女なのだ。なんとか間に合ったのも、雨宮のおかげだ。

迷わず発表会場の教室の前まで行き着いた。辺りは静まり返っていて、発表者の声が少しだけ漏れ聞こえる。

幸い汗はかいていない。緊張しているためだろう。時計を見ると、リミットの十分まえだった。教室の後ろからそっと入る。まず、国枝桃子の顔が見えた。こちらを睨んでいる。次に、西之園萌絵が気づいて、立ち上がり、静かにこちらへ近づいてきた。加部谷の肩に手をのせ、無言で前の席を指差す。山吹の背中が見えた。西之園は、加部谷の肩を軽く叩いた。頷いて、山吹の席の横まで行く。山吹がこちらを見た。彼は、加部谷を見て、微笑んで軽く頷いた。

席に座り、鞄から梗概集を出し、そして、自分の発表に必要な資料も机の上に出した。山吹が笑ってくれたことが嬉しかったが、そのお礼はあとで言おう、と思った。

意外なことに、自分は落ち着いている。何故かそう思った。それほど鼓動も早くない。それに、もっと不思議なことに、上手くできるという自信もあった。卒論発表会のときとは大違いだ、と自覚できた。

加部谷のまえに、もう一人発表があった。大学院生らしく、とても上がっていて、原稿を棒読みしていたし、何度も言葉が途切れ、読み直したりした。けれども、誰も笑ったりはしないし、むしろ一所懸命さに好感が持てた。格好の悪いことでは全然ない、とわかった。それよりも重要なのは、その論文に書いてある内容、研究の成果なのである。口頭発表なので、論文としての新規性は低く、びっくりするようなものではない。けれども、この人がこの研究に今打ち込んでいるのだ、ということがわかるし、将来どの方向へ進もうとしているのかも、だいたいイメージできる。発表やプレゼンの上手い下手が競われているわけではない。なにしろ、いくら上手くできても、それで売れる商品ではないのだ。

自分の順番になり、タイトルと名前を呼ばれた。「では、三重県庁の加部谷恵美さん、ご講演をお願いします」と紹介された。

加部谷は、壇上に立ち、教室の人たちを一度見た。

「加部谷です。それでは、ご紹介いただいた表題について、その一、調査と分析に基づく考察までをご報告させていただきます」

挨拶をしたあと、研究の目的を話した。原稿を見なくても、それが言えた。原稿のとおりではなかったかもしれないが、自分の言葉で説明ができた。この研究目的の部分が一番話すのが難しい。何故なら、ここは自分から発したものではないからだ。しかし、ここを乗り切れば、そのあとの図面は自分が卒論のときに作ったものだし、自分が調べた数字で成り立っているものだった。部屋の照明が落とされ、プロジェクタがグラフを映し出した頃には、さらに落ち着いていた。ここは、全部自分の思うとおりに説明ができる、と感じた。

二つめの図面の説明を始めたときに、後ろのドアから一人入ってくるのが見えた。暗くなっていたけれど、加部谷には、それが海月及介《きゅうすけ》だとわかった。彼は、国枝や西之園よりも、こちらに近い椅子に座った。加部谷は、しかし説明を続ける。海月が聴きにきてくれたことに対する感情は、一瞬で遮断《しゃだん》されていた。今はなにも感じないのだな、とわずかに自覚しただけだった。

図面の説明が終わったとき、ちょうど一鈴が鳴った。そうだ、練習したときも、ここで一鈴だった。時間どおりだ。原稿を読んでいるわけではないのに、時間どおりになるなんて、なんという偶然だろう。残りの時間は、結論を述べた。箇条《かじょう》書きになっているそのままである。そして、「以上です。ご清聴、ありがとうございました」とお辞儀をしたときに、ちょうど二鈴が鳴った。

壇を下り、最初に座っていた席に彼女は戻った。司会者が、山吹早月を紹介した。

山吹は壇上に立ち、「では、引き続いて、解析的な分析を行った結果についてご報告いたします」と始めた。また部屋が暗くなり、山吹はプロジェクタのスクリーンの前に移動した。そうか、あちらへ立てば良かったのだ、と加部谷は気づいた。自分はずっと壇上で話をしていたからだ。

そこで、急に汗が出ていることに気づく。バッグからこっそりハンカチを取り出した。

山吹の説明は、非常にわかりやすかった。論文に書いてあることと同じではなく、細かいところを省《はぶ》き、ときどき過去のデータや、他の研究者の結果との関連もコメントした。さすがにレベルが違うな、と加部谷にもわかった。あっという間に、その説明が終わり、山吹は結論をまとめてから「以上です。ありがとうございました」とお辞儀をした。

部屋の照明が灯る。山吹は、壇上から席に戻ってきた。

「それでは、ただ今の二編のご講演に対して、ご意見、ご質問をされたい方は挙手をお願いいたします」

加部谷は、後ろを振り返った。窓側にいた中年の男性が手を軽く挙げた。

「あ、では、どうぞ。お名前とご所属をおっしゃってから、お願いいたします」司会が彼に言った。

「建研《けんけん》の河原田《かわらだ》と申します。大変興味深く拝聴させていただきました。二点、質問があります。まず、この研究で想定されている地域、あるいは将来の期間と申しますか、いつ頃に利用が可能なのかという展望を具体的にお願いします。それから、もう一点は、この調査で収集されたデータの数なんですが、この結論を得るために、充分なものとお考えかどうか。よろしくお願いいたします」

「山吹さんでよろしいですか？　お願いします」司会が山吹を指名した。

山吹は、加部谷のすぐ横で立ち上がった。

「さきに、あとのご質問にお答えしますが、充分であるとは考えておりません。したがって、この結論は現状では、こう考えるしかない、というものです。もっと、多方面から、特に過去の事例に遡《さかのぼ》って、あるいは別の文化圏にも範囲を広げて、調査を行いたいと思います。シミュレーションの手法については、適用が可能だと考えているので、その確認も兼ねて検討を進められれば、と考えています。それから、最初のご質問ですが、まだ具体的には考えておりません。データが不充分だということもありますが、それ以前に、モデルが完全な汎用性《はんようせい》を持っていません。モデルにあと一軸か二軸を加えて、複合的な一般式を求める方が先決で、実際に適用するのはそのあとになります。しばらく時間がかかります。地域については限定するつもりはありませんが、時間的には、かなり将来のことになると考えています。これで、よろしいでしょうか？」

「わかりました。ありがとうございました。研究のご発展を期待しております」相手も立ち上がって一礼した。

ようするに、片方の質疑応答は、要約すると、「データが少なすぎるだろ」「そんなこと、わかってるよ」ということで、もう片方は、「何のためにやっているんだよ」

「まだそこまで考えてないよ」ということのようだ、と加部谷は思った。普通だったら、質問しただけで喧嘩腰になりそうなものだが、それを丁寧に言い換えているのである。しかし、こういった礼儀というものが、人間社会の上品な領域を作り上げてきたのだろうか。

「では、そのほかにご質問のある方は？」

誰も手を挙げなかった。このまま終わってくれ、と加部谷は思ったが、突然一人が手を挙げた。それは海月及介だった。

「はい、そちらの方、どうぞ」

「W大の海月といいます。一編めの加部谷さんにお伺いしたいのですが、図の一と図の二は、縦軸が同じですが、図の三だけは、対数値を取っています。この理由は何でしょうか。細かいことで申し訳ありません」

「えっと、どちらがお答えになりますか？」司会者が、加部谷と山吹を交互に見た。

「はい、私が……」加部谷は片手を軽く挙げて立ち上がった。そして、後ろを振り返って、海月に向き合う。「同じ座標でも良かったのですけれど、この図三のパラメータについては、伝統的にといいますか、対数値を取ったものが既往《きおう》の報告に多かったので、それと見比べられるようにいたしました。つまり、図で直線に近似して、対数式の定数として表わすことができます。その定数が、えっと、何て言いましたっけ?」横にいる山吹に尋ねる。

「ランベール数」山吹が小声で教えてくれる。

「失礼しました。ランベール数として、この分野で広く使われているからです。今回は、その数値の考察まではしておりませんが、それを意識して、この図で示しました」

「よくわかりました。ありがとうございます」海月が頭を下げて、椅子に座った。加部谷も前を向き、椅子に腰掛ける。山吹と眼差《まなざし》を交わす。山吹は、含《ふく》み笑いをしている感じだった。

司会者がさらに質問を求め、次に手を挙げて立ち上がったのは、T大の教授だった。よく知れた名前である。質問ではなく、コメントだった。良い点をさきに挙げ、そのあと、こうした方が良いのではという課題を述べた。山吹が立ち上がって、「貴重なご指摘ありがとうございます。先生のおっしゃったとおりです。今後検討させていただきます」と応えた。

ここで三鈴となり、次の発表に移った。

加部谷は、ゆっくりと溜息をついた。ぼうっとして、次の講演などまるで頭に入らなかった。後頭部がじんじんとしていたが、朝からの気持ち悪さは既になく、むしろその逆だった。頭痛ももうすっかり消えて、痺《しび》れるような脱力感に躰全体が支配されているのがわかった。アルコールとともに、多くのカロリィが消費された感じがする。きっと、体重も減ったのにちがいない。もっとも、そのかわりに空腹を感じた。朝からなにも食べていないのだから当然か、と思った。

4

セッションが終わって、加部谷と山吹は、司会者に礼を言ってから教室を出た。通路で待っていると、後ろのドアから、国枝が出てきた。真っ直ぐにこちらへ来る。

「お疲れ」国枝は、加部谷の頭を撫《な》でた。それが自然なほど身長差がある。

「加部谷さん、上出来だったね」山吹が言った。「いや、待てよ……。誤解を生みやすいな。上出来だったじゃなくて、えっと、立派だったね」

「あの、寝坊して、遅刻をしたこと、ご心配をおかけしました。本当に申し訳ありませんでした」加部谷は、二人に頭を下げる。「雨宮さんに起こされて、なんとか間に合いました」

「うん、けっこうぎりぎりだったよねぇ」山吹が言う。

「山吹さんは、早起き、大丈夫だったんですね」

「僕はね、昨日の夜に来たんだ。国枝先生と一緒に」

「え、そうだったんですか……」

「突然のスケジュール変更で」

西之園萌絵が出てきた。近づいてきて、眩しい笑顔を見せる。

「恵美ちゃん、お疲れさまでした」西之園は、わざとらしく口を尖《とが》らせ加部谷を睨んだ。「きっと、雨宮さんと、飲んだんでしょう?」

「ノーコメントです」加部谷は頭を下げる。「なにも言い訳ができません」

犀川が出てきた。さきほど山吹に質問をした建研の研究者と話をしながらだった。山吹の研究のバックに犀川がいることは、当然ながら関係分野の者には知られているのだろう。さらに突っ込んだ質問をしているのかもしれない。

犀川は、こちらをちらりと見て、片手を上げ、そのまま向こうへ行ってしまった。西之園も彼を見ていたが、すぐに視線をこちらへ戻した。

「雨宮さんは?」山吹がきいた。「一緒に来たんでしょう?」

「えっと、受付のあった正面の建物の前で、カメラと一緒にいましたよ。あ、事件があったんですよね、学長が撃たれたとかなんとか……」

「え、本当？　学長って、ここの？」山吹がきいた。

「学長って、誰かしら？」西之園が言う。彼女は、国枝を見たが、国枝は無言で首をふった。

続くセッションは、分野が変わる。休憩時間中にほぼ全員が入れ替わったようだ。国枝は、片手を上げて、無言で通路を去っていく。山吹が、このあとは昼まで聴くものがない、と話すと、西之園が、「じゃあ、お茶でも飲もうか」と提案したので、食堂へ行くことにした。

「ランチにはちょっと早いかな」歩きながら西之園が言う。

「いえ、私、朝ご飯を食べ損ねたから、大丈夫ですけれど」

「僕も食べられます」山吹が言う。

いつの間にか、海月及介もいたのだが、彼は黙っていた。とにかく、いつでも無駄口をきかない人間だ。まったく変わっていない、と加部谷は思った。

「それじゃあ、ランチにしましょう。今ならまだ空《す》いているでしょう」西之園が言う。彼女が、このグループでは明らかにリーダである。

「ねえ、海月君、どうして質問をしたの？」加部谷は尋ねた。「あそこできかなくても、あとできいてくれたら良かったのに」

「場を盛り上げようとしたんだよね」山吹が代わりに答えた。「加部谷さんに質問がないのも、寂しいから」

「え、そうなの?」加部谷は海月を見据える。

「いや……、ただ、思いついたから」海月は小声で答えた。

「そうかなぁ……」西之園が言う。「まあ、良いけれどね」

「簡単すぎる、定番的な質問だったよね」山吹が言う。

そうなのか、と加部谷は思い直した。自分が答えられることを見越して、質問をしてくれたというのか。たしかに、冷静になって考えてみると、非常に答えやすい具体的な質問だった。抽象的な質問ほど、答える者のレベルが表れるから、難しいものだ。それに、海月がもし質問をしなかったら、別の誰かが手を挙げて、それこそ抽象的な質問をしていたかもしれない。そういう意味では、加部谷は救われたのである。

海月は、目を逸らせ、建物の方を見ている。加部谷はしばらく彼の顔を見つめていたが、諦めることにした。自分に向けられた優しさだと勝手に解釈すれば良いではないか。それだけで自己満足すれば良いではないか、と考えようとした。

海月に会うのは一年振りだ。メールでは、ときどきやり取りがある。加部谷が五回メールを送れば、一回はリプライがある。打率は二割だ。でも、そのリプライが嬉《うれ》しくて、また打席に立ってしまうのだった。

昨年の夏休みに、みんなが集まった。山吹も、海月も、そして雨宮も。あれ以来のことである。あのときは休暇だったけれど、今回はみんな仕事である。海月だけがまだ学生だけれど、でも、彼も遊びで来ているのではない。

山吹早月は、一人の研究者として独立している。さきほどの受け答えも落ち着いていて、とても頼もしく見えた。雨宮純だって、本当に凄い。感心することしきりである。学生のときとは大違いだ。それに対して、海月及介は、もともと凄い人間なので、いつものとおりと言うべきかもしれない。さて、自分はどうだろうか、と振り返ってしまう加部谷だった。

会場配置図を見て、受付の近くにある一番大きな食堂を目指した。山吹と西之園は、研究の話を始め、途中から加部谷にはわからなくなった。日本語で話しているし、単語もほとんど意味はわかる。でも、ときどき知らないタームが混ざり、それに引っ掛かっているうちに、内容が少しずつ霧に包まれていく。そのうち、ほとんど暗闇になってしまうのである。

「この頃は、どうなの？　今、M1だよね？」加部谷は、海月に近づいて話しかけた。M1というのは、大学院修士課程の一年生のことである。

海月及介は、山吹早月と同じ歳。しかも、二人は小学校か中学校かが同じ、つまり同郷でもある。ところが、海月は高校卒業後三年のブランクののちC大学に入学する。このとき、加部谷や雨宮と同じクラスだった。年齢は三歳上だが、同級生になった。しかし、三年生のときに、急にW大に転学した。これは、編入学というらしい。次の年にW大の二年生になった。加部谷たちが四年生になった年だ。その後、加部谷も雨宮も卒業し、就職して三年めになる。海月は、今はW大の大学院生だ。

そもそも、海月がW大へ転学したのは、西之園萌絵がW大に就職したからではないか、と加部谷は考えている。ほぼ同時だったし、海月自身は否定しているものの、あまりにもタイミングが良すぎる。以前から東京の大学へ行くつもりだったらしいが、たまたま西之園の就職があって、それでW大に決めた、ということなのかもしれない。現に、今は西之園研究室に所属しているのだ。

加部谷にとって、西之園萌絵は憧れの人といえる。初めて彼女に会ったのは中学生のとき。それ以来、もう十数年のつき合いになる。その西之園の近くにいるというだけで、海月のことがとても羨《うらや》ましい。それに、正直にいえば、少々妬《や》ける、と表現してもオーバではない。もしかして、と考えてしまうくらいだ。

幾つか質問を繰り出したのだが、海月は、ああ、とか、うん、といった返事しかしない。なにしろ無口だ。こんなに口数が少ない人間も珍しいだろう。口数の少なさを競う選手権があったら、日本代表に選ばれるにちがいない。ただ、さきほどの質問のように、しゃべるときには流暢《りゅうちょう》にしゃべるのである。話せないわけではないということだ。だから、よけいに無口なのが気になってしまう。たいていの者は、機嫌が悪いとか、無視されているとか、少なくとも好まれてはいない、と感じずにはいられないだろう。笑みを浮かべるようなこともなく、表情はいつも同じだ。眼差を交わすことだって難しい。

受付のテントが並んでいるところまで来た。その後ろに幅の広い階段があって、上がピロティになっている。何人かが、階段に座って休憩をしていた。休憩といっても、梗概集か学会誌を膝《ひざ》で広げているか、あるいは携帯電話を操作しているか、二人で議論をしているか、だった。今日ここに集まっているのは、そういう人種なのである。

その階段を上っていった。さきほど、雨宮が立っていた位置である。今は彼女はいない。どこか別のところを取材しているのだろう。正面奥の建物の玄関が見えたが、警官が二人立っていて、その周辺に大きなレンズのカメラを三脚にセットした集団がいた。十人以上いる。どうやら、そちらは立入り禁止になっているようだ。黄色いテープが張られているのが見えた。混乱している様子はまったくない。マスコミ関係者と思われる一団は、一箇所に集まっているし、それ以外に、野次馬らしき一般人はいない。

「あ、あそこですね、あそこが事件現場かな」加部谷は言った。

「違うんじゃない。現場だったら、もっとシートとかで隠しているよ」山吹が言う。

「撃たれたって、大学で撃たれたの？」

「いえ、詳しくは……」加部谷は首をふった。

西之園と海月は、大して興味がない、といった顔である。

「学内で撃たれたとなると、わりと大変なことですよね」加部谷は周りを見回す。

「よく学会が中止になりませんでしたね」

「中止にはできないだろうね。それこそ大混乱になる」山吹が言う。「もう、犯人、捕まっているんじゃない？」

誰も、ニュースのソースにアクセスしていない。いい加減な憶測《おくそく》を言い合っているだけである。

「加部谷ぁ！」前方から呼ばれた。

隣の建物の入口に雨宮純が立って手を振っている。そちらは一階がすべてガラス張りで、そこが食堂らしい。雨宮は、こちらの一行を見つけて、食堂から出てきたようだった。

「どうだった？」駆け寄ってきて、雨宮がきいた。「立ち往生せんかった？」

「恙無く」加部谷はゆっくりと答える。

「凄く良かった、落ち着いていて」山吹が言う。「しっかりしてたよね」

「おお、そうですかぁ。ほう、君、しっかりしとるなんて、いまだかつて言われたこといっぺんもないだろ？」

「うん、ないかもしれない。とにかく、純ちゃんのおかげです。どうもありがとう」

加部谷は親友に頭を下げた。

「うわぉ、気持ち悪」雨宮は笑う。

「仕事は？」加部谷は尋ねた。辺りを見ても、雨宮の仕事関係らしき人間はいない。

「一発めのは、もう撮り終わって、局へ送ったところ。次は、一時から中継をするかもしれん。その準備が、三十分まえからだで……」彼女は時計を見た。「まんだしばらく、フリーだわさ」

「私たち、今からランチ」

「おお、じゃあ、ご一緒します」雨宮は西之園に微笑んだ。

「雨宮さん、なんだか、ずいぶん垢抜《あかぬ》けた感じ」西之園が言う。

「まあ、そんな、ご冗談を……、ほほほ」雨宮は片手で口を隠した。

5

食堂はセルフサービスだったが、メニューは豊富だった。それに、大学時代を思い出させる懐かしさから、どれも美味しそうに見えた。空腹だったこともあって、食べ応えのありそうなメニューを、加部谷は選んだ。山吹と海月はカレーセットだったし、西之園と雨宮はドリアセットである。なんだか、躰が一番小さい自分が、最もカロリィを摂《と》ることに、加部谷は抵抗を感じた。

食堂はまだ客が少なく、コーナのテーブルで、向かい合って座ることができた。片側に、男性が二人、反対側に女性が三人並んだ。角の柱の両側はいずれもガラス。外が一望できる。ただ、カメラが並んでいた場所は角度的に見えない。

雨宮が、事件についてわかっていることを語った。非常に、わかりやすく、またまとまったレポートだった。

撃たれたのは、日本科学大学の学長を務めている福川啓司、六十一歳。事件は昨夜の十時半頃のことだったらしい。場所は、情報工学科の研究棟の福川の研究室。その建物は、十二階建ての管理棟の裏手になる。間に広い中庭があるので、距離は五十メートルほど離れているという。警察は、今日の午後に、マスコミに対して会見を行うと発表した。場所は、管理棟の一室とさきほど決まった。カメラが並んでいたのは、そのためだった。

福川学長を撃った人物は、逃走して、まだ発見されていない。目撃者が一人いて、それは、福川の部屋に訪ねてきていた別の学科の教授だった。犯人は、福川だけを撃って、逃走したらしい。拳銃が見つかったのかどうかは発表されていない。福川は、救急車で病院へ搬送《はんそう》された。安否は不明。そんな内容だった。

「犯人も見つかっていなくて、しかも、拳銃を持ったまま逃げている可能性があるとしたら、できるだけ早く知らせてほしいですよね」雨宮は自分の意見を最後につけ加えた。

「拳銃っていうのが、なんかもう、普通の人じゃないよね」山吹が言う。「でも、もう一人そこにいたのなら、顔を見られたわけでしょう？　それでも、なにもせずに逃げたということは、見られてもかまわないと思ったからだし、目的の人物さえ殺せば、それで良いということだよね」

「相変わらず、分析屋さんだね」西之園が言う。「でも、そうね、無関係の人に危険が及ぶ可能性はそんなに高くない、という感じかな。だって、警戒しているようには見えないもの」

「そういえば、そうですね」加部谷は、ガラス越しに外を眺める。たしかに、警官の姿は見当たらない。「昨日のことですから、とっくにもう、遠くへ逃げているんでしょうね」

「だけど、開会式でこの大学の先生が誰も挨拶しなかったのは、どうしてなんだろう?」山吹が言う。さらに、加部谷を見てつけ加えた。「そういう話を聞いたんだけれど……」

「教授が一人撃たれたとなると、やっぱり、緊急の会議とかを招集するんじゃないですか」加部谷は西之園にきいた。

「どうかな、そんなの、会議をしてもしかたがないよね。せいぜい、報告をするくらいだと思うけれど、朝からするかしら。もっと、いろいろな情報が把握《はあく》されたあとじゃないかしら。警察は、まだ公式に発表していないのでしょう?」

「だったら、どうしてでしょうね」山吹が首を捻る。「えっと、開会式は、建築学会の学会長と、それから、この学校の学長か、大会準備委員会の委員長でしょうね、挨拶するとしたら。学会長は開会の宣言をしたそうです。委員長は、えっと……、建築の先生ですよね？」

「蔵本先生だと思う」西之園が言った。

「あ、そうなんですか」山吹が言う。「蔵本先生は、どうして開会式で話をされなかったんでしょうか？」

「なにか、事件に関係があったとか、ですか？」雨宮がきいた。

「そうそう、蔵本先生って、ここの副学長なの」西之園が言う。「ああ、そうか、その福川先生の部屋にいたのが、蔵本先生なんだ。きっとそう、そんな時刻に部屋を訪ねるなんて、そうなんじゃないかな。昨夜は、いろいろお忙しかったでしょうから」

「目撃者となれば、そうですね、開会式に欠席しても不思議ではないかなぁ」加部谷は呟く。「うーん、えっと、そうでしょうか？　べつに、開会式くらい出られるんじゃないですか？　もしかして、その先生も怪我《けが》をされたとか？」

「それだったら、そういう情報が出てくるはずだがね」雨宮が言う。

「詳しい情報を聞くまえに、あれこれ想像しても、しかたがないよね」山吹が言った。

「でも、こうやって、ああでもないこうでもないって、みんなで話し合ったこと、何度かありましたね」加部谷は言う。「もう、ずいぶん昔ですけれど」

「昔だよね」西之園がそう言って、溜息をついた。

またしばらく、黙って食事をする。加部谷のセットにはフルーツサラダがついていて、そこにはキウイの輪切りが入っていた。

「ほら、キウイ」加部谷はフォークにそれを刺して、雨宮に見せる。

「そんなもん、いちいち見せるな。子供か」雨宮が笑う。

「そうじゃなくて、ね、昨日、お風呂にキウイがあったんですよ」加部谷は、山吹に向かって話した。海月にも聞いてほしかったが、海月はこちらを見ていない。しかも、驚いたことに、もうカレーを食べ終わっていた。

「お風呂に、キウイ？」山吹がきいた。

「ほらほら、食いついてくれた。山吹さん、優しいですね」加部谷は言う。

「あのね、そういえば、これは、あまり軽々しく広めてはいけない情報かもしれないんだけれど……」西之園が急に話しだした。「犀川先生が、その蔵本先生から直接聞かれた話だから、とにかく、ほかで話さないでね。雨宮さんも、いい？」

「はい、大丈夫です。内緒《ないしょ》にしておきます」

「昨日、差出人不明の荷物が、大会の本部宛に届いたの。その中には、キウイが一つだけ入っていて、しかも、缶ジュースなんかにあるプルトップ、指を引っかける開け口の、あれがそのキウイに刺さっていたんだって。意味、わかる?」

「わかりません。何ですか? それ」加部谷はすぐにきいた。

「メッセージはなにもなかったらしくて、意図は不明。でも、なんとなく爆弾には見えるかもしれない」

「爆弾? キウイがですか?」加部谷は首を捻った。

「あ、手榴弾ですね?」雨宮が言った。

「なるほど、そのためのプルトップか」山吹が頷く。

「つまり、悪戯というか、嫌がらせというか、そういうものだったわけですか?」雨宮が尋ねる。

「いえ、わからない。でも、少なくとも、プラスになるようなものではないし、もしかしたら、それを受け取った人だけがわかるようなものかもしれない」

「誰が受け取ったんですか?」加部谷は尋ねた。

「だから、大会本部のトップは、準備委員会委員長の蔵本先生だから、蔵本先生が処理をしたはず」西之園は言った。「もちろん、いちおう警察を呼んだみたいだし、犀川先生が連絡をして、公安にも情報が行っているの。ええ、公安にというのは、そのキウイに、ギリシャ文字のγが書かれていたから、念のためにということのようだったけれど」

「ガンマ?」雨宮の声が少し大きくなった。「ガンマって、どんな字だったっけ?」

「えっと、えっと……、あれ?」

「αをね、左へ九十度回転させたみたいな」山吹が言う。「英語のrに似ている」

「ああ、あったあった」雨宮が言う。「この頃、もう、そんな文字には縁がないですからね」

「あ、そうか、じゃあ、例の関連で、もしかしてってことになったわけですね?」加部谷は西之園にきいた。

「でも、たぶん思い過ごしでしょうね」西之園は、そこで視線を遠くへ向け、口許を少し上げた。「犀川先生がいらっしゃったわ」

加部谷は振り返った。食堂のレジのところに犀川がいる。トレィを置き、代金を支払っているところだった。西之園が手を振るが、犀川は気づかない様子である。

「見えないのかしら」西之園が呟く。「眼鏡を変えた方が良いな」

しかし、皆がそちらを向いていたため、次に目が合ったときに犀川もようやく気づき、近くへやってきた。山吹の隣に座り、西之園の正面になった。トレィにのっているのはラーメンだった。

「ラーメンですか？」西之園がきいた。

「ほかに何に見える？」犀川が返す。

「中華蕎麦《そば》に見えます」

「同じだろう」

「何の話をなさっているんですか？」山吹が言った。「あの、今、僕たち、西之園先生から、キウイの話を聞いたところなんです」

「キウイ？　ああ、そうそう……。さっき、本部へ顔を出したら、蔵本先生がいたよ。なんか、大変だったらしい。目の前で、学長が撃たれたんだって。それで、ずっと、警察と一緒だったとか。犯人を見たのは、蔵本先生だけなんだ」

「やっぱりそうだったんですね！」雨宮が声を上げた。

「あれ？　君は？」犀川は雨宮を見た。「会ったことある？」

「C大で、加部谷さんと同級だった雨宮といいます。あの、先生、今の話は、オフレコですか？　それとも公開しても良いものでしょうか？」

「公開？　ツイッタとかは駄目だよ。うん、オフレコにしておいて」

「そうですかぁ……」雨宮の声は沈む。頷いたあと、小さく溜息をついた。

「どうせ、すぐにマスコミに流れるよ」犀川が言う。「どこからともなく、こういうのは漏れるからね」

「私が、そのマスコミなんです」雨宮は眉《まゆ》を寄せた。

「へえ、あそう。じゃあ、今、漏れたんだ」犀川は表情を変えない。特に驚いた様子でもなかった。「記者会見をするって言っていたよ。そこで詳しい話が出ると思う。僕は、それ以上には知らない。犯人がどうなったのかも知らない」

「撃たれた先生は、大丈夫なのですか？」雨宮がきいた。

「亡くなったそうだ。えっと、学長は、情報工学科の教授だった人らしい」

「え？　だったというのは？　今は違うのですか？」さらに雨宮が質問する。このあたりは、明らかに職業意識が彼女をプッシュしているようだ。

「えっと、学長というのはね、教授を辞任してなるものなんだ。だから、学長になったら、任期が終わっても、教授に戻れない。それ以前に、たいていは、その席が埋まってしまう。だから、定年間際の先生が立候補することが多いね」

「でも、その銃撃の現場は、情報工学科にある、その先生の研究室だったたって聞きましたけれど」

「そう、ここは私学だし、どうやら、福川先生もまだ若くて、学長を辞めたあとも、教授を続ける約束ができていたみたいだ。そういうケースもないわけではない。研究室が存続していたということだね。まあ、それくらい実力者なんだろう」

「殺されたっていうのは、なにか恨みを買うようなことがあったわけでしょうか？」雨宮が尋ねた。

「さあね」犀川は首をふった。「あまり、知りたくもないね」

「その時刻ならば、学長が一人でいると思っていたでしょうね、犯人は」西之園が言う。「十時半頃だったそうです。そんな時間に、蔵本先生がそこにいたんですね」

「その時間に来るように、と学長から言われていたらしい」犀川が言う。「蔵本先生ではなく、福川先生が忙しいんだろう。学長ともなれば、そんなものかも」

「よくでも、普通に学会をしていますよね」山吹が言う。彼もカレーを既に食べ終えていた。「殺人事件くらいでは、中止にならないのですね」

「それは、まあ……、警察というよりは、この大学の判断じゃないかな」犀川が答える。

「蔵本先生の判断、ということですか？」山吹がさらに尋ねる。

「いや、そうじゃないよ。理事長とか、ほかにもっと偉い先生たちが何人もいるはずだ。蔵本先生は、まだ若い。副学長の中では飛び抜けて若い」

「おいくつなんですか？」山吹がきく。

「えっと、五十代の前半じゃないかな」

その年齢が「若い」ということになるらしい。食事をまだ食べているのは、犀川以外では、加部谷だけだった。まだ、かなり残っているのだが、満腹になってしまい、食べきる自信がなくなっていた。

「そうだ、島田さんが、情報工学科だね」犀川は、西之園を見た。

「そうか、そうですね。あとで会ってきます」西之園は答える。

「昨日は、彼女には詳しい話はしていない。γのことも言っていない。でも、ぶつけてみたらどうかな？」

「そうですね」西之園は頷いた。

何だろう、と加部谷は思った。ぶつけるといっても、まさかキウイを投げてぶつけるというのではないだろう。そんな変な想像しかできなかった。

6

午後になって、関連のセッションを一つ聴いたあと、西之園は情報工学科へ一人向かった。犀川から、だいたいの場所は聞いてあった。また、想像だが、おそらく島田は、自分が訪ねてくることを予測しているだろう、その確率は七十パーセント以上ある、と推定していた。

部屋を見つけてノックをしようとしたが、そのまえに、「どうぞ」という声。人工的な合成音だった。ノックをすると、彼女の返事が聞こえた。ドアを開ける。両手を広げて、笑顔の島田がもう接近しつつあった。

「来ると思ったぁ。懐かし懐かしじゃない。西之園さん。うわぁ、またまた、清楚《せいそ》なお召し物で」

「学会なので」西之園は微笑み返し、お辞儀をした。「お久しぶりでございます」

「嬉しい。どうぞどうぞ。そこに座って。えっとえっと、コーヒーでいい？」

「いえ、どうかおかまいなく。あの、特に用事もなく来てしまいました。お顔が拝見したくて……」

「犀川先生からでしょう？　今は、貴女も先生なんだ」

「いちおう」

「うわぁ、大人になったわねぇ、いえいえ、その歳を取ったっていう意味じゃないのよう。失礼……。うーん、そう、色っぽくなったわぁ。ますます綺麗だし。ああ、素敵だなあ」

島田は、ホットコーヒーを二つ作った。テーブルを挟んで二人は向き合って座る。

「ね、それで、犀川先生とは、どうなったの？」

「えっと、その話は……」

「犀川先生も、教えてくれないのよ。なんか、もぞもぞするだけで」

「ええ、そういう感じです」

「どういう感じ？」

「もぞもぞとした感じです」

「わからないよぅ、そんなんじゃ」

「あの、それはまた、別の機会に、きちんとしたら……」

「何？　きちんとしていないわけね？」

「ええ、まあ……、そうです。ご想像にお任せします」

「すっごい想像しちゃうよぅ、私は」島田は笑った。

西之園はコーヒーカップを持ち上げて、口をつけた。まだ熱くて飲めそうになかったので、香りだけを確かめた。

「福川先生がお亡くなりになったそうですね。私、ついさきほど、伺《うかが》いました」西之園は話題を変えた。

「そう、そうなの……」島田の表情も急変した。今にも泣きそうな一瞬の悲愴《ひそう》さだった。だが、すぐに彼女はそれを隠した。「私ね、あの方に、お世話になったから、もうショックで……」

「なにか、お心当たりがあるのですか？」

「心当たりって？　犯人とか？　いいえ、全然」島田は首をふった。「ただ、とっても政治力のある方だったから、うーん、恨みを買うようなことがあっても不思議ではないわけで……、よくわからないけれど、でも、ありえないとは思わないというか……」

「思い浮かべるような、具体例があるのですか？」

「私は、実際には知りません。でも、そういう話をする人はいるの。本当かどうか、わからないから、私が言うことはできないわね。ほとんどは、ただの想像だし」

「学長ともなると、なにもないということは、ないでしょうね」

「そう、そりゃあ、ねぇ……」

「警察が、島田さんのところへ来ましたか？」

「いいえぇ、来ない。まあ、来たって、私、なにも言わない」

「え？ どうしてですか？」

「警察なんて、大嫌いだから」島田はふっと息を吐き、コーヒーカップに口をつける。そのまま、視線を西之園に向ける。微笑んではいたが、鋭い視線だった。

「あの、もう四年もまえのことですけれど……」西之園は話すことにした。それがここに来た目的だったからだ。「東京の時田《ときた》玲奈《れいな》さんをご存じですか？ その方、自殺をされたんです。私は、直接は知りません。もちろん、面識もありません。友人から聞いただけです。その友人が、時田さんに仕事を依頼していたのです。それは……」

「知っている」島田は、片手を広げて、西之園の話を遮った。「私は、逆に、その依頼主のことを知りません。でも、時田さんは、よく知っている。会ったことも何度かある。その依頼主は、時田さんに、あるネットワークを内密に探るように頼んだの。残念ながら、時田さんには荷が重い仕事だった。けれど、彼女が自殺をしたのは、その仕事のせいではありません」

「何のせいですか？　どうして、島田さんはそれをご存じなのですか？」

「私、彼女から悩みを相談されたの。原因は、たぶんそれです。でも、それは誰にも話せない。いえ、プライベートなことだから……。仕事とはまったく無関係の」

「そうですか……」西之園は頷いた。

「おそらく、勘違いをなさったのね。真賀田博士の組織が、彼女を自殺に見せかけて抹殺したのではないか、そう考えたのでしょう？」

「いいえ、そんな……」

「わりと簡単にできてしまう」

「え、何がですか？」

「人を自殺させることが……。そう、そういうの、内部にいるとわからないけれど、少し離れてみると、恐ろしいくらい、わかってくる。洗脳というのか、もっと、えっと、ちょっとした起爆スイッチみたいなものを、精神の中に、あらかじめ仕込んでおくのよ。本人がまるで自覚がないうちにね。そうなったら、ちょっとした一言で、そのスイッチを入れることができる。あとは、自爆……」島田は、そこで両手の平を上に向けた。「あの人には、そんなことくらい簡単なの」

「真賀田博士ですね？」

「そう。なにしろ、みんな信者なんだから。神様みたいに信じて、慕《した》って、尊敬して、憧れて……。私も、もちろん、そうだった。私が自殺しない、今こうして生きていられるのは、博士が私を見逃してくれたからでしょうね。スイッチを入れられなかっただけのこと」

「島田さんの中にも、まだそのスイッチがあるのですか？」

「あると思う。貴女だって、あるんじゃない？」

「私？ でも……」

「真賀田博士と、直接話したことがあるでしょう？」

「ええ、それは……」

「ああ、こんな話はやめましょう。考えてもしかたがない。とにかく、時田さんが自殺したのは、殺されたんだって考えた。貴女はそうでなくても、そのお友達の依頼主は、きっとそう考えたはず」

「そうかもしれません。なにしろ、彼は、時田さんのことで上京したとき、駅で襲われて、パソコンを奪われたんです」西之園は話した。ここまで言って良いものか、というぎりぎりの判断だった。しかし、実は嘘が一箇所ある。彼ではなく、彼女だという点だった。その友人の安全に関わることなので、わざと間違った情報を提供したのだった。

「それは、お気の毒に……。そう、そういうことも、あるかもしれない。真賀田博士には関係がないの。末端の、むしろ宗教に近い活動グループです。しかも、派閥がいろいろあってね。反対に、宗教から遠いグループだって、末端では、ほとんどサイバ・テロの集団。私は……」島田はそこで首を左右に振った。「もう、とてもついていけなくなった。年齢的なこともあったし、技術的にもね、私の持っている技術なんか、とうに古くなってしまったということ。簡単に言えば、使い物にならない。だから、潮時だと思った。ええ……、そのときは、真剣に落ち込んだけれど、落ちこぼれて良かったと、今では思っている。本当にそのときは、泣きたいくらい悔しかったけれど、でも、ええ、今は、これで良いと思っているの」

「話してもらえて、とても嬉しい。ありがとうございます」

「話せるようになったというだけ」島田は溜息をついた。「犀川先生には言えなかった。貴女には言えた。どうしてかな？」

「同性だからでは？」

「男だったら、抜け出せなかったでしょうね。たぶん、死んでいた」

深刻な言葉だったが、島田の表情はそこで少し明るくなった。微笑んだといっても良いほどだった。

「真賀田博士に最後に会われたのは、いつですか？」

「会った？」島田はもっと笑顔になった。「そんなの、いつのことかしらっていうくらい……。はたして、本当に会ったのかどうかもわからない。真賀田研究所で、貴女と会ったわよね、あのとき、私たちは、本物の真賀田博士に会っていたのかしら？わからないわ。誰が本物で、何が本当なのか……」

「リアルではなく、ネット上でなら？」

「ネットで話をした、会話をしたというのならば、真賀田博士本人と直接やり取りをしたことはある。これは、なんていうのか、震えるほど、わかるときがあるわけ。ああ、これは人間が思いつくことじゃないっていう発想を、ぶつけられるの。それは、わかる。これは、本物だ、実在しているって感じるの」

島田は、両手を胸に当てていた。訴えかけるような、説得力が感じられた。

「その接触は、いつ頃までですか？」

「その、時田さんが亡くなった頃かな。ぎりぎり、それくらい。だんだん少なくなっていった。どんどん遠くへ行っている感じがした。もうとても追いつけないって感じたし、そう感じるだけで、ぞっとするほど、震えるほど恐くなった。私も自殺しようかって何度思ったか……。周りの仲間が、続けて何人か死んだの。みんな、自分に絶望したんだと思う。とてもあの人の役には立てない。近づくことくらいならできると思っていたのに、どんどん遠ざかるばかりだって……。そういう目標を見失った人たちが、死んだんだと思う。あ、そうだ。あの……、変な話だけれど、犀川先生に昨日お会いして、私、とてもびっくりした。ああ、この人はどうして絶望してないのって」

「どういうことですか？」

「さあ、どういうことかな。貴女の方が、彼の近くにいるんだから、わかるんじゃない？　それに、私なんかよりもずっと、真賀田博士に近づけるはず。そういう選ばれた人なんだから」

「えっ、犀川先生がですか？」

「貴女も」

「私も？　どうして？」

「恐くない？」

「何がですか？」

「恐くないってだけで、もう普通じゃないよ」

7

現場での記者会見は、ごく簡単なものだった。いずれ、正式な報告が、静岡県警本部である。現場で行われたのは、警察が事件の捜査に力を入れていることを伝える効果はあったかもしれない。現場周辺には既に大勢の捜査員が投入されていたし、さらに、マスコミも一通り揃っていた。なにしろ、事件が起こるまえから、マスコミはいたのだ。このような条件から、異例の会見になった。

午後三時に始まり、警察の説明が十五分。簡単な図と、そして映像が公開された。マスコミは一様に、この映像に驚いた。犯人が映っていたからだ。おそらく、警察内で、この映像の公開について議論があり、そのために会見が午後になったのではないか、とマスコミ側は捉えた。それでも、事件発生からまだ十六時間と三十分しか経過していないのに、このような一級の証拠品が一般公開されたことは、思い切った手段に出た、という印象とともに、急速かつ広範に告知・伝達される効果を狙ったものと、マスコミには好意的に評価された。

昨夜の十時三十四分、情報工学科の研究棟にある福川啓司研究室の一室、元教授であり現学長である福川の個室で事件は発生した。部屋へ突然拳銃を持った男が入ってきた。黒い野球帽を被り、目から下を黒い布で覆っていた。拳銃と爆弾のようなものを福川学長に突きつけた。部屋には、福川のほかに、建築学科の教授が一人いた。二人は、翌日の建築学会年次大会の開会式の打合わせをしていた。拳銃を持った男は、手を挙げろと言い、二人を威嚇した。福川は、何の目的なのか、と尋ねたが、男は突然発砲し、福川が床に倒れたのを見届け、部屋から出ていった。

発砲は一発。銃弾は、被害者の左胸を貫通した。居合わせた、建築学科の教授に怪我はなかった。この教授が、警察に通報をした。約五分後に救急車が駆けつけたが、被害者は既に心肺停止《しんぱいていし》の状態だった。近くの病院に搬送され、一時間後に死亡が確認された。撃った殺人犯は、逃走している。拳銃も見つかっていない。現在、周辺を捜索中である。

だいたい、そんな内容だったが、警察は、ホワイトボードに、現場となった部屋の大まかな配置および人物の位置を示した。何故なら、この部屋には防犯カメラが設置されていたからである。個人の部屋にこのようなカメラがあることは珍しいが、被害者の福川は学長であり、また、訪ねてくる者も多いことから、設置されたものらしい。さらに、通路や建物の玄関ホールにも同様のカメラがあり、犯人が逃走した様子が録画されていた。

殺人現場のカメラは、部屋の入口へ向けて、壁の高い位置に据《す》え付《つ》けられていた。残念ながら、音声は記録されない。部屋の三分の一ほどが撮影範囲となる。入口の近くにパーティションがあり、応接セットが置かれていた。その応接セット側の壁にカメラがある。在室の二人がこの応接セットで話をしていたとき、犯人が入ってきた。

それらの配置の説明をしたのち、警察は録画されていた映像を公開した。これには、マスコミからどよめきが上がった。まさか、こんなに早く、これほどインパクトのある情報公開があるとは、多くの者が思ってもみないことだったからだ。

映像は、黒尽くめの男が現れ、両手を伸ばし、なにかを言っているところから始まる。右手に拳銃を持ち、左手にも小さなものを摑んでいるようだった。ソファに座っていた一人は女性のようだった。彼女は、驚いた様子で、犯人から遠ざかる方向へ移動する。逆に、福川学長は、彼女を庇うように立ち上がり、前に出た。そこで、拳銃が発砲された。一瞬の閃光《せんこう》のようなものが捉えられている。そして、福川が膝を折り、崩れるように床に倒れる。撃った男は、そこで、またなにか言い、女性の方へ拳銃を向けるが、女性は両手を挙げたままで、後ろ姿しかわからない。

男はここで、部屋から出ていく。福川に近づくこともなく、またなにかを取ったり、捜したりする素振りも見せなかった。

警察は、この映像のうち、被害者が倒れるところ、つまり発砲の場面以降をカットしたものをマスコミに配布すると話した。この場面カットは、被害者の遺族に対する配慮だと説明された。映像を一般公開したのは、犯人に関して広く情報を求めたいからだと強調する。これは、裏を返せば、有力な情報をまだ警察が握っていないことを示している、といえるかもしれない。

雨宮純は、殺人現場にいたという建築学科の女性教授が誰なのか知っていたが、もちろん知らない振りをしていた。ところが、スタッフのディレクタがすぐにネットで調べたところ、なんと、この大学の建築学科には女性の教授は蔵本寛子一人しかいなかった。これは、警察の不注意としかいいようがない。せめて、「建築学科」ではなく「他学科」と言うべきだった。まさか性別だけで個人が特定されてしまうとは考えなかったのだろう。工学部には、まだまだ女性の教授は少ないし、建築学科が組織としては小さかったこともある。ちなみに、建築学科では、准教授には三名女性がいたし、助教は半数が女性だった。

マスコミは、蔵本教授に殺到することになるだろう。雨宮たちのグループは目で合図をして、すぐにその会見場から出た。

「とにかく、蔵本教授を取材しよう」とディレクタが言った。

「あと、一つ気づいたんですけれど」雨宮は言う。「あの犯人が持っていたものは、何だったんでしょう？」

「拳銃のこと？」

「いえ、左手でなにかを握っていましたよね。私、質問しようと思っていたんですけれど……」雨宮には、ずばり心当たりがあったが、もちろんそれを口にすることはできない。犀川に釘を刺されている。

「ああ、あれは、爆弾じゃないかな。そんなふうに見えた。凶器だよね、それを見せつけているんだから」

「爆弾ですか……」雨宮は言う、そうそう、そうだよ、と思いながら。

学長が撃たれるというショッキングなニュースだったので、さきほど、学会に出席している人々にインタビューを試みた。普段だったらキャンパスには学生たちがいるわけで、当然ながら任意の学生の声を拾うことになるが、建築学会のために全学が休講になっているので、学生はほとんどいない。スーツ姿の研究者ばかりである。

雨宮がマイクを持って近づくと、眉を顰《ひそ》めて、あちらを向いてしまう。あるいは、手を振って拒否。駅前でティッシュとビラを配るバイトをしたことがあったが、それよりも拒否率が高い。たまに答えてくれる人がいても、「そうなんですか？　知りませんでした」という声が大多数、知っている者も、「聞きましたけれど、べつに、直接関係はないので」という冷静な返答ばかりだった。どうも、これでは絵にならない。みんなが冷めすぎ、冷たすぎる。

「拳銃を持った人間が近くにいるかもしれませんが、いかがですか？」と質問を工夫して尋ねても、「もう近くにはいないでしょう」とか、「そういう危険ならば、日頃でも同様にあるわけですよね」とか、そんな沈着な反応しか得られなかった。

「いかんなぁ」とディレクタが舌を打つのが印象的だった。

しかし、雨宮としては、この状況は予測できた。理系の研究者を、少しは知っていたからだ。それが普通なのか特別なのかはわからないが、マスコミが期待する「大衆」でないことはまちがいない。

雨宮とスタッフたち四人は、建築学科の研究棟まで来た。ピロティに入り、壁に掲示された配置図とスタッフのリストを見る。蔵本寛子の名前を見つけ、その部屋を目指して階段を上った。三階だ。

「いますかね」とカメラマンが呟いた。彼が一番重い装備を抱えている。雨宮のほかに男性が三人。ディレクタとカメラと音声だ。

三階の通路を右手へ少し入り、蔵本教授の部屋のドアを、ディレクタがノックする。しばらく待ったが反応がない。ノブに手をかけたところ、鍵がかかっているようで回らなかった。もう一度ノックをしたが同じ。

「駄目か……」

「やっぱり、学会が開催されているわけですから、会場のどこかなのでは？」雨宮は言った。「どこかに、スタッフが集まっている場所があるかもしれません」

そういえば、犀川先生が、本部だったか、そんな名称の場所で蔵本に会った、と話していたではないか、と彼女は思い出す。

「そうか、じゃあ、受付できいてみよう」ディレクタは言う。

戻ろうとしたとき、男性が一人階段を上がってきた。スーツにネクタイ。年齢は三十代だろうか。長身で、眼鏡をかけている。四人を一瞥《いちべつ》して通り過ぎ、蔵本教授の隣の部屋の前で立ち止まった。ドアを開けるために鍵を差し入れている。

「あ、あの、すみません」雨宮は前に進み出た。「あの、蔵本教授、いらっしゃらないようですけれど、どちらなのかご存じありませんか？」

「そりゃあ、こんなところにいませんよ。建築の先生は、全員出払っていると思いますよ。僕も、ちょっとものを取りにきただけで……」

雨宮は、彼の部屋のネームプレートを見た。〈伊納左人志《いのうさとし》〉とある。助教か准教授だろうか。

「蔵本教授の講座の方ですか？」雨宮は尋ねる。

「ええ、でも、研究分野は違いますけれどね」

「昨日の事件をご存じですか？」

「もちろん、知っています。先生から直接伺いました」

「先生というのは、蔵本教授ですね？」

「そうです。えっと、マスコミの方ですよね？」伊納は、後方にいるスタッフたちを見た。カメラが目についたようだ。「申し訳ありませんが、これ以上はお答えできません。急いで戻らないといけないので」

「蔵本教授に会えないでしょうか？　あの、私、那古野のC大の建築学科の出身なんです。国枝桃子先生の研究室でした」

「え、本当ですか？　国枝先生なら、よく知っています。いえ、ご本人に面識はありませんけれど、論文をすべて読ませていただいています。ああ、そうですか……」

「蔵本先生は、大学に出てきていらっしゃらないのでしょうか？」

「いえ、いらっしゃっていますよ。べつに、怪我をしたわけでもありません。ただ、ずっと警察の相手をされていて……、だけど、どうかな、もう本部に戻られたんじゃないですか」

「本部というのは？　大学の本部ですか？」

「いえ、そうじゃなくて、大会の運営本部です。先生は準備委員会の委員長ですから」

「それは、どこに？」

「ああ、あの、学会の受付があるところ、あのテントが並んだ、あの後ろの建物です。十二階建ての左隣。図書館なんですが、そこの二階の講会議室を本部にしているんです。食堂の上です」

「わかりました。ありがとうございます」雨宮はお辞儀をした。

「あなたは、名前は何というんですか？」

「申し遅れました」雨宮は名刺を取り出した。「雨宮と申します。どうかよろしくお願いいたします」

伊納も名刺を出した。それを交換したあと、伊納は部屋へ入っていった。雨宮たちは、通路を戻り、階段を下りた。

「凄いね、雨宮さん」ディレクタが言った。「どうして、同じ講座の先生だってわかったの？」

「いえ、部屋が隣ですから」

「へえ、そういうもんなの。わかんねぇよな、理系の世界は……。蔵本先生ってのは、どんな人だろう？　知ってる？」

「いえ、知りません」

「絵になると良いなぁ」カメラマンが呟いた。

どういう意味だよ、それ、と雨宮は思ったが、黙っていた。

8

午後の加部谷は、関心のあるセッションを聴く、という表向きのスケジュールに従っていたのだが、その実は、ほとんど居眠りをしていた。教室で、講義を聴くような振りをしたまま眠る技術には長《た》けている。何年もその修行を重ねてきたといっても良い。机の上で本を開き、それを見て、考えている振りをするだけだ。特に、今回話をしているのは自分の教師ではない。突然当てられたりもしない。たとえ眠っているのを見つかっても、叱られるわけではない。

隣の席に山吹早月がいた。彼にはばれていたかもしれない。でも、山吹ももう加部谷のことを叱ったりはしないだろう。山吹の教え子ではない。後輩だったけれど、今は独立している。自分はそもそも研究者ではない。今回に限って特別に出張してきただけで、来年はもうこんなことにはならないはずだ。そういう最後の仕事が、午前中に終わったのである。その解放感は絶大だった。

けれども一方では、久し振りに会った西之園や国枝、特に海月及介から、少なからず刺激を受けていたことも事実だった。眠いのはしかたがないにしても、研究室にいたときの雰囲気が、少しだけ、ぼんやりと再現され、彼女の周囲に纏《まと》いついていた。こういうのは、悪くない。当時感じていたよりも、ずっと素晴らしいものだったのだな、と思い出した。何がどう素晴らしいのか、具体的によくわからない。言葉にならない、という意味だ。ただ、月曜日から職場に戻って、周囲の老人たちに頭を下げ、意味のない書類を量産し、ただコピィして、ただファイルに綴《と》じて、どんどんキャビネットに詰め込んでいく仕事をまた繰り返すのかと思うと、今のこの雰囲気、微かに香る「研究」という空気の清々《すがすが》しさ、そして輝かしさを、対照的に感じずにはいられなかった。たとえば、何故自分は、大学院への進学を諦《あきら》めてしまったのか、行くつもりだったのに、何故やめてしまったのか、という後悔ともいえる疑問が浮上する。それは、海月及介が大学にいなくなったからだ、と彼女にはわかっていた。でも、海月が大学院へ一緒に行こうと言ったわけではない。それどころか、彼が大学院へ進学するかどうかも、あのときは不明だった。ただ、彼はきっと院生になる、だから自分も、と考えた。たぶん、そう考えたのだと思う。

そのときの燃え残りのような、微かな熱と香りが、今も彼女の胸にあった。灰に近い、形のない気持ち、知らないうちに片隅に追いやられた小さな記憶だった。

だから、ときどき、眠気から少し覚めた加部谷は、講演をじっくりと聴いて、質問をしてみようか、とも考えた。一所懸命に梗概の論文を読んで、質問事項を考えてみた。そうすると、嘘のように眠気が消えて、頭が回った。でも実際には、質問はできなかった。大勢の専門家がこの場にいるのだ。そんな場所で馬鹿なことはきけない。どうしても、そう考えてしまう。

山吹は、幾度か手を挙げて質問をした。それを横で見ていて、加部谷は大いに感心した。見直した、といっても良い。どちらかというと、ぼんやりとして大人しい山吹だったから、質問するときの精悍《せいかん》さが際立って見えた。彼女の目には、そう見えたのだ。お、山吹さん、格好良いじゃないの、と思ってしまう。きっと誰にでも、自分の道があって、その道を進めば、格好良く見えてくるのかもしれない。たとえば、雨宮がそうだ。彼女は学生のときと比較すると、本当に見違えるほど輝いて見える。それに比較して、自分はどうだろう？　自然にその方向へ考えてしまうのだった。

西之園と海月は、途中で別れた。違うセッションを聴きにいくようだった。犀川も国枝も別れたきりだった。みんな、近い分野の研究をしているはずなのに、もうそれぞれに違う道を進んでいる、ということだろう。

セッションが終了し、休憩時間になった。時刻は三時半だった。

通路へ出て、加部谷は深呼吸をした。

「加部谷さんは、これからどうするの？」山吹がきいた。

「コンパは、六時からですね」加部谷は時計を見た。「この近くですか？」

「ここから駅へ行く途中にある店だよ」

今朝、必死に歩いてきた道のことだ。コンパというのは、犀川研、国枝研の出身者が集まるもので、参加者は二十人以上になるらしい。半分くらいは加部谷の知らない先輩である。

「もう、今日はこれといって聴くものがないね。コーヒーでも飲もうか」山吹が言った。

「そうしましょう、そうしましょう」

「どうして二回繰り返すの？」

「あれ？　まえにも指摘されたことありますね、それ」

「そうだったかな」

二人で食堂を目指して歩いた。ランチを食べたのと同じ場所である。

「もう、事件の記者会見は終わったのかな」山吹が言った。「あとで、雨宮さんから、いろいろ聞けるね」

「事件に興味があるんですか？」

「そうでもないけれど、明日、蔵本先生と一緒に司会をするから」

「もし、蔵本先生が来られなくなったら、山吹さんが一人で司会をするんですか？」

「どうかなぁ、そうなるのかな。それとも、誰か代理の人が来るのかなぁ。まあ、どっちでも良いけれど……」

「キウイの話は、事件とは関係ないんでしょうか？」

「さあね」

「γも」

「うん、なんだか……、遠い話になっちゃったよね、いつの間にか」

「遠いっていうのは？」

「まえは、もっと身近だったじゃん、あの頃は」

「それは、実際に山吹さんが事件に遭遇したからですよ」

「加部谷さんもだよ。でも、だんだん、無関係になっていったし、だんだん、ぼやけてきているみたいに思う」

「ぼやけている？」

「うん。拡散しているよね」

「わかりません、ちょっと……」

「たぶん、僕がわかろうとしていないからだと思う。興味がなくなった、というのに近いかな」

「あ、私は、西之園さんがそうだと感じます。まえはもっと積極的だったじゃないですか。真賀田四季のことになると」

「そうだね……」山吹は頷いた。

彼は、なにか言葉を探しているような感じだったが、結局そのまま黙って歩いた。

加部谷は、食堂の前まで来たとき、自分の方から話し始めた。

「たしかに、あの頃だったら、キウイの英語のスペルを並び換えたりとか、ガンマを逆さまから読んだりとか、そういうなぞなぞみたいなことを、みんなで考えましたね」

「そうそう、そうなんだ。したよね。まったく事件の解決には関係ないのに、なんとなく、自分たちで謎を解いてやる、みたいなふうに勘違いしていて……」

「そうです、そんな感じでした」加部谷は頷いた。「そういえば、あのギリシャ文字の関連では、捜査は続いているんでしょうか？」

「そりゃ、続いているよ。去年のあのときだって、あんなに大勢の警官がたちまち集まってきたし、そう、公安の人も来たし」

「だけど、ニュースとかワイドショーなんかで、あまり取り上げられなくなりましたよね」

「ホットじゃなくなったってことかな。最初のうちは、ちょっとしたことで大騒ぎして、いろいろ想像して、みんなで怖がっていた。でも、だんだん、直接は大きな害が及ばないようだっていう認識？　理解っていうのかな、そんなのが浸透してきた感じかもしれない」

「水野《みずの》さん、どうされているのかな？　連絡はありますか？」

「ああ、いや、ないよ。どこにいるんだろう？　東京かな？」

食堂の中に一度入った。大混雑というほどではないものの、大勢がどのテーブルにも満遍《まんべん》なく着いている。外は良い風が吹き、真昼に比べるとずいぶん涼しくなっていた。二人は、混み合った中でコーヒーを飲むよりも、販売機で冷たい飲みものを求め、屋外のどこかで座れるところを探すことにした。食堂の片隅にあった販売機で買ったペットボトルのジュースを持って、少し戻り、受付のテントの後ろの階段に腰掛けた。大勢が既にそこに座っていたが、階段はとても広く、通行の邪魔になるほどではない。

テントの向こうから雨宮純が歩いてくるのを加部谷は見つけた。男性を三人連れて、彼女が先頭だった。多数の人間が行き来する中でも、彼女はすぐに見分けられた。

階段に差し掛かったところで、雨宮も気づいた。

「おう、休憩?」近くまで上がってきて、雨宮がきく。

「もう今日はお終《しま》い」加部谷は答える。「どこへ行くの?」

「今から、蔵本先生に突撃」そう言って、雨宮は片目を瞑った。「またあとでな」

彼女は急ぎ足で階段を上がっていく。ほかの男性たちも、無言でついていく。カメラを持っている男性は汗をかいていた。

「どうして、あんなにカメラって大きいのかな」山吹が呟いた。「旧式なんじゃない?」

彼らしい指摘で、加部谷は笑ってしまった。久し振りである。

9

雨宮純は、建物の中に入り、そのまま階段を上がった。通路に立て看板があって、〈日本建築学会年次大会運営本部〉とあった。部屋のドアは開いたままで、中は広い。何人かの姿が見えた。会議をしているわけではない。テーブルがあって椅子が並んでいる。正面に演台があるが、そこには誰もいない。ただ、ところどころに人が座っているだけだった。

男性三人を通路に待機させ、雨宮が一人で入っていく。入口の近くの壁際に、テーブルが二つ置かれている。女性が一人だけ椅子に座っていた。受付らしい。

「あの、建築の蔵本教授はいらっしゃいますか?」雨宮はきいた。

「ええ、あちらに……」と女性が手を差し伸べる。

演台の近くで横向きに座っている姿が見えた。室内に女性は少ないし、年齢からして彼女だろう、と雨宮は判断する。受付の女性には頭を下げ、そのまま、部屋の奥へ歩いた。

蔵本は、若い男性と話をしていた。男性の方は、隣のテーブルに手をついて立っている。彼は、「わかりました」と言って一礼し、こちらへ歩いてきた。途中で雨宮をじろりと見たが、そのまますれ違った。

雨宮は、蔵本に近づき、軽く頭を下げてから、念のため確認をした。

「蔵本先生ですね？」

「はい、何でしょうか？」蔵本がこちらを向く。

普通ならば名刺を差し出すところだが、テレビ局ではマイナスイメージだろう、と考えて、別のアプローチを試みた。

「雨宮と申します。愛知のC大で、国枝先生の研究室におりました。今は、あの、地元のテレビ局に勤めています。その関係で、さきほど、警察の会見を聞きました。警察は、事件があったとき、部屋に居合せたのは、建築学科の教授だった、と説明をしました。でも、防犯カメラの映像が公開されて、そこに映っているのは女性でした。この大学には、建築学科には女性の教授は蔵本先生しかいらっしゃいません。それで、蔵本先生に是非お話を伺いたいと思ったのです。どうか、五分ほどでけっこうです。お時間をいただけないでしょうか？」

「そちらに、座って下さい」蔵本は手で示した。

「あ、はい、ありがとうございます」

「小さな声でね」蔵本は言った。そして、意外なことに、少し微笑んだ。「とにかく、警察にいろいろきかれて、大変でした」

「お疲れのところ、大変申し訳ありません」雨宮は、隣のテーブルの椅子に腰掛ける。

蔵本は、想像していたよりもずっと若々しかった。華奢《きゃしゃ》で小柄だが、チャーミングな顔立ちで、薄化粧ながら、かまわないといったふうでは全然なく、服装にも気を遣っているのがよくわかった。同性から見ても、充分に魅力的といって良い、と雨宮は評価をした。

「国枝先生ね、ええ、とても優秀な研究者です。ちょっと、その、なんていうの、人当たりが良いとはお世辞にも言えませんけれど……。そう、珍しいね、建築を出てテレビ局？」

「珍しいと思います。でも、それで建築学会の取材に来ることができました。事件のためにここへ来たのではありません。でも、今は事件のことを知りたいと思っています」

「そうなの……。学会のことは、もうニュースになった？」

「あ、いえ、まだだと思います」

「ちゃんと伝えてくれた？」

「はい、今日の午前中に最初の収録をしました。でも、あんな事件があったので、オンエアされるかどうか……」

「そうね……」蔵本は溜息をついた。「不名誉なことですね。せっかくのチャンスだったのに」

「チャンスというのは？」

「この大学で、日本建築学会が開催されるなんて、大変名誉なことだし、本学の名前や存在を知ってもらうだけでも意味があると思います。でも……、残念ながら、違う意味で有名になってしまいましたね」

「お亡くなりになった福川学長は、どんな方でしたか？」

「どんな方だったのかなぁ。うーん、とにかく、偉い先生でした。指導力があったし、人望もありましたし、なにより、研究者としても一流でした。ああ、本当に残念なことです。どうして、あんなことになったのか……」

「あの、先生のお話を、カメラで撮影させていただくことはできませんか？　正しく伝える必要があると思うのですが……」

「それは、いえ、ちょっと今は勘弁《かんべん》してもらいたいわ。ごめんなさいね、いずれ、ちゃんとお話しする機会があると思いますし、それに、私が勝手なことをして、警察の捜査に迷惑をかけてもいけません。とにかく、まだ、捜査を始めたばかりですからね。犯人は見つかっていないのよ」

「そうですね、はい、わかりました」

「私を取材しても、あまり意味はないわね。まったく心当たりはないし、事情もさっぱりわかりません。たとえば、手がかりになるようなことは出てこないと思います」

「あ、あの、先生は、犯人の声を聞かれたと思うのですが……」

「そうそう、それを警察もしつこく質問しましたよ。カメラは映像だけだったんです。録音もしていれば良かったのに」

「どんな声でしたか？　どんなしゃべり方でしたか？」

「低い声で、丁寧な口調。うーん、標準語ですね。綺麗な発音の日本語です。そう警察には申し上げました」

「聞き覚えのある声ではなかったのですね？」

「そうね。なにも気づきませんでした。若いというだけです。二十代か、それ以下」

「なにか、福川学長の周辺で、トラブルがあったのでしょうか？」

「まったくわかりません。日頃、福川先生の近くにいるわけでもないんです。昨夜は、この大会関係の打合わせで、たまたまあそこにいただけです」

「でも、蔵本先生は、副学長をなさっているのでは？」

「それも、この年次大会があるから、そういう肩書きがあった方が良いだろうということで、一年まえに就任したんです。私みたいな若輩《じゃくはい》が副学長に指名されるなんて、異例のことです」

「そうなんですか……。では、先生は、福川学長と、普段のおつき合いはなかったのですね？」

「だって、学科が違うでしょう？　ほとんど顔を合わせる機会なんてありませんよ。ただ、私がここへ就任するときには、福川先生の力があったんです。ええ、ですから、まったく知らないとは言えません。お世話になっています。恩返しができなくなってしまったのは、とても残念です」

蔵本は腕時計を見た。もう話を切り上げたい様子だった。

「あの、もう一つだけ……」雨宮は身を乗り出す。「防犯カメラの映像を見たんですけれど、犯人は、ピストルを右手に持っていました。左手にも、なにか小さなものを持っているように見えました。あれは、何だったんですか？」

「キウイです」

「キウイ？」

「そうなの、その詳しいお話はできません。警察がいずれ発表するでしょう。こういう証拠っていうのは、全部公開すると、犯人を特定するときに困ることになるの。警察から注意をされました。言えないことになっているんです」

「はい、わかります。そうですか、キウイですか。昨日もキウイが荷物で届いたそうですね？」雨宮は、思い切ってその情報をぶつけてみた。

「それ、誰から聞いたの？」蔵本の表情が幾分固くなった。

「えっと、それは……」

「まあ、そういう噂って、たちまち広まるのね。はあ……」蔵本は、小さく溜息をついた。

「そもそも、どうして防犯カメラなんてあったのですか？」

「学長ともなると、大変なのよ」蔵本は立ち上がるような素振りを見せたが、座り直した。「あれよ、たとえば、女子学生が部屋に来たりするでしょう？　あとで、なにか根も葉もないことを言われるかもしれない」

「あ、セクハラとかですか？」

「今は、そういう時代なのね。よく知りませんけれど、以前になにかあったのかな。とにかく、学長になられて、そういう間違いが起きないように、自分の部屋でも、記録するようになさったのね。もちろん、学長室にもカメラを取り付けてあります」

「なるほど……」

「あの、じゃあ、ちょっと、約束があるので、これで」蔵本は立ち上がった。

雨宮も立ち上がって、お辞儀をした。見ると、部屋の入口の受付のところに、年配の男が一人立って、こちらを見ていた。蔵本は、彼に手招《てまね》きをした。

雨宮は、その男と途中ですれ違い、部屋を出ることになった。振り返ると、蔵本はまた座り直していて、男は深々と礼をしていた。どうやら、どこかの企業の研究者のようだ。年齢は蔵本と同じくらいなのに、立場の上下は明らかだった。

カメラがセットされていたのは、もともと知られていることだったようだ。被害者となった学長の写真は、既に入手している。一枚の写真だけだが、六十代には見えない。ダンディな感じだった。スキャンダルを恐れていたのは、過去になにかあったのかもしれない、と蔵本は匂わせた。たとえば、カメラがなければ、蔵本と二人だけで十時過ぎに会っていることだって、何を言われるかわからない。そういったことを考えるのは面白くはないが、しかし、社会というのは、その方向の想像には長けているものだ。

部屋から出ていくと、ディレクタが待っていた。

「駄目です」雨宮は両手をクロスさせた。「カメラは勘弁してほしいって」

「なにか、話が聞けたの？　ずいぶん、話していたようだったじゃない」

「はい、いろいろ話してもらえました。まずは、顔を覚えてもらったので、次にかけましょう」

「そうだね」

10

雨宮純は、一時間遅れて、犀川研と国枝研のコンパに参加した。加部谷恵美が手を振って、席はここだ、と合図をした。

「え、誰、誰？」という声が起こったので、雨宮は立ち上がって、挨拶と簡単な自己紹介をした。国枝を除く全員が拍手をした。しかし、犀川研では、伝統的に自己紹介をしないので、彼女が最初の自己紹介者となった。

「なんだ、そうだったんですか……」説明を受けて、雨宮は顔をしかめた。「すみません。てっきり皆さん、されたものと思ってしまって」

冷たい生ビールが運ばれてきて、雨宮はそれに口をつける。

「ああ、美味しい……」深呼吸のような溜息が長く漏れた。「大変な一日でしたよ」

「だろうね」テーブルの対面に座っていた山吹早月が言った。「記者会見はどうだった？」

「今頃、夕方のニュースで流れていると思いますけれど、とにかく、なにも進展はありません。犯人も、それに拳銃も、まだ見つかっていません」

「えっと、犯人が映っている映像があるんでしょう？」知らない男がきいた。おそらく犀川研の先輩だろう。「さっき、テレビでやっていたよ」

「え、本当に？」山吹が驚いた顔で、雨宮の方を見た。

「そうなんです。殺人現場に防犯カメラがあったんです。この頃、どこにでもありますよね」

「しっかり映っているわけ？」山吹がきく。

「いえ、ちょっと、特定はできないと思います。顔を、こう、帽子と布で隠していたんです」

「へえ……、じゃあ、カメラがあることを知っていたわけ？」

「うーん」そういうことになるのかな、と雨宮は考える。「でも、そこまで来る途中で誰かに姿を見られるかもしれないから、顔がわからないようにしたのかもしれません」

「声も録音されていたの？」隣の加部谷が尋ねた。

「ううん、音はなし」雨宮が答える。「それで、私ね、蔵本先生に直撃インタビューして、きいてきました。どんな声だったか」

「蔵本先生が、関係しているわけ？」山吹が質問する。

西之園も犀川も、こちらを注目している様子だったので、雨宮は、事件の概要を説明した。蔵本教授が福川学長の部屋を訪ねていた、そこへ男が一人入ってきて、福川を撃った。そのまま、なにも取らずに逃走している。カメラが捉えていた映像には、三人が映っている。撃たれた瞬間の映像が記者会見のときには公開されたが、マスコミが入手してテレビで放映されたのは、撃たれるところをカットしたものだ、と。

ここまでは、コンパに参加していた半数が聞いていた。しかし、その後は、またそれぞれの会話になった。雨宮は、しばらく黙って料理を食べることにした。中華料理である。

「犯人はしゃべったの？」隣の加部谷が尋ねる。彼女は既に赤い顔をしている。

「しゃべった。でも、録音はされてない」

「声を聞いたら、誰だかわかる人がいたかもしれないのに」

「蔵本先生は、知らないと言っとらした」雨宮は答え、また冷たいジョッキに口をつける。「なにか進展があるとええなぁ。明日の仕事がそれで決まるでさ」

「はりきってるね」

「うん、こういうチャンスは逃さない」雨宮は言った。「滅多にないと思う」

「そうなんだ……」

「加部谷は、明日は？」

「私、べつに、なにも……」加部谷は首を左右に傾ける。「気楽なもんよ。もう、発表は終わったし。ああ、そうか、レポートを書くんだった。ま、それくらいだね」

「レポート？　ふうん、公務員はのんきだなぁ」

西之園が近くへやってきた。加部谷と雨宮の後ろに膝をつく。

「ねえ、キウイはどうなの？　なにか、事件と関係があった？」西之園は、雨宮に尋ねた。

「そうなんですよ」雨宮は大きく頷いた。「みんなには、言えませんけれど、ええ、ここだけの話で……」

彼女は、西之園に、蔵本教授から聞いた話を伝えた。ピストルのほかに、犯人はキウイを持っていたのだと。

「どうして、キウイなんか持っていたわけ？」加部谷が尋ねた。「爆弾じゃなくて？」

「爆弾のつもりだったみたい」雨宮は答える。

「ということは、本部にキウイを送りつけたのも、その犯人ってこと？」西之園が呟くように言った。「なにか、理由がありそうね。ある人には、そのキウイだけで、なにかを連想させるとか」

「どういうことですか？」雨宮は尋ねる。

「たとえば、蔵本先生か、それともその周辺の誰か。うーん、話は、学長や理事長へも行くはずだから、つまり、誰かは、キウイが何を示すのかを知っている。過去にあったトラブルなのか、それとも差出人を連想させるものなのか、それが伝わる記号だという可能性。それを知らせておいて、殺しにきた」

「殺すなら、そんなメッセージをあらかじめ送らなくても」加部谷が言いかけた。

「そう」西之園は頷く。「だから、福川先生ではないのね、メッセージの受取人は」

「よくわかりませんけれど……」雨宮は首を傾げてみせる。

「わからないのが当然。周囲にはわからない。そういうメッセージ」

「蔵本先生でもないですね、だって、意味がわかっていたら、犀川先生に話したりしないのでは？」雨宮は考えながら言った。ふと犀川を見ると、たまたまだったかもしれないが、こちらを見ていて、視線がぶつかった。

第３章　リカーシブな忌諱

デカルトの〈空間〉の枠組みは、座標だけの空っぽの舞台を用意した。ニュートンの用意したのは、ドラマの書きこまれるべき空っぽのスケジュール表だ。そして、神が原作を書いた運動のドラマは、スケジュールにしたがって、この舞台の上で演じられる。ニュートンは舞台監督として、それを眺めている。魔術師が、からくりの舞台を操るように。

1

二日続けてのアルコール摂取だったが、二日めはさすがにセーブをしたため、翌日の土曜日の朝は、普通に目覚めることができた。時計を確かめると七時だった。今日は、特に急いで出ていく必要もない。午前中に聴こうと思っているセッションはあったけれど、べつに聴けなくてもどうということはない。職場に提出するレポートは、梗概集を読めば内容は書ける。関心を持ったもの、仕事に役立ちそうな関連技術あるいは問題点などをピックアップして概要を羅列すれば充分なのだ。

雨宮はまだ寝ていた。彼女は、コンパが終わったあと、スタッフとの打合わせがあるらしく駅で別れた。ホテルまで電車とバスに乗って、加部谷は一人で帰ってきた。同じホテルなのに、西之園萌絵とも一緒ではなかった。西之園は、なにか用事があるようなふうだった。でもたぶん、犀川と一緒にどこかへ行くつもりなのだろう。そのあと、二人でホテルへタクシーで帰ってくるのにちがいない。そんな想像をした。もちろん、なにもきかず、黙っていた。黙っていた方が大人だ。そう思えた。

加部谷は、温泉に入り、テレビを見たあと、十一時に布団に入った。そのあと、どれくらい時間が過ぎたかわからないが、深夜に、雨宮が帰ってきた。声はかけなかった。寝ている振りをした。でも、もしかしたら、夢だったかもしれない。

雨宮が部屋にいたので、少しほっとした。よけいな心配だろうか。それを自問しているうちに本格的に目が覚めてきて、布団から起き上がった。同時に、そうだ、朝食が七時からだ、と思い出す。

「純ちゃん、ご飯の時間だけど」と声をかける。

雨宮は唸るような返事をしたが、目を開けない。どうしようか、自分一人で食べにいくか。それとも、やっぱり起こした方が良いだろうか。昨日は、雨宮に起こしてもらったのだ。もしかして、雨宮は朝から仕事の約束があるかもしれない。ここはやはり、起こすべきだろう。

「ね、七時だよ」少し近づいて、もう一度声をかける。

「七時？」雨宮が目を瞑ったまま答えた。

「起きなくても良い？」

「えっとぉ……」雨宮は眩《まぶ》しそうに薄目を開ける。「そうか、朝飯か……」

「食べにいく？」

「うん」雨宮は返事をした。

そのあと、一分ほど動かなかった。寝たのかな、と思っていたら、目を開けて、起き上がった。両手を伸ばし、首を左右に傾ける。

「あぁあ、えっとぅ、土曜日か。ああ、そうか……。仕事だ」

身支度を整え、一緒に部屋を出た。

「食堂で、西之園さんと犀川先生にばったり会ったりして」加部谷は途中で思いついて言った。

しかし、食堂に到着しても、二人の顔は見当たらなかった。空いている席に着いて、朝ご飯セットを食べ始める。暖かい味噌汁を食堂の人が持ってきてくれた。

「昨日、いつ帰ってきたの？」加部谷は尋ねた。知らないことにした。

「十二時半くらいかな。最終の電車だった。バスはなくて、タクシー」

「なにか、進展があった？」

「何の？」

「事件の捜査で」

「いや、なにも発表はない。状況は同じ。関係者についてのデータが会社から届いて、どんな取材をしろとか指示があって、それにどう対処するのか打合わせをしとった。特別番組になるかもしれんし、けっこう大変そう。ほかの局もどんどん増員しているらしい。もう学会どころじゃないわな、こうなったら」

「そうなんだ。やっぱり、学長って偉いんだね」

「福川学長が大物だってこともあるし、あと、やっぱり、拳銃で撃たれたシーンが録画されていたのがセンセーショナルだわぁ。テレビ向けといわんばかりだろ？　インパクトあるがね」

「今のうちに、周辺の人に聞き込みをして、できるだけ沢山、顔をカメラに撮っておくんでしょう？」

「そうそう。それそれ。虱潰《しらみつぶ》し作戦」

「犯人は虱なんだ」

「夜のうちにな、キャンパスに百五十人も捜査員が来たんだに」

「え、本当？　何をしたの？」

「拳銃をどっかに落とらかしたかもしれんでな」

「探したわけ？　見つかったの？」

「見つかったら、たぶん、すぐ発表があると思う」

「防犯カメラって、キャンパス中に、沢山あるわけでしょう？」

「あるある。そもそも、蔵本先生が、その関係の専門家だから」

「え？　何の専門家なの？」

「防犯だね。建築の防犯と防災」

「そうなのか。それで？」

「それで、キャンパス内のいたるところに防犯カメラがある。たぶん、警察が全部調べているはず。逃げた犯人が映っている可能性が高い」

「でも、顔を隠していたら、駄目だし」

「どこへ逃げたかは、わかるかもしれん」

「そんなの、表へ逃げたか、裏へ逃げたか。あ、それとも車に乗ったとか?」

「そうそう。その可能性が高いと思う。自転車では逃げんだろ」

「普通に歩いて駅まで行って、電車に乗るっていうのは、ないかな」

「心理的にありえんと思うな。駅が遠すぎる。それに、一昨日の夜は、キャンパスに警察がいたんだでね。ほれ、キウイの騒ぎがあったでさ」

「そうか……。でも、そんなに多くはなかったよね」

「犯人のだいたいの体格はわかっている。加部谷、テレビは見た?」

「見た見た。夜のニュースでやってた」

「どんな感じに見えた?」

「うーん、どちらかというと痩せ形で、身長は普通。髪は長くはない」

「それくらいだわな。女ではない?」

「それはないでしょう。だって、蔵本先生が声を聞いているんでしょう?」

「うん、映像を見た感じでも、女ってことはないかな」雨宮は視線を上に向ける。

「スマートだがね。ほんだで、そういう人間を選んで、インタビューをしなくちゃ」

「そんなの、沢山いるでしょう？　だいたい、今頃は遠くへ逃げているんじゃない？　近くでうろちょろしてる？」

「それは、まあ、どんなときでもそうだでね」雨宮は口を斜めにする。「だけど、人を殺そうとする人間って、そんなに遠い存在じゃないわけだから」

「ああ……、日頃の恨みで殺したりするならね」

「まあ、当ったら儲《もう》け物ってやつ。できることをしておく。もし、犯人の顔が撮れていたら、勲章もんだでね」

「え、会社って、勲章がもらえるの？」

「もらえるか。比喩《ひゆ》だがね」

食堂のガラス窓から外を眺めることができた。正面側になる。ロータリィがあって、タクシーが待っているのも見えた。

「そういえば、西之園さんは、ここへは食べにこないのかな」加部谷は言った。

「来んでしょ。そりゃ、部屋で食べとらっせるわさ」

「え、そんなこともできるわけ？」

「私らの部屋ではできんけどな」

「ああ、なるほどなるほど……」

2

西之園萌絵と犀川創平は、部屋で朝食を食べていた。座布団に座って朝食を食べるということが、西之園には画期的《かっきてき》に感じられた。こんなシチュエーションはこれまでになかったのではないか、と。

「お茶漬けくらいで良かったんだけどなぁ」犀川が呟く。「朝からこんなに食べられないよね」

「そうですね」西之園もそう感じていた。彼女の朝は、だいたいコーヒーとトーストだ。ホテルに泊まったときには、それにソーセージや卵焼きやサラダやヨーグルトが加わるけれど、自宅ではそんなに多くは食べない。トーストだって食べないことが多い。

「先生、朝は、お茶漬けを召し上がりたいのですか?」

「いや、お茶漬けも食べたくない。うーん、どちらかというと、シリアルに牛乳をかけて、うん、それで充分だね」

「もしかして、今でも、そうなさっているのですか？」

「滅多に朝は食べないし、食べるときは、そうだね……、けっこうシリアルかな」

「ああ、そうですか……」溜息が漏れる。

「どうして、溜息を？　落胆したみたいだね」

「ご用意のし甲斐《がい》がありませんね」

「誰が用意をするって？」

「私ですよ」

「あそう……」

「なにか？」

「いや……」

犀川は那古野に住んでいる。一人暮らしだ。西之園は、今は東京である。マンション住まいで、自宅には年配の執事が一人いる。彼が、朝食の用意をしてくれる。もちろん、夕食も。さらには、昼の弁当もである。そういう現状から鑑《かんが》みて、たしかに、犀川の言いたいことはわからないでもない。彼女にとっては、あまり深入りしたくない問題でもある。

今日は、西之園も犀川も、午前の最後のセッションで司会が当たっている。それから、午後には、外国人研究者の招待講演があって、犀川はそれを聴くと言っている。西之園は、どうしようか決めていない。全国の学生の設計展を見にいっても良い、というくらいにしか考えていなかった。

いずれにしても、タクシーには八時に乗れば大丈夫だ。予約の必要はない。ホテルの前にいつもタクシーがいるからだ。二人でタクシーに乗るが、日科大の手前で、犀川はきっと降りる。昨日がそうだった。一緒に降りるところを見られたくない、ということらしい。これも、わからないでもない。どちらかというと、自分が降りるべきではないのか、と彼女は思う。しかし、それでは犀川が料金を払うことになってしまう。なんという平和なジレンマだろう、と思った。特に、キャンパスで起こった殺人事件のことを考えると、なおさらである。

「キウイのγの意味は？」西之園は突然違う質問をした。こういう飛躍は、二人の間では特別ではない。

「確率が高いのは、それらしく装った」

「何を装ったのですか？」

「テロのようなもの」

「ようなものって……」西之園は笑った。しかし、笑えたのは、理解が足りなかっただけだった。「あ、そういうことですか」

「殺人が起こるまえは、そうは考えなかった。でも、今は、その確率が高いと思う。殺人は、ちょっと筋が違っている」

「偶然同時だったけれど、実は、キウイの犯人と、殺人は別々だということは？」

「その場合、殺人者が、キウイをわざと持ち込んだ、ということだね。うん、そうなると、キウイの話を知りえた人物になるし、カメラがあること、あるいは、蔵本先生がいることとも知っていたことになる」

「かなり身近な人になりますね」

「そうだね、その中で、あの映像の姿と比較すれば、ほとんど数人に絞られるんじゃないかな」

「警察が、その絞り込みを既にしていると思われます？」

「いや……。していないと思う。そういう分析は、警察の捜査にはないね。もっと、なんていうのか、落ちているもの、遺留品、被害者の周辺の聞き込み、そういうデータ集めに初期の労力を使う」

「誰も、考えない」

「僕らみたいに勝手な推理をすることは、ある意味で危険だからね」

「ああ、そうですね」

料理は半分以上残っていたが、二人とも箸が止まっていた。犀川は、お茶を飲んでいる。たぶん、お茶よりはコーヒーが飲みたいのではないか、と西之園は想像した。自分もそうだったからだ。

「事件があると、いろいろ考えて、議論をしましたよね」西之園は窓の方を見て言った。窓の外に、遠い世界が見えるような予感があって、たぶん、無意識に誘われたのだろう。

「議論だけではなかったように思う。君は、特に、無茶なことをした」

「ごめんなさい」西之園はすぐに謝った。少し頭を下げる。「自分でも、今は理解できません」

「ま、それはそれとして……。議論というほどではなかったね。単なる、意見交換くらいかな」

「でも、私は、先生とお話しできるだけで嬉しかった」

「わかった、もう……」犀川は片手を広げる。「今、ちょっと別の問題について考えているんだ。悪いね。それ以上、言葉にしなくてもわかるから」

「言葉にしなきゃわからないって、おっしゃったじゃないですか」

「そんなこと、言ったかな……、ああ、言ったね。でも、今は、わかる」

「どうしてわかるようになったんですか？」

「うーん、言葉にできないね」

「嘘です」

「うん、嘘だね」

犀川は、僅かに口許を緩《ゆる》めた。西之園も微笑み返した。

何が違うのだろう、あの頃と。

自分は子供だった。両親の死に取り憑かれていて、まるで夢遊病者のように彷徨《さまよ》っていた。人殺しに異常なまでに関心を持った。そして、殺人者を自分の力で突き止めてやろう、と考えた。そうすることが使命だとさえ信じていた。

何故だろう？

よく思い出せない。

たとえば、犯人を突き止めるって、どういうことだろうか？

貴方《あなた》が犯人だ、と指差して、相手の出方を見ること？

まるで、テレビドラマだ。

しかし、たとえ相手が犯行を認めたとしても、相手が泣き崩れて謝ったとしても、そんなことは事件の解決でもなんでもない。真相は、個人の告白では証明されないし、また、謝罪によって収拾するわけでもないのだ。
正義によって真実が突き止められると信じていた子供の自分が、今では愛《いと》おしいけれど、でも、それはやはり正義ではない。正義というものは、それほど単純ではない。今は、少しそれが理解できつつあった。
犀川は、あの頃でも、それを知っていたはずだ。だから、いつもブレーキをかけようとしていた。だから？　そう、自分は犀川に守られていた。なのに、気づいていなかったのだ。自分のことで精一杯で……。
あの頃の自分が言いたかったことは、
何故、自分だけがこんなに悲しい思いをして、
これほど苦しまなければならないのか、
その恨み言だったのだろう。
それが言えないから、ただ心の内側へ押しやっていた。
だから、あんなに歪《ひず》んだ目でしか、物事が捉えられなかった。
今はどう違っているのか、といえば……、
まず、自分の恨み言を外側に出すことができる。

それから、初めて、周囲の自分に対する愛情の存在がわかった。

そういうことだ。

この恩というのか、この借りを、少しずつでも返していかなければならない、と思う。

「どうして、アボカドじゃないのかな」犀川は呟いた。

「やっぱり、そこですか？」西之園は吹き出した。

「爆弾だったら、アボカドだと思うんだけれど……」

3

山吹早月は、海月及介に日科大の最寄りの駅で出会った。特に約束をしたわけではない。改札を出て、ロータリィの端まで行ったところに、会場までのシャトルバスの乗り場があるが、そこの列に海月が並んでいたからだ。山吹が声をかけると、海月は山吹のところまで順番を下げ、並び直した。

「おはよう。西之園さんと、同じホテルじゃないの？」山吹はきいた。海月は、西之園研究室の大学院生なのだ。

「違う」海月は答える。

「一人?」

「ああ」

まあそうだろうな、と山吹は思った。西之園研究室の院生がほかに二人来ていて、昨日のコンパで顔を見た。海月は、その二人とは行動をともにしていない、ということである。たいていの場合、学会を通して宿の予約をするため、同じ研究室であれば、同じ宿になることが普通だろう。もっとも、犀川研は、伝統的に集団行動を避ける傾向にある。犀川自身が学生たちに囲まれていたくないようなのだ。コンパなどがときどきあるにはあるが、あれも犀川が招集しているわけではなく、院生やそのOBが企画している。国枝研究室は、さらに輪をかけて個人主義だし、西之園研究室もその伝統に倣《なら》っているのかもしれない。

「国枝先生が、前にいる」海月が教えてくれた。

「あ、本当だ」

列の先頭付近に長身の国枝の後ろ姿が見えた。やはり、一人のようだ。こちらの視線に気づいたのか、国枝は振り返り、じっとこちらへ視線を返した。山吹は頭を下げる。しかし、国枝は知らん顔だった。もしかして見えていないのかもしれないが、認識していたとしても、国枝は手を振ったりはしないので、反応は同じである。もちろん、海月のように、列の順番を譲って、こちらへ来るようなことはありえない。

バスが来て、ドアが開いた。山吹たちが乗り込んでいくと、国枝は、運転席のすぐ後ろのシートに座っていた。既にシートは満席のようだ。国枝の近くで二人は吊革に摑まって立った。

「おはようございます」山吹は挨拶をする。さすがに、国枝も軽く頷いた。

しかし、会場に到着するまで、会話はまったくなかった。なにしろ、国枝と海月である。山吹がなにか言ったところで、言葉が返ってくることは、山びこよりも確率は低い。目を見て、軽く顎を上げる程度の反応がせいぜいだろう。これが、加部谷とか雨宮だったら、こちらが黙っていてもなにか話しかけてくるはずだ。人によってこうも違うのか、と思い、そもそも同じ人間なのに何故そんなに差があるのか、ということを山吹は考えていた。だが、バスを降りるまでに思いついたことは、そういう違ったタイプがいても、お互いに認め合うことができる、という人類の優位さだけだった。その個人差の根源的なところは、環境なのか生まれついてのものなのか、それとも思想が築く個人の文化なのか、よくわからない。

自分だって、それほどおしゃべりが好きな人間ではない。友達も少ないし、どちらかといえば、一人でいる方が気が楽だ。犀川や国枝や海月ほど、極端でもないし、またそれを徹底することもできない。でも、それは単に、少し妥協しているだけのことで、この妥協は、結局は、人から嫌われるかもしれないという小さな損を、自分が我慢をするという小さな損と交換しているだけのことなのだ。どちらも、小さな損だ。交換する必要などない、という考え方ももちろん成り立つだろう。それが、犀川、国枝、海月の価値判断にちがいない。しかし、この三人は三人で、またタイプが全然違っている。一番無口なのは海月だが、国枝ほど刺々《とげとげ》しくはない。犀川はわりと話の相手をしてくれるのだが、しかし、一番思考が飛んでいるため、ついていけないところがあって、結果的に、最もどんな人間なのかわからない。三人の中で最も人間がわかるのは国枝だろう。彼女は、本当に正直で、自分を隠さないから、そのままだといえる。

バスを降りて、国枝はすぐに去っていった。山吹は、しばらく海月と並んで歩いた。メールの交換はときどきしている。だいたいどんな生活をしているのかも、お互いに知っている仲である。

「来年は、どうする？　博士課程に上がるつもり？」山吹はきいてみた。これは、以前にメールで尋ねたことがあったのだが、そのときは「決めてない」という返事だった。あのときよりも時間が過ぎている。博士課程の入試は、来年の夏だ。

「今のところは、就職するつもりだけど」

「どんな方面？」

「どこでもいい。できたら、海外勤務がしたい」

「へえ、どこへ行きたいわけ？」

「それも、どこでもいい」

「珍しいんじゃないかな、そういう希望は……。きっと通るよ」

建築関係の企業ならば、アジア、中東、そしてアフリカならば、すぐにでも行かせてくれるのではないか、と山吹は想像した。危ないところへは行き手が少ないから、希望者は貴重な存在だろう。

「研究者になるのかなって、思っていたけれど」海月が黙っているので、山吹は言葉をつけ加えた。

「向いていない」海月はそう言って、山吹に一瞬視線を向けた。

「僕も、向いていないと思ったけれど、なんとなく、なっちゃったからね」

「いや、山吹は向いている」

「どうして？　たとえば、どこが？」

「具体的には言えない」

だったら、抽象的に言ってくれるのか、と待ったが、そのまま海月は黙ってしまった。

教育棟に到着し、ドアの貼り紙にある番号を確認してから、入室した。まだセッションは始まっていないが、大勢が既に席についている。司会者も時計を気にしているようだった。結局、海月の返答は聞けなかった。

4

西之園が泊まっている部屋からは、表のロータリィが見下ろせる。だから、加部谷と雨宮が出ていく姿を見ることができた。駅で電車に間に合うバスの時刻に合わせて出発したようだった。これで、ロビィで鉢合わせになる心配もない。今日もタクシーで、と考えていたのだが、犀川と二人でロビィへ下りていくと、待っている男がいた。公安の沓掛だった。

「あれ、どうしたんです?」犀川が言った。表情はまったく変わらないが、驚いた様子だった。つまり、約束したものではない、ということになる。

「犀川先生、それに西之園先生も、お久しぶりでございます」沓掛はいつもの柔らかい物腰だったが、その異常なまでの鋭い目つきは隠せない。それにしても、つい彼のスーツに目が行ってしまう。いつも違うものだが、いかにも高そうな布だった。

「おはようございます。犀川先生……、ですか？」西之園は隣の犀川をちらりと見る。「あの、私、外《はず》しましょうか？」

「いえ、西之園先生もご一緒に。あの、日本科学大学へ行かれるのですよね？」

「そうですけど」犀川が答える。

「では、車でお送りいたします。どうぞ、こちらへ」沓掛は片手で後方を示す。

ホテルの玄関から出ると、沓掛が片手を挙げる。すると、ロータリィの端に駐車していた黒いセダンが動きだし、三人の前までやってきた。もちろん、沓掛がラジコンで操縦《そうじゅう》しているわけではない。運転手が乗っている。ロボットではなく、人間だ。白い手袋の三十代の男だった。角刈りで、躰も大きい。車の運転以外にも使い道がありそうなタイプである。

犀川と西之園は後部座席に、そして沓掛が助手席に乗り込んだ。タクシーよりもゆったりとしたシートだった。車はすぐにスタートする。クーラが効いているので、エンジンを回転させたまま待っていたようだ。

「会場へ到着するまでの時間、お話を伺えれば、と考えました」沓掛は振り返って話した。「突然のことで、本当に申し訳ありません。直接、日科大でよろしいでしょうか？」

「ええ」犀川は頷く。「何の話ですか？　まさか、キウイじゃないでしょうね」

「はい、キウイも、それにγの文字も、それほど重要とは考えておりません」

「では、何ですか？　沓掛さんが直々《じきじき》にというのは、よほどのことですね」

「いえ、そんなことはありません。ときどきは、先生方にお会いしておかなければ、と思っておりました。犀川先生も近くまでいらっしゃっているのですから……」

「伊豆っていうのは、東京の人には近いんですね」犀川が言う。

「そうですね、遠くはないという感覚ですね。あの、それに、西之園先生もご一緒なのですから、願ってもない機会かと考えまして……」

「用件をお願いします」犀川が促した。

西之園は、犀川が苛《いら》ついていることがわかって、ちょっと視線を送った。心の中では、「先生、もう少し我慢をされた方が……、沓掛さんも、お仕事なのですから」と呟いていたが、たぶん、犀川は心の中で、「僕の仕事じゃない」と言い返しているだろう、と想像ができた。

「一昨日撃たれた福川啓司学長ですが、彼は、私どもがずっとマークしていた人物でした。真賀田博士が妃真加《ひまか》島の研究所にいた頃に、仕事上の接触が頻繁《ひんぱん》にありました。当時、彼はＴ工大の教授でしたが、日本のＩＴ業界を引っ張る最先端の研究者でした」

「ええ、知っています」犀川は答えた。西之園は、それに驚いた。自分は知らなかったし、犀川はそんな話をしなかったからだ。

「かつて、真賀田研究所にいた島田文子は、今、日科大の助教です。これも、福川が引っ張った人事でしょう。お会いになりましたか？　島田さんに」

「ええ、会いました」犀川は答える。「ああ、そうか、僕に、彼女に会いにいかせたのですね」

「いえ、そういうわけではありません」沓掛は笑った声になる。

「私も、昨日お会いしました」西之園は言った。

「そうですか」しばらく前を向いていた沓掛が、振り返って西之園を見た。こちらの顔が見たかったのだろう。彼女は、沓掛の後ろに座っていた。「いかがでしたか？」

「いえ、べつに……」西之園は言葉を濁す。「報告するようなことはありません」

「あと、建築の蔵本教授も、福川学長と関係があります」沓掛は前を向いた姿勢に戻った。「建築の先生なので、研究分野は違いますが、親しい関係にあったようです」

「どういう意味ですか?」犀川が尋ねた。

「スキャンダルになるような話ではありません。福川学長は、十五年もまえに夫人を癌《がん》で亡くされています。それから、蔵本先生は、若い頃に外国人と結婚されましたが、数年で離婚されて、その後はずっと独身です」

「そういう意味ですか」犀川は溜息をついた。つまらない話題だ、という表情だった。西之園は気が気ではない。

「もちろん、二人の関係は、公《おおやけ》になっているわけではありません。私どもが注目しているターゲットだったために、こういう雑多な情報も自然に集まってくるわけです」

「それで、つまり、今回の事件を、沓掛さんのスコープで見ると、どうなるのですか?」犀川が淡々とした口調できいた。

「私にも、はっきりしたことはわかりませんが、たとえば、どこかの宗教団体の若者が、わけもわからず、福川学長を暗殺するヒットマンとして派遣された、というイメージは簡単にできますね。そして、そうなると、脅しとして、あらかじめキウイやγを見せた、というのも、まあ、ありえないことでもない。これまでにも、その手のものはありました。蔵本教授には、そのメッセージが伝わったかもしれない。そのことで、福川学長のところへ相談にいったのかもしれない。どう対処するか話し合っていたところへ、予想よりも早くヒットマンはやってきた」

「脅したのなら、取引がありそうなものです」犀川は言った。「その取引を拒否したから、殺されたということですか？」

「取引は、これからかもしれません。一人まだ残っていますから」

「そのために、蔵本先生は生かされた、とおっしゃりたいのですね」

「たとえばのストーリィです。こんなふうに考えることもできる。それほど突飛《とっぴ》でも、あるいは不自然でもない、ということです。ですから、やはり、私どもとしては、蔵本教授の命を守ることを第一優先として、動く必要があるということになります」

「そうして助けて恩を売れば、なにか重要な情報が得られる、と踏んでいるわけですね？」犀川は言う。

「原理的には、そうなります」沓掛は頷いた。「ただ、人の命は、そういった情報よりも価値のあるものだと認識しています」

「そうですか、それは意外です」

西之園は、犀川の膝に手を置いた。「先生、言いすぎです」ということを、少し眉を顰めた顔で伝えた。犀川はこちらを一瞥して、五ミリほど頷いた。

「だいたいは、こんなところなのですが、犀川先生は、どうお考えになりますか？」

沓掛は後ろへ顔を向けた。

車は山を上っている。白いガードレールが窓の外を流れていく。西之園はそれを見て考える。結局、今回の事件は、真賀田四季に関係があるのか、それともないのか。しかし、関係があろうとなかろうと、一人の人間が死んだことに変わりはない。それが根本的に解決されることはない。死んだ人間は生き返らないのだ。

さらに言えば、関係が摑めたとしても、そのことと、真賀田四季を見つけ出すこととは別問題だろう。同じことが再び繰り返されないように、と対策を練ることもできない。そもそも、相手は同じことをするつもりなどない。だから、捜査は、必然的に後手に回らざるをえない。ただ、足跡を追っているにすぎない。この先に相手がいると明らかになっても、相手は待っているわけではない。こちらよりも速い速度で遠ざかっているのだ。追いつくことは不可能だろう。

最大の困難は、真賀田四季が直接自分の手を汚したわけではない、という点にある。おそらく、彼女はそれを、最初の犯罪で学んだのだろう。自分でやるよりも、人を操《あやつ》った方がずっと簡単だと気づいたのだ。

そして、もっと不幸なのは、人間の平均的な精神が、そういった強い力に操られたい欲求を持っている、ということだ。弱い精神と非難することはできない。その気持ちが、西之園には今はよくわかる。支配されることは、心地良い。不安を消す唯一の手法ともいえる。

「キウイには、どんな意味があるのですか？」犀川はきいた。

「わかりません」沓掛は即答する。「いろいろ調べてみましたが、これといったものは出てきませんね。なんでも良かったのかもしれない。ただ、犯人は、拳銃とキウイを持っていた。やや不鮮明ですが、映像でも確認されています。それを、爆弾だと言ったそうです」

「爆弾だと言ったのですか？」犀川が尋ねた。視線を上げていた。興味があったようだ。

「でも、蔵本先生は、それがキウイだとわかった。彼女は、キウイの偽物の爆弾を事前に見ていたからです」沓掛は言う。「福川学長も、その話を知っていたそうです。理事長や学長には、謎の荷物の報告があって、最終的な判断を仰いだからです」

「わかりませんね。どうして、そんな状況で、茶番じみた真似をしたんでしょうか」

犀川はそう言いながら、西之園の方をちらりと見た。

「福川学長は、自分は撃たれないと思われたのではないでしょうか」西之園は考えを話した。「キウイのことを事前に聞いていたわけですから、それは爆弾ではないとわかったし、となると、ピストルだって、おもちゃではないか、と考えられたのかもしれません。テレビでは、撃たれるところの映像は流れませんでしたけれど、時間的に、どれくらいやり取りがあったのですか?」

「テレビで流れている映像は、撃たれるほんの直前までです。あと一秒か二秒だったようです」沓掛が答える。

「そうなんですか、それは異常に早いですね」西之園は言う。「どうしてそんなに急いだのでしょうか。恨みがあるなら、もう少し相手を観察したい、という心理が働くように思いますが」

「恨みはない、ということではないでしょうか」沓掛は即答した。

それは、彼が主張するヒットマンのストーリィに合致《がっち》するものだろう。手っ取り早く仕事を済ませて、すぐに逃げたい、という行動心理だ。

「もし、まったく無関係なヒットマンだったら、顔を隠すでしょうか?」西之園は疑問を口にした。「そんな格好をしていたら、部屋に行く手前で、もし誰かに見られた場合に、怪しまれますよね」

「覆面だけは、直前にしたのではないでしょうか。当然ながら、部屋にカメラがセットされていることは知っていたのでしょう」

「蔵本先生がいることは、知っていたのでしょうか？」西之園はきいた。

「それはわかりません。もう一人いたので、驚いたかもしれません。だから、急いで仕事を終えて、逃げたのかもしれない」

いつの間にか、沓掛の相手を西之園がしていた。犀川は、シートに深くもたれかかり、目を瞑っている。もちろん、寝ているわけではない。考えているのだろう。

5

新田信一郎准教授は、学会の運営本部にいた。朝の挨拶をスタッフと交わして、事務員が出してくれた黄色い茶を飲んだ。今どき、あまり見ないプロポーションの湯飲みだが、何故か会議のときには出てくる定番のものだ。

スタッフは、朝ここに集まることになっている。しかし、定刻になっても、委員長の蔵本寛子教授が現れなかった。もちろん、委員長がいなくても、仕事の分担は決まっているし、指示を仰ぐような案件もなかったので問題はない。

しかし、少し気になることがあった。

今朝、自分の研究室で院生から聞いた話だ。その院生は、学会の発表に用いるプレゼンの図面を修正するために、昨夜遅くまで研究室に残って作業をしていた。深夜になって少し眠ってしまったのだが、炸裂音《さくれつおん》が聞こえて、飛び起きたと言う。通路に出てみたし、窓を開けて外を眺めてみたが、真夜中のことで、人の姿もなかった。その後も特に騒ぎもなく、それ以上の音は聞こえなかった。時刻は一時半だった、あれは銃声かもしれない、と話した。

誰か、ほかにその音を聞いた者がいないか、新田は、スタッフや事務員にもそれとなく尋ねてみたが、当然のことながら、そんな時刻に大学に残っている者はいなかった。

いちおう、蔵本教授には伝えておこう、と新田は思っていた。警察に話すのも、委員長の判断に任せるべきだろう、と考えてのことだ。ところが、その蔵本が来ないので、どうしたものか、と迷った。

警官は通路にいる。ロビィにも、外にも何人かいた。制服ではない警官もいる。事情を話すことは簡単だ。銃声のようなものを聞いた学生がいる、というだけのことである。銃声かどうかなんてわからない。銃声を聞いたことなんてないだろう。ただ、前日に学長が射殺されるというショッキングな出来事があったので、そう聞こえても不思議ではない。

もう一つ気になっていたのは、自分の研究室を出て、この本部へ来る途中に、蔵本の部屋の前を通った際のこと。彼女の部屋の照明が灯っていた。だから、蔵本は既に大学に来ている、とそのときは思った。朝、出勤をして、まずは研究室へ行く。新田自身もそうだった。蔵本は、まだ部屋にいたのか、それとも、本部へ出ていくとき、電気を消し忘れたか。しかし、本部には姿を見せていない。では、どこへ行ったのか。今になって、それが少し引っ掛かった。事務員は、蔵本の部屋に内線で電話をかけたらしいが、出なかったそうだ。携帯電話の番号を、新田は知っているが、しかし、それほど緊迫した用事があるわけでもないので、かけることを躊躇《ちゅうちょ》した。

新田の午前中の役目は、各研究発表の会場を回って、補助器機などの不具合がないか、案内表示に間違いはないか、といったチェックをすることだった。どうでも良い仕事である。もし不具合があれば、当事者がこちらへ連絡してくるはずだからだ。

近くだったので、招待講演の会場をさきに見にいった。スタッフが客席の準備をしていた。午後からなので余裕は充分にある。照明や音声の調整が行われている途中だった。講演者は、アメリカから招待した研究者だが、彼は東京からやってくる。お昼まえに到着し出迎えることになっているのだが、そのときには、委員長の蔵本教授についてもらわないと困る。新田も、それに付き添うことになっていた。

次に、教育棟へ向かう。その途中に、建築学科の建物がある。製図室には、全国から集まった卒業設計の優秀作品が展示されているので、一般会員もこの建物へ大勢訪れる。二日めなので、既に開場されているが、まだ製図室内は閑散としていた。壁に大きな図面が貼られ、ただ並んでいるだけである。

学生のスタッフが二人、受付に座っていた。四年生が当番を決めて分担しているのである。

「蔵本先生、見なかった?」その学生たちに尋ねた。

二人は首をふった。建築学科の入口なので、あのあと蔵本が出勤してきたのなら、目撃されているはずだ。駐車場へ通じる裏口からというルートもあるので、たしかなことはいえないが、蔵本は車ではなかったはずだ。それに、その場合は、部屋の照明を昨日から消し忘れていたことになる。蔵本の几帳面《きちょうめん》さからして、確率が低いだろう。

階段を三階まで上がり、蔵本の部屋を訪ねることにした。自分の部屋と同じフロアだが、位置はだいぶ離れている。蔵本の部屋には、まだ照明が灯っていた。ドアの上に嵌《は》め込まれた採光窓で、それがわかる。

ノックをしてみた。しかし、反応はない。ドアノブにも手をかけた。回そうとしたが回らない。施錠されているようだ。困ったな、と思う。

しかし、諦める以外にない。引き返そうとしたとき、こちらへ男が二人近づいてくるのが見えた。年配の方の一人は知った顔だった。刑事である。一昨日からここへ来ている。最初の日は、宅配で届いたキウイを調べにきた。二日めの昨日は、もちろん、学長の事件があったので、新田もいろいろ質問をされた。特に、犯人を見た唯一の目撃者である蔵本教授には、長時間つききりだったようだ。名前は聞いたのだが、新田は忘れてしまった。

「おはようございます」刑事が頭を下げた。「新田先生、蔵本先生のところでしたか？」

「あ、いえ、伺おうと思ったのですが、いらっしゃらないようです」

「照明が灯っていますが……」

「ええ、消し忘れでしょう」

「電話をかけたのですが、出られないのです」刑事は言った。

「蔵本先生がですか？　携帯にですか？」

「そうです。携帯です。実は、昨日から、ずっと連絡が取れません」

「へえ……。充電切れなんじゃないですか」

「そうかもしれませんね」

刑事は、ドアをノックした。それから、ノブを回そうとした。それは既に確かめました、と言いたかったが、新田は黙って見ていた。

「変ですね」刑事は首を捻った。「マスタ・キィはどこに？」

「あ、えっと、事務室にあるんじゃないかな」

もう一人いた若い刑事が、階段の方へさっと歩きだす。年配の刑事は、黙っていたが、新田と目が合ったとき、にやりと笑ったように見えた。笑ったのではないかもしれない。

「蔵本先生と、約束があったのですか？」刑事は尋ねた。

「いえ、そうではありません。ただ、大会本部に出てこられなかったので、ちょっと心配になって……」

「どんな心配ですか？」

それに答えるまえに、隣の部屋のドアが開いた。顔を出したのは、伊納左人志だった。蔵本教授の講座の助教である。

「どうしたんですか？」新田たちに気がついて、伊納が言った。自分の部屋の鍵をかけてから、こちらへ近づいてくる。

「蔵本先生、どちらにいらっしゃるか、知りませんか？」新田はきいた。

「あれ、部屋にいらっしゃるんじゃないですか。電気がついていますから」

「ノックをしても返事がありません。鍵がかかっていますね」

ドアの鍵は、室内からはレバーを捻ると施錠でき、外からはキィを差し入れて回す仕組みになっている。

伊納は腕時計を見た。この時刻に、蔵本がいないのはおかしい、ということなのか、首を傾げる。

「いつ蔵本先生に会われましたか？」刑事が尋ねた。まずは伊納を見た。

「いえ、僕は、えっと、昨日の夕方に」

「私もそうです。夕方に本部で」新田も答えた。

若い刑事が戻ってきた。事務員が一人あとをついてくる。建築学科の事務を担当している職員だった。彼は、新田たちに頭を下げてから、マスタ・キィをドアに差し入れ、ノブを回転させた。刑事は、新田に手で指示をした。さきに入ってくれ、ということらしい。

「蔵本先生? いらっしゃいませんか?」声をかけながら、新田はドアを開けた。

返事はない。さらにドアを開き、一歩足を踏み入れた。背の高い観葉植物があって、大きな葉をつけている。奥はよく見えなかった。ただ、デスクの照明も灯っているのがわかった。

だが、蔵本寛子はそのデスクにはいなかった。

部屋の中央に俯《うつぶ》せの状態で倒れている。床は黒いピータイルだったが、彼女の頭から、流れ出た血は、もう赤さを失っていた。

6

電車を降りた加部谷恵美と雨宮純は、シャトルバスのために並んだ列の長さと、前方の道路の渋滞状況を確認したあと、日科大のキャンパスまで、歩いていくことを決断した。

「昨日も歩いたんだし」加部谷は言った。

「俺は走ったけど」雨宮が言う。

「今日は、ゆったりと、のんびりと、ウォーキングしましょう」加部谷は言う。その自分の声が、昨日に比べてずっと明るいな、と自覚できた。「ああ、やっぱり、頭の上の重いコンクリートブロックが下りた感じ」

「ほう……」雨宮が小さく頷いた。「君はもうなんにもないかもしれんが、俺たちは仕事、仕事、忙しいのはこれからだぁ。あぁあ……、ほんと、いやんなるわ、もう」

「え、そうなの？　なんか、純ちゃん、やる気満々に見えるけれど」

「そりゃ、そういう顔しとらんといかんでしょうが」

「やっぱり、辛いことある？」

「あるわ。当たり前だぎゃあ」

「そういうときは、どーんと加部谷が受け止めてあげますから」

「頼りな……。ぽーんと後ろへ弾き飛ばされるんだろ。大丈夫、自分でなんとかするで」

　おしゃべりをしながら歩いているので、どんどん後ろから抜かされる。スーツを着て、ロボットみたいに真っ直ぐ歩いている人ばかりだった。もちろん、女性もいるのだが、スカートは黒かグレィで、丈もだいたい決まっている。加部谷も実はグレィのスカートだった。レモン色のミニスカートの雨宮を、抜いていく男性は例外なく振り返るのが面白いので、加部谷はチェックをしていた。若者も中年も老年も、例外は十パーセント以下でほぼ同じだった。

「あとさ、純ちゃんの仕事仲間？　あの人たちは大丈夫なの？」

「何が？」

「いや、その、うーん、言い寄られたりしない？」

「言い寄る？　ああ、馬鹿かお前は」

「ない？」

「あっても、関係ないね、そんなもん」

「強いよなぁ」

「一人は、おねえだしな」

「え？」

「あんたは、なにぃ、言い寄られたことない、もしかして」

「ないよぅ。幼稚園のときにあったかもだけれど」

「ほう……。今さらながら、大いに感心する雨宮です」

「何がいけないんだろう？」

「知るか、そんなもん。まあでもな、いっぺんじっくりと考えてみやぁ。おじいさんとか、おばあさんとかばっかり相手にしとったらかんにぃ。ちょっとは、自分から若い男子にアプローチしな」

「いないんだよね、そういう若い男子っていうのが」

「どこにでもおるがね。うじゃうじゃおるがね」

「うん……。いいや、もう、その話は」

「だからな、その諦めが、根源にあるわけだ。それが、自分自身を追いつめるんだぞ」

「追いつめる？」

「いつまでも若くはいられんのだで」

「まだ、若いと思うけれど……」

「いんやいんや、甘いぞう。最初からずどんと命中することはないでね、まあ、掠《かす》ったりとか、誤爆だったりとか、いろいろあってな……、とにかく、大事なことは、できるだけ経験を積むことだわさ。な、一言だけいっとくけどな、一目でこの人だって、決めてかからんこと。もっとええ人がおるかもしれんって、いっつも自分に言い聞かせる。俺なんかな、それが座右の銘《めい》だでね」

「何が？　え……、もっとええ人がおる、が？」

「違うわ。決めてかからんこと、だがね」

「ふうん……。決めてかからないのかぁ。今回の事件は、誰の仕業だと思う?」

「そりゃあ、ま、今のところは、蔵本先生だがね」

「決めてかかってるじゃん」

「決めてかからんということも、決めてかからんのだがね」

「えっと、ああ、なるほど、上手いこと言う」

「だろ?」雨宮は、口を変な形にして、片手の親指を立ててみせる。

「でも、ちょっと待ってね。蔵本先生のどこがどう怪しいわけ?」

「それは、おいおい明らかになるんだわさ」

「単なる直感?」

「あと、ほかに関係者を知らんでね、誰も」

「うっわ、いい加減な選択」

「今日、もうちょい周辺の人々に当ってみるでな、ほしたら、たぶん、ころっと印象が変わるかもしれん」

「蔵本先生が企《くわだ》てたとしたら、誰かを使ったってことになるよね。そういうの、あまりメリットがないと思うけれど」

「まあまあ、しかし、こういう政治の世界というのは、何があるかわからんでね。一般人には、雲の上の世界だ。雲の上には雲の上のルールや常識があってな……」

「政治家じゃないでしょ、学者だよ」

「学長、副学長ともなると、学者じゃないでね、それは、うん、地元の大学の総長とか取材したときに思ったわぁ。国枝先生とかとは、もう全然人種が違う、みたいな」

「それは、国枝先生が基準として相応《ふさわ》しくないいんじゃない？」

「ま、それもあるけどが、しかし、俺たちにとっては、国枝桃子様が、原点だでね」

「何なの、その桃子様っていうのは」

「あれ？　加部谷は、言わんかった？」

「私、そんなの言ったことないよ。桃子様？　ははん、ああ、でも、ちょっと今、ピンと来た」

「ははんって、遅いだろ、むちゃくちゃ。卒業して二年半、今頃？」

「私は、どちらかというと、西之園萌絵様だったから」

「そうそうそう、あんたはなぁ、そうだそうだそうだった、うん、そうそう。ああ、それが青春だわさ」

　現実とはほとんど関係のない無責任な会話をしているうちに、日科大のゲートが近づいてきた。建築学会年次大会の大きな看板があり、昨日よりも参加者が増えているように見えた。今日は土曜日で、講演会なども予定されているからだろう。

しかし、その雰囲気には似合わない音が、後方から近づいてきた。パトカーのサイレンだった。

二人は振り返る。道路は渋滞しているため、赤い回転灯は、まだ遠く、しかもほとんど動いていないように見えた。スピーカからの声が、なにか言っているようだが、こちらまでは、はっきりとは聞こえてこない。周囲の車に道を開けるように指示をしているのだろう。ただ、もともと渋滞しているのだから、身動きが取れないのではないか。

「何だろう?」呆然《ぼうぜん》とそちらを見ていた加部谷は、隣にいる雨宮を見上げる。

雨宮は、携帯電話を耳に当てていた。そして、加部谷に片手を振りつつ、そのまま、走り始める。あっという間にゲートの中へ駆け込んでいった。大勢の人間の間を縫《ぬ》うように、黄色い雨宮が遠ざかっていく。

加部谷は、そこに立って、パトカーが近づいてくるのを待った。時間がかかったが、道路の車が歩道側へ寄り、中央分離帯近くをパトカーがのろのろと接近してくる。サイレンはけたたましくも忙《せわ》しいのだが、走るスピードは遅い。一台ではなく、何台も連なっていた。三台が加部谷の前を通り過ぎ、その次に救急車が別の音を鳴らして通過する。さらにもう一台、パトカーではない車が続く。パトカーとほぼ同型に見えたが、ボディは黒一色だった。その車が通り過ぎたとき、加部谷は後部座席に、犀川と西之園が乗っているのを見た。なんだ、タクシーか、と一瞬思ったものの、でもそうではない。赤い回転灯が回っているし、サイレンも鳴らしている。

「あれぇ？」と呟き、思わず首を傾けていた。

彼女は、その車を追うように、早足でキャンパスの中へ歩きだした。

7

西之園と犀川、それに沓掛が乗った車は、学会の会場の手前で渋滞に巻き込まれていた。犀川は、「ここで車を降りて、あとは歩きますよ」と口にしたが、沓掛に、「お急ぎですか？」ときかれた。特に急いでいるわけでもなかったので、正直に答えたところ、「進んではいますから、歩くよりは早いでしょう」と言われてしまった。人間は走れるが、車は渋滞する車の間をすり抜けて走ることはできない。そう思っていたところへ、サイレンを鳴らすパトカーが後方から接近してきた。

ほぼ同時に、沓掛に電話がかかった。緊迫した様子が伝わってくる言葉のやり取りがあった。

「了解。これから現場へ急行する」沓掛はそう言うと電話を切り、運転手に、「緊急走行」と指示した。

運転手はサイドウィンドウを開けて、屋根に腕を伸ばしたようだった。よく見えなかった。しかし、急にサイレンの大きな音が鳴り響いた。この車が発しているものだ、と遅れて理解する。パトカーと救急車が横を通り過ぎた直後に、運転手はステアリングを大きく切って、車は加速した。救急車に追いつき、その後ろを走った。やがて、大学のゲートを通り過ぎる。

「何があったんですか？」西之園が尋ねた。大きな声を出さないと、会話ができない状態である。

「まだ確認はできませんが」沓掛は横を見るような姿勢で答えた。「報告によると、蔵本寛子教授が撃たれたそうです」

「え？」西之園は思わず、口に手を当てた。横の犀川を見る。

犀川も驚いた目だった。しかし、彼は無言で窓の方を向いてしまう。

車が停まった。警官が前のパトカーの一台に近づき、腕を伸ばして方向を示していた。パトカーはまた前進し始める。警官が前を走り、通行人に注意をしている。パトカーのスピーカからも、「パトカーが通ります」と繰り返しアナウンスされた。サイレンが鳴っているのに、こちらを振り返らない人間が多い。パトカーはのろのろと進み、それに救急車が続く。その後ろを沓掛の車がついていく。

建築学科の建物の前まで来た。警官の一人が誘導して、パトカーはそこに停車させ、救急車をさきに脇道に入れた。裏手の駐車場へ向かうようだ。警官がこちらへ近づいてきたので、沓掛がウィンドウを下げ、カード入れを見せた。警官はじっとそれを見つめてから、はっとした表情で直立し、敬礼をした。

「車はどこに?」

「はい、では、今、救急車が入った道へお願いします。建物の裏に、駐車場がありま す」

「ありがとう」沓掛はすぐにウィンドウを上げた。

駐車場では、サイレンを止めた救急車から、隊員が二人建物の中へ入っていくところだった。救急車にも一人が残っている。それを見ているうちに自分たちの車も停車した。

「あの、私たちは、どうすれば……」萌絵はドアを開けた沓掛にきいた。

「是非、見ていただきたいと思います」沓掛は即答する。「犀川先生は、蔵本教授を確認できますか？」

「たぶん」犀川は答える。一瞬だけ彼が顔を僅かにしかめたのを、西之園は見逃さなかった。

車から出て、沓掛についていく。建物の裏口のドアの前に警官がいて、沓掛は、またカード入れを見せてから、現場の場所を尋ねた。

ガラス戸を開けて入る。ステップを上がったところがホールで、大勢の人間がいた。学生らしき若者が多い。そうか、卒業設計展が行われているのだ、と西之園は気づく。その受付が壁際にあった。沓掛は迷わず、階段を上がっていく。犀川と西之園が少し遅れて続いた。

「先生は、こちらにいらっしゃったことがありますか？」階段を上がりながら沓掛が犀川に尋ねる。

「一昨日に、初めて」犀川が答える。

「蔵本先生とは、いつもどちらで？」

「学会の委員会です。だいたいは、東京の田町《たまち》にある建築会館です。一昨日は、特別にここで委員会が開催されました。この建物の二階でした」

三階の通路を進む。制服と私服の男たちが、通路に立っていた。救急隊員は、ストレッチャとともに、そこで待機している。今さら、急ぐ必要のない状態ということだろうか。

沓掛は、犀川たちにここで待っていてくれと片手を広げて示し、一人でそちらへ近づいた。私服の男としばらく話をしていたが、会話はよく聞こえなかった。というのも、大声で電話をしている別の男が部屋から出てきたからだ。犀川と西之園は、十メートルほど手前で待っていた。沓掛と話をしている男がこちらを見てから、小さく頷くのがわかった。

沓掛とその男は部屋の中に入った。電話をしていた男は、電話が終わると、こちらをじろりと睨んだが、また部屋の中へ戻った。通路には、救急隊員と警官の四人が残っている。

「まだ、見つかって間もないみたいですね」西之園は、犀川に顔を近づけて囁《ささや》いた。

犀川は黙って頷く。

部屋から沓掛が顔を出した。

「犀川先生、お願いします」彼は普段どおりの口調だった。

犀川が部屋の入口へ近づく。西之園もあとについていった。

「私も、入って良いですか？」沓掛に西之園は尋ねる。

「かまいませんが、あまり、その……、綺麗な状態ではありません」

「大丈夫です」

犀川がさきに入った。西之園は、ドアの近くから中を見た。

部屋の中央に塊《かたまり》がある。

脚が向こうで、頭がこちら。

背中が上で、俯せだったが、顔を横に向けているようだった。血液らしき液体で床が濡れた跡は、キャビネットの下にまで及んでいる。飛び散った様子はなく、血は床だけだった。入口のすぐ近くの壁にシンクがあって、その下の水道管に接するように、拳銃が落ちていた。死体から、二、三メートルは離れている。オートマティックで、たぶんロシア製。護身用の小型のタイプではない。

犀川は、血を踏まない位置で屈み込んで、顔の確認をしていた。すぐに立ち上がって、頷いた。

「まちがいないですか?」刑事が尋ねる。

「まちがいないと思います。でも、もっと親しい人がいるでしょうから、確認をしてもらって下さい」

「ええ、もちろん、そうします」

「それは？」犀川は、キャビネットの方を指差した。

蔵本の足の近くだった。

「キウイですよ」刑事が答える。

西之園は、少し位置を変えて、それを見た。普通のキウイだが、リングが光って見えた。プルトップが刺さっているようだ。

「外へ出ましょうか」沓掛が言った。

「あの……」西之園は片手を軽く持ち上げた。

「何ですか？　西之園先生」

「靴を履かれていませんけれど」西之園は指を差す。

蔵本は、裸足《はだし》だった。

「素足ではありません。ストッキングですね。靴は、デスクの下にあります」刑事が答えた。「サンダルも、椅子の下に」

「そうですか、ありがとうございます」西之園は軽く頭を下げた。

西之園、犀川、沓掛の順に通路へ出た。刑事も出てきた。背の低い小太りの男で、長身の沓掛の肩の高さに頭が来る。五十代だろう。里見《さとみ》と名乗った。木曜日から、日科大に来ている、と話した。ということは、殺人のあるまえだ。キウイのために来た、ということになる。

「忙しいところ、申し訳ありませんが」沓掛は丁寧な口調だった。刑事の方が年齢が上だからだろうか。「だいたいの状況を説明していただけませんか」

「昨夜から、蔵本先生と連絡が取れないので、朝、この部屋へ来ました。ドアには鍵がかかっていて、事務のマスタ・キィで開けました。事務員と、それから同じ学科の准教授の先生に立ち会ってもらい、部屋の中を確かめたところ、あのとおりでした。拳銃が落ちていました。あと、キウイも一つ。まあ、はっきりとはわかりませんが、首を撃たれているようです。かなり至近距離でしょうね。ああ、そう、学生の一人が、深夜の一時半頃に銃声のような音を聞いたそうです。この建物の、一フロア下の部屋にいた学生です。音は一回。その学生には、直接まだ確認をしておりません。部屋を開けるときに立ち会ってもらった准教授の新田先生から聞いた話です。発見して、死亡していることはすぐにわかりました。何時間も経っていると思われました。窓は開いていない。鍵がかかっています。ドアもそうでした。しかし、自殺にしては、拳銃の位置が、少し遠いように思われますし、どうでしょうね、撃った部位も普通とは思えない。状況としては、したがって、他殺の可能性の方が高い。もうすぐ、鑑識が来るので、そのあたりは調べればわかると思いますが」

「鍵がかかっていたのだから、自殺では？」沓掛が言った。

「マスタ・キィがあれば、外から施錠できます。電子キィですが、コピィを作ることは可能です。普通の鍵ほど手軽ではありませんが、できないことはない。事務室にマスタがありましたし、ほかにも、ここを開けられる鍵を持っている者がいるかもしれません」

「助手とか、秘書が持っていることがありますね」犀川が言う。「えっと、ああ、助手ではなく、助教です、今は」

「どうして、靴を脱いでいたのでしょうか？」西之園はきいた。「デスクに爪切りがありましたか？」

「いえ、気づきませんでした。調べてみます」刑事が答える。

「カメラはないのですか？」犀川がきいた。

「はい、ええ……」刑事が頷く。「防犯カメラですね。設置されています。今、警備室へ人をやっています。そこで録画されているはずです。とにかく、応援を要請しています。まさか、こんなことになるとは……」

8

加部谷は、山吹早月が司会をするセッションを見にいくことにした。研究発表よりも、司会をする山吹が見たい、というのが本音だった。まえのセッションが終わって休憩になる時刻だったが、多少延長があったようで、まだ終わっていなかった。通路の少し離れたところに立っている山吹の姿を見つける。

「おはようございます」加部谷は挨拶をした。「海月君は、一緒じゃなかったんですか？」

「さっきまで一緒だったけれど、どこかへ行っちゃった」山吹は答える。「なんか、サイレンが聞こえたけれど、何だろう？」

「ええ、パトカーと救急車を見ましたよ。あと、回転灯付きハイヤみたいなのに乗った犀川先生と西之園さんも」

「何、それ」

「うーん、パトカーかもしれません。サイレンも鳴らしていました。あ、そうか、あれが、覆面パトカーでしょうか」

「それに、先生たちが乗っていたの？」

「そうです」

「雨宮さんは？」

「パトカーを見て、猛ダッシュして、どこかへ」

「電話してみたら？」

「しましたけど、出てくれません」

「へえ、何だろう……」山吹は首を傾げた。「そのうち、伝わってくるよ」

背の高い男がこちらを見て、近づいてきた。山吹の名札を確かめる。学会の会場では、自分の所属と名前を胸のプレートに表示しているのだ。相手は、日本科学大学の新田信一郎とあるのを、加部谷は認めた。

「山吹先生、あの、お知らせしなければいけないことが」

「はい、何でしょうか？」

「次のセッションなんですが、蔵本先生は、来られなくなりました。大変申し訳ありませんが、代理の司会を依頼する時間もなくて、あの、お一人でお願いしたいのです」

「あ、そうですか。蔵本先生は、どうされたのですか？」

「いえ、あの、ちょっと、それは……」

「わかりました。大丈夫です」

「どうかよろしくお願いいたします」新田は頭を下げた。

山吹よりもずっと歳上に見えた。新田は急いでいる様子で、小走りに立ち去った。なにか深刻な事態のような表情だったが、そういう顔なのかもしれない。

「代理がいないなら、今の新田先生がすれば良いのに」加部谷は思っていたことを口にした。

「それは無理だよ。専門分野が違うから」

「あ、そうなんですか？　今の先生、知ってました？」

「いや、知らない。知らないってことは、分野が違うっていうことだよね」

「だったら……、そうだ、国枝先生にお願いしたら良いのでは？」

「それはそうだけどね」

「なにが問題なんですか？」

「誰が頼むの？」山吹は簡単に答えた。

セッションが終わり、部屋から人が出てきた。もう次のスタートの時刻が迫っている。山吹がさきに部屋に入った。ドアから覗くと、司会の席に一人だけで、時計係の若者が少し離れて座っているのが見えた。

加部谷は後ろのドアから入った。まもなく始まるという時刻に、国枝桃子が現れた。これには、加部谷は少し驚いたが、もちろん、国枝の研究領域なので当然かもしれない。または、教え子が司会をするところを確認しにきたのだろうか。

やがて、山吹が立ち上がって挨拶をし、セッションの発表が始まった。このとき、海月及介が後ろから入ってきて、加部谷の近くに座った。目が合ったので、彼もこちらに気づいたようだ。

残念ながら、研究発表の内容は、半分も頭に入らなかった。時間的に見れば、六割は昏睡《こんすい》していただろう。しかし、ときどきちゃんと聴いたし、特に質疑応答は面白かった。質問のし方、そして答え方が、いろいろあって興味深い。それはわかりません、とは答えない。わかっていることを繰り返し述べ、それ以外については、今後の課題にさせていただきます、と返答するのだ。なるほどな、と思った。それから、複数の質問を一度にする。それに対して、複数の返答をするのだが、順番は入れ替えても良いらしい。そういえば、昨日、山吹が順番を変えて答えていた。さきに答えやすい方を答える、ということのようだ。

山吹は、一人で全セッションの司会をしたが、まったく不自然ではなかった。最初に、蔵本先生はご都合でいらっしゃれないので、と簡単に説明しただけだった。

セッションが予定どおりに終わって、休憩時間になった。発表者のところへ、質問か挨拶にいく者が何人か見られた。山吹は、資料を鞄に片づけてから、加部谷の方へやってきた。海月も立ち上がった。三人は、通路へ出る。外で、国枝が待っていた。

「ご苦労さん」珍しく国枝の方から口をきいた。「蔵本先生、どうされたの？」

「さあ、理由は知りませんけれど……」山吹は答える。「新田という先生が、直前に知らせにきました。なにか急用があったんでしょうか」

「朝、またなにか事件が起こったみたいだから、その関係じゃないですか？　また、キウイの爆弾が届いたとか」加部谷は言った。「対応に追われているっていうか、そんな感じで」

「救急車も来ていたそうですから、実際に、なにか事故があったのかも」山吹は言う。「そうなると、本部の責任者ですから、蔵本先生も司会どころじゃないのかもしれませんね」

「そうかな。司会の方が大事だと思うけれど」国枝が呟くように言った。

え、そうなの、と加部谷は少し驚いたが、国枝のその価値観は、よく考えれば妥当なところだと思えてきた。

9

加部谷たちが立ち話をしているところへ、雨宮純が現れた。片手にマイクを持っていたし、後ろに三人の男性を従えている。走ってきたらしい、雨宮は、大きく息を吸ってから言った。

「驚いたらかんで。蔵本先生が亡くなった」

「え？」山吹が目を大きくする。「本当に？　いつ？」

「あ、じゃあ、あのパトカーがそうだったの？」加部谷はきいた。

「ついさっき、事務の人に聞いた。まだ、正式に発表されとらん。あのね……、えっと、あ、そうそう、山吹さん、司会だったでしょう？」

「そうだよ」

「蔵本先生と二人でするスケジュールでしたよね？」

「うん」

「はい、では、今から、カメラ回します。私のこと、知らない人だと思って下さいね。インタビューしますからね」雨宮は後ろを振り返った。「回して下さい」そして、また前を向いた。彼女は手に持っていたマイクを差し出した。

「はい、ただいま、研究発表が終わったばかりのセッションです。司会をされていた山吹先生ですね?」

「あ、ええ、そうですけれど」

「もう一人の司会は、日本科学大学の蔵本寛子先生だったはずですが、いらっしゃいましたか?」

「いえ、いらっしゃっていません」

「では、一人で司会をされたのですか?」

「そうです」

「蔵本先生が亡くなったと、ついさきほど発表がありました。ご存じでしたか?」

「いえ、知りません。本当ですか?」

「昨日に引き続き、二人めの被害者ということになってしまいましたが、どんなふうに感じられますか?」

「いや……、その、えっと、本当だとしたら、困ったことですね。早く犯人が捕まってほしいです」

「ありがとうございました」

「そちらの方は、どう思われますか？」雨宮は、加部谷の方へマイクを向ける。

「え、ああ、はい……。うーん、あんまり、よくわからないんですけど、えっと、純ちゃんはどう思う？」

「馬鹿！　答えるのはあんたでしょう！」

「ごめんなさぁい」

「カットね」雨宮は後ろを振り返って言ったあと、加部谷を睨みつけた。「使えん奴だわ」しかし、すぐに笑顔に戻り、国枝に質問した。「国枝先生は、蔵本先生をご存じですか？」

「知っている」国枝は、表情を変えずに頷く。

「先生、インタビュー、駄目ですか？　どうかお願いします」

「べつに、かまわないけど」

「うわぁ、ありがとうございます」雨宮の声が弾む。彼女は国枝に近づき、マイクを差し出した。「蔵本寛子先生は、どんな方だったでしょうか？」

「ご本人のことは詳しくありません。研究は一流でした」

「副学長をされていたのですね？」

「ええ、あの年齢では異例の抜擢《ばってき》だったのでは？」

「そうなんですか。今回の建築学会でも、重要な役割を果たされていると伺いましたが」

「重要というか、委員長ですから、トップですね」

「どんなふうに、受け止められましたか？」

「残念だと思います」

「どうもありがとうございますぅ」雨宮は深々とお辞儀をした。「国枝先生、本当に本当に、ありがとうございます。ああ、感激しました」

「すっごい常識的なことを言われましたね」加部谷が呟いた。

「何？ 加部谷さん、気に入らない？」国枝が睨んだ。

「そうだよ、空気読めないのは、あんたの方だがね」雨宮の声が大きくなる。「こういうときはな、大人だったら常識的なことを言うものなの」

「私じゃなくて、海月君にきいたら良かったのに」

「ん？ それは、さすがに、ちょっとな……」

「ね、ね、もっと教えてよ。亡くなったって、どうやって？」加部谷はきいた。「さっき、二人めの被害者って言わなかった？」

「そのうちわかるわ」雨宮は顎を横へ振った。「えっと、犀川先生はどこかな？ 犀川先生、蔵本先生をよくご存じなんですよね？」
「たぶんね、私よりはずっと」国枝が答える。
「犀川先生、ハイヤに乗っていたじゃない。見なかった？」加部谷は言う。
「皆さん、会っていません？」雨宮が尋ねる。
山吹と海月が首をふった。
「じゃあ、西之園さんは？　会ってない？」
これも反応は同じだった。

10

犀川と西之園は、まだ沓掛と一緒だった。沓掛は午後には東京に戻らないといけない用事があると話していたが、ぎりぎりまではここにいるようだ。建築学科の建物にある会議室を使わせてもらっていた。事務員がお茶を運んできてくれた。

三人だけになったとき、真賀田四季関係の話題になった。ここ数年、国内では目立った動きはない、と沓掛は話した。ただ、アメリカでは、関連のものが確認できるだけでも幾つかある。だいたいは、ネット上での活動で、いわゆるサイバ・テロに近いものだ、と彼は表現した。その場合、攻撃対象となっているサーバがアメリカにある、という意味だろう。

「しかし、おそらくは、見せかけのものでしょう。むしろ、そういった攻撃を実行する側が、真賀田四季の力を借りている、と分析する専門家が多い。一方では、アメリカの政府機関の側に、既に真賀田四季は取り入っているとの見方もあります。その場合、どういった交換があったのかは想像しかできませんが、まあ、簡単にいえば、国が資金源になっているのでしょう。犀川先生は、そういったことがありうるとお考えになりますか？」

「ありえますね。CPUの設計は、アメリカがほぼ独占しています。最強の攻撃も、最強の防御も、その段階から仕組むのが最も手堅いやり方になるのは自明です」

「それと同じことを、つい先日、耳にしましたよ」

「CPUの次は、システムです。システムに仕掛けを混在させておく。それを利用できる者は、格段に有利になります。これには、数百億ドルの価値があるでしょう。いえ、もう一つ桁《けた》が上かもしれない」

「国家的なプロジェクトといえますね。真賀田四季を取り込めれば、世界でも優位になれる。そんな力を、アメリカが放っておくはずはない。いまだに、彼女が捕まらない理由がここにあります。私どもがいくら駆け回っても、無理だということになります」

「ええ、無理だと思います」

「それでも、やらなければなりません。社会のルールを逸脱しているのですから」

里見刑事が部屋に入ってきた。

「煙草《たばこ》が吸えるところがなくて、困りますね」里見は言った。「沓掛さんは、何時まで大丈夫ですか？」

「もう、あと、十五分くらいです」時計を見ながら沓掛が答える。「そういえば、犀川先生も、煙草を吸われたいのでは？」

「あ、いや、やめました」

「え、そうなんですか」

「それは羨ましい」刑事が微笑む。

「今のところわかっていることを、お願いします」沓掛が里見に促した。

「鑑識が来ました。遺体は既に搬出しました。撃たれて、しばらくは息があったのではないか、と言っています。出血で亡くなったのではないか、と話していました。これは非公式です。あと、あそこからは、動いてはいない。あそこで撃たれて、倒れた。そのままです。詳しい検査をしてみないと確定はできませんが、前方から、向かい合った状態で、一メートルか二メートルです。弾は一発で、貫通していますが、後方の窓や壁からはまだ見つかっていません。もしかして、窓が開いていた可能性もあります。撃った奴は、そのまま拳銃を捨てて逃げた、というところですね。ああ、えっと、一昨日の福川学長を撃った拳銃と一致する可能性が高いです。そちらは弾が見つかっていますから、照合できます。撃った距離や角度も似ています。今回は、心臓ではなく、もう少し上で、首に近いですが、被害者が背が低かったからかもしれません。キウイも犯人が持ってきたんでしょう。まえと同じものかもしれません。もう使わないから、拳銃もキウイも置いていった、と見て良いかどうか、それはわかりませんが……」

「カメラの映像は?」沓掛がきいた。

「それが、残念ながら、データが残っていませんでした」

「どうして?」

「調べていますが、機械の不調なのか、あるいは配線が切られていたのか。とにかく、その時刻の録画はありません。朝までずっとありません。夜の十二時頃までなら残っているんです。ですから、人為的に切られた可能性が高いですね」

「なるほど、前日の映像がニュースに流れたから、犯人も考えたわけですね」沓掛は言った。捜査本部が映像公開を急ぎ過ぎた、と非難しているように聞こえた。

「何故、靴を履いていなかったのでしょうか？」西之園はきいた。

「靴を脱いで、部屋で使うサンダルに履き替えるところだったのではないでしょうか。慌てて、そのまま歩いたのだと思いますが」刑事は答える。

「部屋の鍵は、ありましたか？」西之園は続けて質問した。

「はい。被害者のバッグに入っていました。ですから、犯人は、それを使って施錠をしたわけではありません。合鍵を持っていたということです」

「前日にあんなことがあったのですし、そんな深夜のことですから、部屋に鍵をかけていたのではないでしょうか」西之園は言った。「普通だったら、そうすると思います。ですから、犯人は合鍵でドアを開けて入ってきたか、あるいは、そもそも蔵本先生と会う約束があった、顔見知りだったのか、いずれかではないかと」

「そうなります。銃声を聞いた学生とは直接話をしました。時刻はかなり正確なようです。銃声以外の音は聞いていないと言っています。通路に出たそうですが、誰かが走り去るような音も聞いていない。一階下ですが……。ざっと見たところ、物色した様子はありません。だいたい、そんなところですね」

「蔵本先生は、部屋で何をしていたのでしょうか？　パソコンは調べましたか？」沓掛がきいた。

「スリープ状態になっていました。起動したところ、ネットを見ていた跡はあります。メールなども含めて、パソコンを分析させます」

「一昨日の事件のあと、蔵本先生の様子はどうでしたか？」沓掛がきく。

「そうですね」刑事は視線を上に向けた。「特に、その、変わった様子は窺えませんでした。落ち着いているように見受けられました。怯えているとか、慌てているということもなく、ええ、淡々としたもので、学者さんというのは、こんなふうかと思いましたが……」

「本人には、なにも心当たりがなかったのでしょうか？」

「ええ、そう言っていました。はい、なにも聞いていません。最初の日の、キウイのときから、それは変わりません。自分には意味がわからない、とおっしゃっていました。あの、今回のこれは、その……、真賀田四季と、なにか関係がある事件ということでしょうか？」

「いえ、わかりません」沓掛は短く答える。

「キウイに書かれていたあの記号に、なにか意味があるわけですね？」刑事は、犀川を見た。

「いや、もともと意味はないですね」犀川は即答した。

「そうではなくて、福川学長が、真賀田四季と過去に繋《つな》がりがあったということです」沓掛が話した。「もしかしたら、蔵本教授もそうだったかもしれません。福川学長と、ある程度親しかったということですから。ありえなくはない」

「真賀田四季の関係だとしたら、プロの殺し屋の仕事かもしれませんね」里見刑事は頭をかいた。「そうなると、見つけ出すのは難しくなる。今頃は、高飛びしているかもしれない。拳銃を置いていったのが、いかにも手慣れている、という感じがします」

話が一段落したのか、沈黙の数秒間が流れた。

「犀川先生、いかがですか？」沓掛が犀川にきいた。「なにか、お気づきの点はありませんか？」

「ええ、特に、なにも」

「疑問に思われるようなことでも、けっこうですが……」

「犯人は、何故、施錠をしていったのでしょうか？」

「それは、その、すぐに見つからないように、つまり、時間稼《かせ》ぎでは？」

「深夜の一時半に？」

「まあ、大学は、その時間でも誰かいるのでは？」

「最近は、そうでもありませんよ」犀川は視線を窓の方へ向ける。「あと、プロだったら、音のしない武器を使ったでしょうね。その方が安全です」

刑事は頷いたが、言葉を返すことはなかった。

「西之園君が言った、靴を脱いでいたことは、かなり重要だと思います」犀川はそうつけ加えた。「でも……、まあ、一番不思議なのは……」

「え、何ですか？」刑事が促した。

「どうして、前日に、蔵本先生を撃たなかったのか」

「ああ、それは、そういえば、そうですね。あの部屋にいたわけですから……」

このあとも、五分ほどやり取りがあったが、主に今後のことについての情報交換だった。沓掛は犀川と握手をしてから、部屋を出ていった。しばらくまた会うことはないのではないか、と西之園は思った。里見刑事には、西之園の携帯の番号を教えた。彼は、午後には、またマスコミ向けに仮の会見をすると話した。

「とにかく、大勢いるんですよ」里見は言った。「なにかあったことはもう知っている。蔵本教授が亡くなったというのは、事務員が話してしまって、もうすっかり広まっているんです」

通路で別れるとき、階段を下りかけた犀川が立ち止まって、後方の刑事を振り返った。

「天井は、何でしたっけ?」

「は? どういうことですか?」刑事はきき返した。

「西之園君、覚えている?」

「はい、吸音ボードの、普通の白い天井でした」西之園は答えた。

「えっと、蔵本教授の部屋のことですか?」刑事がきいた。

「いえ、もう、けっこうです」犀川は階段を下りていった。

11

建築学科の一階のホールに、雨宮純は立っていた。卒業設計展が行われている受付の後ろの壁際である。階段には、テープが張られ、立入り禁止になっている。警官が踊り場のところにいて、通行する者をチェックしていた。さきほどから、何人もその階段を上り下りしている。誰が事件の関係者で、誰が建築学科の人間なのか、雨宮にはわからない。知った顔はなかった。

しかし、そこに、犀川と西之園が現れた。二人は話をしながら階段を下りてきた。

「司会をしたあとは、どうします？　先生は」

「僕は、午後は基調《きちょう》講演を聴くつもりだけれど」

「私もそのつもりです」

「そういえば、山吹君が司会をしているはずだけれど……」

「それは、もう終わっています」

雨宮は進み出て、二人に頭を下げた。

「先生、お願いがあります。お時間をいただけませんか？」雨宮は、犀川に言った。

「時間は、人にあげられるものかな」犀川は答える。

「何？　どうしたの？」西之園が間に入った。

「何があったんですか？　お願いです。教えて下さい」

「えっと、あのね、警察がもうすぐ発表すると思う」西之園が答える。

「蔵本先生が亡くなった、という話で持ち切りです。本当ですか？」

「そう、本当です」西之園は頷いた。彼女は雨宮の後ろへ視線を送る。「カメラは駄目」

「あ、すみません。わかりました」雨宮は、手をクロスさせて合図を送った。スタッフは頷いて、カメラを下ろす。

人が少ないコーナへ三人は移動した。掲示板が壁にあって、プリントが沢山貼られている近くだった。

「蔵本先生が銃で撃たれて亡くなっていた」西之園は説明した。「深夜一時半頃だったそうです。今回は、ピストルも、それにキウイも現場に残っていました」

「え、また、キウイだったんですか？　やっぱり、γってあったんですか」

「そうみたい。あと、プルトップ付き」

「じゃあ、本当に、最初から計画的だったんですね」

「そうなるのかな」

「もしかして、殺人現場を見られたのですか？」

「見ました」

「どうして、先生たちは、パトカーに乗っていたのですか？　どうして、現場に？」

「うーん、それはねぇ、ちょっと言えないかも」

「あれ、パトカーですよね。黒一色でしたけれど」

「パトカーではないと思うけれど、ええ、まあ、似たようなものね。見ていたの？」

「ええ、ちょうどゲートの近くにいたので」

「頭を下げて、隠れているべきだったね」犀川が言った。

「え、どうしてですか？」雨宮は犀川に尋ねた。

「いいのいいの、今のは冗談だから」西之園がまた間に入る。「雨宮さん、しっかりしている。感心しているのよ。あのね、話はオフレコというか、すぐに警察が発表するでしょうけれど、フライングしないように。犯人は捕まっていないけれど、拳銃は見つかっていますから、少しは安心して良い状況じゃないかしら」

「あの、もしかして、また防犯カメラの映像があったのでしょうか？」

「偉いなあ、頭が回っているね。でも、残念ですけれど、カメラの故障かなにかで、録画されていなかったそうです。うーん、だいたい、それくらいかしら」

「先生たちは、これからどうされるのですか？」

「いいえ、もう普通。学会へ戻ります。これから司会があるから」西之園は犀川を振り返った。「犀川先生もそうですよね？」

犀川は、無言で頷く。

「あの、この際ですから、もう一つ質問させて下さい」雨宮はついマイクを差し出してしまったが、すぐに気がついてそれを引っ込めた。彼女は、声を落としてきいた。

「西之園先生は犀川先生と、ご結婚されているのですか？」

西之園が小さく口を開けて、驚いた顔になる。それから、また犀川を見るために振り返った。数秒後にこちらを向いたが、視線をさまよわせる。

「えっと……」

「ノーコメントですか？」雨宮がきいた。

「あ、そうそう、そうです。ノーコメント」

「殺人事件の質問よりも、明らかに動揺されたようにお見受けしましたが」

「あ、そう……、かしら」

犀川が後ろで笑っているように見えた。雨宮は、位置を変えて犀川に正対《せいたい》する。

「犀川先生、同じ質問です。お答えいただけないでしょうか？」

「同じ質問ね……」犀川はその言葉に小さく頷いた。「西之園君が、えっと誰かと結婚しているかどうかは、僕が関知する問題ではないし、僕が勝手に憶測を話すのもいかがなものか、と思う」

「何をおっしゃっているのか、よくわかりません。では、質問を変えさせていただきます」

「いや、それはできないよ」

「え？　どうしてですか？」

「君は、もう二つ質問をさせてほしい、とは言わなかった。自分の発言には常に責任を持ちなさい」

12

警察の会見は午後一時から行われた。この同じ時刻に、講堂で招待講演が開催された。講堂の前のホールには、キウイの断面に似た巨大な模様がタイルで描かれていたが、参加者は誰もそれに気づかなかっただろう。

加部谷と山吹と海月は、昼食をともにしたあと、この講堂へやってきた。招待講演を聴くつもりはなかったのだが、外は暑いし、ここならば一時間半は座っていられる、と安易に考えた結果だった。講演者はアメリカの研究者で、山吹は知っているらしいが、加部谷は名前を聞いたこともなかったし、その名前を一度聞いても、発音さえできなかった。

思ったよりも人が多く、満席ではないものの、三人が並んで座れる場所は少なかった。どんどん前の方へ出ていくと、最前列に犀川、国枝、西之園が並んでいるのを発見した。その横がほとんど一列空いているようだ。三人は、結局一番前のシートに座ることになった。犀川は国枝と西之園に挟まれて座っている。その西之園の隣に加部谷が座り、山吹、そして海月が座った。開演まであと数分ある。

「蔵本先生が亡くなったって聞きました」加部谷の右から山吹が、西之園に話した。

「ええ」西之園は頷く。「あとで、詳しいことを話します」

舞台の横から、男が一人出てきて、階段を下りて近づいてきた。その長身の男性を加部谷は知っている。さきほど、一人で司会をしてくれと山吹に伝えにきた新田という名の日科大の准教授だ。運営のスタッフをしているのだろう。彼は、犀川の前で頭を下げ、そこで膝を折った。

「あの、犀川先生、お願いしたいことがあります。ホロヴィッツ先生のご紹介をしていただけないでしょうか。蔵本先生がされる予定だったのです。あの、事件のことは、ご存じですね？」

「ええ、知っています。その紹介は、英語でするのですか？　日本語ですか？」

「日本語でけっこうです。聴いている人は、日本人ですので。原稿は、こちらに用意があります。もちろん、この通りでなくてもかまいません。そのあとの司会は、僭越《せんえつ》ですが、私が務めさせていただきます。司会も、蔵本先生がされることになっていました。私は、分野が少し違うので、ホロヴィッツ先生の研究に関して、充分に知識がありません」

「わかりました。紹介は私がします」犀川はそう言って、新田からファイルを受け取った。

「本当に、こんなぎりぎりのときで、申し訳ありません。もう少し早くお願いすれば良かったのですが……」

「ホロヴィッツ先生は、蔵本先生のことはご存じでしょうか？」

「あ、いえ、まだその話はしておりません。講演が終わってからにしようと考えております」

「わかりました。そのつもりで話します」

「あの、では、控え室の方へ……」

犀川は立ち上がった。新田について、舞台の階段を上がっていく。幕の向こうに入って姿が見えなくなった。

加部谷は後ろを振り返った。傾斜した客席に大勢の顔が並んでいる。二階席にも人がいるのが見えた。どれくらいいるだろう。五百人くらいか。

「蔵本先生は、犀川先生と研究分野が近いのですか？」加部谷は西之園に顔を近づけて囁いた。

「ええ、そう。重なっている部分があるという意味でなら。同じ委員会にも所属されているし」

「西之園さんもですか？」

「私は、今は少し違うかな」

「国枝先生は？」

「国枝先生には、私が近い。犀川先生には、山吹君の方が近いね。でも、だんだん、みんな離れていくことになる」

「どうしてですか？」

「先端へ進むと、自然にそうなるのよ」

「へえ……。それにしても、こんなに大勢の前で話をするって、どきどきしますよね」

「ほとんどの人は意味がわからないでしょうから、間違えても平気だし」

「そういうものですか」

「あと、慣れだと思う。私、今年から数学を担当しているんだけれど、聴講生は二百五十人もいるの」

「うわぁ、凄いですね。でも、聴いているのは、たぶん半分くらいですね」

「半分？ そんなにいるかしら、男子は寝ないでしょう」

「西之園さんが先生なら、歌でもうたってやろうかしらって思うくらい」

「駄目。コスプレして、歌でもうたってやろうかしらって思うくらい」

加部谷は笑った。反対側から、山吹が腕を叩く。

「何の話しているの？」

「なんでもないです」加部谷は反対側へ顔を向ける。

「コスプレするって言わなかった？」

「ええ、西之園さんが」

「嘘、どういうこと？」

「気になりますか？」

「教えてよ……」

しかし、そこで幕が上がった。舞台の中央には演台があって、奥に傾斜したスクリーンが二つ並んでいる。

さきほどの新田准教授が舞台の右端に現れ、これから基調講演を始めるとアナウンスをした。そして、講演者の研究略歴について、N大学工学部建築学科の犀川先生からご紹介をしていただきます、と述べた。

犀川がそのすぐ後ろから現れ、中央の演台に立った。資料を広げようとしたが、紙が一枚ひらりと落ちる。犀川は、それを拾い上げて、それからマイクのスタンドを調節した。

隣のシートで西之園が片手で目を覆い、下を向いている。まるで疲れて頭痛がする、といった感じに見えた。

ようやく、犀川がマイクのスイッチを入れた。

「Ｎ大の犀川でございます。皆さんがお持ちの式次第には、蔵本先生が、この役をされることになっていますが、諸事情により代役を務めさせていただきます。さて、本日の講演者であるピータ・ホロヴィッツ先生についてですが、御略歴は、お手許の資料にあるとおりです。先生のご来日は今回が二回めで、もう二十年近くまえになりますが、以前に一度だけ来日されています。そのとき、Ｎ大学の西之園恭輔《きょうすけ》先生の研究室を訪ねられました。ええ、私は、そのときにたまたま西之園先生の研究室に在籍していたのですが、ホロヴィッツ先生が、どれくらい素晴らしい研究をされているのか、まったく知りませんでした。でも、私たちのゼミにいらっしゃったので、片言の英語でお話をさせていただきました。そのことを、大変よく覚えております。先生のご研究は、その当時、既に世界をリードする独創的なもので、接触領域異存のモデルによる都市構築論を展開され、その手法を大勢の研究者が取り入れようとしていました。実は、私はそのあと大学院に上がり、初めてホロヴィッツ先生の論文を読み、本当にびっくりしました。その後、研究者の道を歩むことになった一つの道標《どうひょう》だったともいえます」

犀川の話はその後の五分間は、非常に難しい内容になったので、加部谷にはまったく理解できなかった。専門用語の意味がわからない。横の西之園を見ると、もう頭痛は治ったのか、壇上の犀川をじっと見つめる優しい表情で、うっとりとした恍惚感《こうこつかん》を浮かべているようにさえ見えた。照明のためにそんなふうに見えたのかもしれない。

「では、ホロヴィッツ先生にご講演をお願いしたいと思います」話を終えて、犀川は頭を下げる。会場から拍手があった。

彼が資料をファイルに片づけるのに手間取ったので、右から登場した長身のアメリカ人は、途中で立ち止まり、肩を竦めるジェスチャを見せる。犀川が、そちらへ向かうと、彼は、両手を広げ、そして、犀川と握手をした。それから、犀川が引っ込む間、拍手を送った。

ホロヴィッツは、壇上に立ち、「こんにちは、サイカワセンセ、ありがとう」と言ってから、そのあとは英語で話し始めた。

犀川は、しばらくして、こっそり幕から出て、階段を下りてきた。頭を下げて、西之園と国枝の間の席についた。加部谷は、西之園の左手が、犀川の右手にのるのを見た。

ホロヴィッツは、英語で、ドクタ・西之園の話をした。加部谷は、半分くらいしか聞き取れない。それは、西之園萌絵の父親のことだ。飛行機事故で亡くなったと聞いている。

どんな話をしているのか。それから、西之園博士の研究はどんなものだったのか。加部谷は、山吹や西之園にききたかったが、両側の二人は、講演に聴き入っている。あとで、質問しなくては、と思う。

それから、ふと、蔵本教授が亡くなったことを思い出した。会場の者ほぼ全員が知っていたはずだが、犀川はそれを「諸事情」の一言で片づけ、演劇の幕が変わるように、あっという間に別の世界へワープした。

誰かが死んでも、誰かがそれを補って、すべてが回っていくのだな、と彼女は思った。それは、切ないとか、冷たいとか、そういうことでは全然なく、むしろその反対。つまり、そのために人間が大勢いて、それこそが集団の力、つまり人間の力なのではないか、と頼もしく感じるのだった。

西之園博士の跡を、きっと犀川や西之園萌絵が引き継いでいるのだろう。それをまた、山吹や海月が引き継ぐのだろうか。

そういう意味では、自分が関われないことが、多少寂しくは感じるけれど、でも、学問だけが引き継ぐものではないはず、とも考えた。

どうして、英語を聴くと、こんなふうに別ごとを考えてしまうのか。これがいけないのだよな、と加部谷は思った。

第4章　アヴェイラブルな危機

魔術にしても、宗教にしても、政治にしても、それが彼らの日常であったからには、それらを通じてだけ彼らの想像力は発動し、彼らの世界のイメージを結んだはずだ。時代が混乱していればいるほど、それらの混乱したイメージがひとつの世界に結晶していく過程に、これらすべてが参加したことだろう。

1

土曜日の夕食は、かつての仲良しグループの四人で店に入った。会場の近くの駅から、十五分ほど電車に乗ったところにある観光地の街で、午後六時だった。日本料理の店だ。その店に予約の電話をかけたのは山吹で、店自体もネットで調べたものだった。四人は、テーブル席に着き、ビールで乾杯をした。山吹と海月が並び、山吹の前に雨宮、海月の前が加部谷、という配置だった。自然にこの並びになることが、非常に多い。四人が揃《そろ》うのは、一年振りである。

もともと、土曜日の夜にと約束をしていたので、事件があったにもかかわらず、雨宮も予定どおり仕事を切り上げてきた。

「局から、もっとちゃんとした人たちが来ましたから、もう、私なんかの出番じゃなくなったんですよ」雨宮は、山吹に余所行きの言葉遣いで説明した。

警察の会見に出席していた雨宮は、事件の内容を簡単に説明してくれた。実際に出てきた情報は非常に少なく、記事を書く人は大変だろう、と雨宮は言った。つまり、日本科学大学で、またも射殺事件があった、建築学科の蔵本寛子教授が、深夜に大学の自室で何者かに撃たれた、銃は部屋に残っていたが、犯人は見つかっていない、銃は、前日に福川啓司学長を撃ったものと同型と見られている、現場の状況からも、同一犯の犯行の可能性が高い、といったものだった。

「それだけ？　ねえ、キウイは？」加部谷がきく。

「それは、今日の話には出てこんかったわ」雨宮が答える。

「今回は、目撃者がいないから、持っていても、持っていなくても、同じだよね」山吹が言う。

「どうして、そんな夜遅くまで、蔵本先生、大学に残っていたんだろう？」加部谷が尋ねる。

「それは、質問にも出たな」雨宮が言う。「警察は、首をふっただけ」

「大学の研究室だったら、それくらいの時間は、そんなに非常識でもないね」山吹が言った。「でも、問題は、犯人が蔵本先生を撃とうと思っていたなら、大学みたいに人が大勢いるかもしれない場所ではなくて、自宅で待ち伏せすると思うんだ。あとをつけようとして、待っていたかもしれない。でも、なかなか帰らないから、研究室で襲った、とか」

「それよりも、その時間に会う約束をしていた、と考える方が普通ではないですか？」雨宮は言う。

「顔見知りということだよね」山吹が頷く。「その場合、どうなんだろう。蔵本先生は、相手が福川先生を殺した人間だと知っていただろうか。見ているし、声を聞いているわけだから」

「知っていたら、身の危険を感じて、そんな時間に一人で会わないんじゃないかなぁ」加部谷は言う。

「あ、カメラは？」山吹は雨宮を見た。

「警察は、発表しませんでしたけれど、カメラは、蔵本先生の部屋にもあったそうです。でも、何故か映像は記録されていなかった。つまり、故障していたみたいなんです」

「どうして、それを純ちゃんは知っているの？」加部谷がきく。

「実は……、その、西之園さんが言っとらした」

「え？　西之園さんは、どうして知っているの？」

「犀川先生と西之園さん、殺人現場を見たんだって。あ、いかんな……」雨宮はそこで身を乗り出した。「今の、内緒にしておいて下さいね。非公開情報ですから」

「そうやって、噂って広まるのよね」雨宮の後ろに西之園が立っていた。

「びっくりしたぁ」雨宮は振り返ってから腰を浮かせた。

「あれ、西之園さん、出席されることになっていたんですか」加部谷も驚く。

「ま、特別ゲストってことで」

「招待したんだよ」山吹が言う。「だって、国枝研の同窓会なら、西之園さんも呼ばないとね」

「え、同窓会だったの？」加部谷と雨宮は顔を見合わせた。

西之園は、所属はN大の犀川研だったが、国枝の指導を受けるために、C大の院生室にデスクを持っていた。まだ、加部谷たちが学部生だった頃のことである。

店員がテーブルの短辺に椅子を置き、西之園がそこに座った。彼女の飲みものが来たところで、再度乾杯となった。

「どうなの、もう一通り話は聞いた？　面白い意見は出ていない？」西之園がグラスを置いてきいた。

「私が、警察の発表の話をして、まだ、その段階です」雨宮が言う。「もっと、これはというマル秘情報はありませんか？」

「えっとね、二つある」西之園は指を二本立てた。「一つは、キウイが落ちていたこと。床に転がっていた。プルトップ付き。たぶん、普通のキウイでしょうね。仕掛けはないはずです」

「それは、黙っていましたよ」雨宮が小声で言った。

「凄いなあ……」山吹が腕組みをする。「やっぱり、そう来るわけですね。あ、γの文字は？」

「それは、確認していません。それどころじゃなかったから。でも、あってもなくても、あまり関係ないんじゃない？」

「そうですか？」山吹が首を傾げる。

「もう一つは何ですか？」雨宮がきいた。

「あのね。亡くなった蔵本先生は、部屋のほぼ中央に倒れていたんだけれど、靴を履かれていなかったの。裸足ではなくて、ストッキングだけ。靴は、デスクの下にあった。サンダルも椅子の下。これ、どうしてだと思う？」

「たまたま、靴を脱いでいるところへ、突然、犯人が入ってきた」加部谷は言う。

「鍵をあけて？」西之園はきいた。

「鍵はかかっていなかったのかも」

「でも、犯人は部屋を出るときには、鍵をかけた。その鍵は、蔵本先生のものではなく、事務のマスタ・キィでもなかったみたい。つまり、合鍵を事前に用意していたのね。そういう状況から考えると、どんなことが言える？」

「夜は、鍵をかけているだろう、と想像したわけですね」山吹が言った。

「それ、つまり、約束して会ったのではないってこと？」加部谷は言う。「そうか、約束している人が来たら、裸足で出ていったりしないよね」

「懐かしいね、こういうの、何度かやったわねぇ」西之園は微笑んだ。彼女は、横にいる海月を見る。「海月君の意見が聞きたいな」

「これといった意見はありません」海月は答える。

「なにか、疑問点はない？」

「一つあります」海月は言った。「どうして、犯人は、最初の日に、二人を撃たなかったのか」

「あ、そうだ、そうだね」山吹が言う。「同一犯だとしたら、変かもしれない」

「どうしてかな、最初の日には、殺す理由がなかったってこと？」加部谷が言う。

「どうしたんですか？」雨宮が、西之園の顔を覗き込むようにしてきいた。「今、にやっとされたでしょう？」

「うん。今のそれね……」西之園は、海月を指差した。「犀川先生が、まったく同じことをおっしゃった」

2

八時半にお開きになって、電車に乗った。途中で、山吹と海月が降りた。女性三人は、あと三十分乗って、同じホテルへ帰る。西之園は、この電車に乗るのは初めてだと話した。今まですべてタクシーだったわけだ。しかし、遅刻をしそうになった昨日の朝は、加部谷たちもタクシーだったので、あまり変わらない。

「今日の、招待講演ですけれど、最初に、犀川先生のことを話されていましたよね？私、英語がよくわからなかったんですけれど、どんな話だったんですか？」

「えっと、犀川先生をたった今思い出した、日本に来たときに案内をしてくれた少年だった。もちろん、ドクタ・サイカワという研究者は知っていたが、まさかあのときの少年だとは気づかなかった。ドクタ・ニシノソノは、後継者に恵まれた。そんな話でした」

「講演のあと、犀川先生と、控え室へ行かれましたよね？」

「ええ、ご挨拶をしてきたの。ホロヴィッツ先生は、私に会ったことがあるとおっしゃったわ。私は全然覚えていないけれど」西之園は肩を竦めた。「いえ、あの人かな、それともあの人だったかな、という候補は思いついたのだけれど、絞《しぼ》れない感じ。でも、私が、研究者になっていると聞いて、びっくりされていた。それは、ちょっとショック」

「どうしてですか？」

「だって、論文を書いているのよ。でも、世界では認知されていないってこと。まだまだだ」

「でも、もうしっかり覚えてもらえましたね」加部谷は言う。「あ、結局、ホロヴィッツ先生には、事件の話はしたのですか？」

「私はしない方が良いと思った。でも、犀川先生が、ずばり話されて、ちょっと最後は暗い感じになってしまって……。ええ、でも、今日のうちに、京都へ行かれるって。温泉よりも、そちらの方が良いみたい」

「蔵本先生とホロヴィッツ先生は、親しかったのですか？」雨宮がきく。

「ええ、ずいぶん以前から知合いだったそうです。あ、そうだ、今、蔵本研にインドネシアの留学生がいるそうだけれど、実は、その人は、蔵本先生の息子さんではないかって、そんな話を突然されたの。これはね、英語だったし、周りには話を聞いている人はいなかったから、犀川先生ともあとで、知らないことにしておこうって話したんだけれど……、でも、もしかして、周囲の誰も知らないなら、警察にだけは伝えた方が良いんじゃないかって。本当かどうかはわからないけれど」

「えっと、どうして、息子さんがインドネシア人なんですか？」雨宮が尋ねる。

「蔵本先生は、若いときに、調査のためかな、インドネシアに留学されていて、そこで向こうの人と結婚をされたの。でも、すぐに離婚されたみたい。それで、ご子息は、たぶん、父親が養育した、ということじゃないかしら」

「なるほど、それで、実の母のところへ留学してきたわけですか」雨宮が首を捻る。

「べつに、そういうのって、いけないことではないですよね？　なにか、ルールがあるのですか？」

「いえ、いけないわけではない。でも、知らない振りをしていたとしたら、問題でしょうね。だいたい、留学生の受入れや、大学院の入試や、そういった場合、なんらかの審査があるわけだから、親族であれば、事前に申し出て、自分はその役を退《しりぞ》くのがルールだと思う」

「そうか、不正をするとか、したんじゃないかとか、言われないためにですね」

「ただ、それがもし本当の話だとして……、そういう情報って、日本からでは確かめるのもけっこう大変だし、わざわざ第三者は調べないから、本人二人が黙っていれば、隠し通せるでしょうね」

「その人にインタビューしなくちゃ」雨宮が言った。「名前、わかりませんよね？」

「ええ、聞かなかった」

「明日の仕事だ」雨宮が片手を握る。

「どうして？　事件に関係があるっていうこと？」加部谷は雨宮を見た。

「可能性がありそうな人は撮っておくの。それにね、なんとなくだけれど、あの映像を見たとき、動きがしなやかで、日本人離れしているって思ったから」

「嘘、そんなことわかる？」加部谷は驚いた。「だって、覆面してたし」

「だから、顔じゃなくて、躰全体の動きだって言っとるでしょ」

「躰？　でも、黒い服着てたし」

「でも、あれ見たら、えっと、たとえば、山吹さんとか、海月君じゃないって、それくらいわかるだろ？」

「え？　そうかな、ああ……、山吹さんではないね、山吹さん、あんなふうじゃないもんね。海月君は、どうかな、うーん、ああ、ちょっと違うかな。でも、どこが違うのかなぁ」

「そう、私も見た感じ、なにか武道をやっている人かなって思った」西之園が言った。

「あ、そうそう、そうなんです。身のこなしっていうんですか」雨宮が躰を弾ませる。「そんな感じでしたよね」

「山吹君は、あんなふうに動けないよね」西之園が言う。「犀川先生も駄目。あのね、ふらついていないのよ」

「あの、僕、ふらついていますか？」山吹がそう言いそうな気が加部谷はした。その話を聞いて、海月及介が覆面をしているところを想像したが、海月なら、案外できるんじゃないかと思えた。

「痩せ形で、胸は厚くない、でも肩は張っていて、手足は長い。そんな感じ」雨宮が言う。「ああいう体形の人って、日本には、二十人か三十人に一人ですよね。私、沢山の人にインタビューしましたけれど、この人ならあるいはっていうのは、建築学科の新田先生って方だけでした。ほかには該当者はいません」

「ああ、新田先生って、あの、背が高い人ね」加部谷は言う。「そうか、ああいう感じなんだ」

「体形だけじゃなくて、動きだよね」西之園は言う。「短い映像だけれど、腰が安定していて、拳銃を構えたときも、そんな、初めてという感じじゃない。実際に撃ったことがある人だと思った」

「そんなことまでわかるんですか？」雨宮が驚く。「拳銃を撃ったことがあるんですか？」

「うん、あるよ」西之園が簡単に頷く。

「日本には、あまりいませんよね、そういう人は」加部谷が言う。

「そうそう」雨宮は何度も小さく頷いた。「やっぱ、その、えっと、インドネシア人？　会わないかんってことだ」

3

学会三日め、最終日の日曜日の朝、加部谷恵美と雨宮純は、七時に目覚め、簡単に身支度を整えて食堂へ下りた。睡眠は充分、壮快な朝を迎えた。ただ、できれば早起きをして、温泉に入ろう、と話していたのだが、その決意は二人とも朝には萎《しぼ》んでいた。

今日は、午前中に西之園の研究発表があるので、加部谷はそれを聴いてから、早めに帰るつもりにしていた。雨宮にどうするのか、と尋ねると、彼女も今日で一旦《いったん》帰るという。月曜日に局で別の仕事があるらしい。事件の取材は、別の班にバトンタッチするそうだ。もともと彼女は建築学会年次大会の取材に来ていたのである。昨日も、招待講演のあとに講堂でパネルディスカッションがあり、省エネをテーマにした未来の建築と都市について話し合われたそうだが、事件があったせいで、この関係の放映は、結局取りやめになり、取材も行わなかったという。

食事をしてから、部屋に戻り、荷物を整えながら、テレビを見た。チャンネルを切り換えてニュースを探したが、日曜日なのでやっていない。ロビィで新聞も見てきたが、大学の教授が二人射殺された事件は、それほど大きくは報道されていなかった。

「こんなもんかね？」と雨宮は不満げだった。

ホテルをチェックアウトし、一昨日、昨日よりは重い荷物を持って出かける。バス停まで歩いて、駅までバスに乗った。乗り継ぎも順調で、電車ではシートに座ることができた。西之園の姿は、やはり見かけなかった。タクシーで会場へ行ったのにちがいない、と加部谷は思った。

電車を降りて、初めてシャトルバスに乗ることにした。タイミングが良かったのか、それほど列が長くなかったからだ。しかし、結局、バスが来て乗り込んだときには満員になった。二人は出口のドアの付近に立った。雨宮は今日はスカートではなくジーンズである。

「どうして、服装を変えたの？」

「毎日同じもん着とらっせるな、とか言われたくないでね」

「誰も、らっせるななんて言わないでしょう」加部谷がそう反応したところ、

「今のは、往年の加部谷だわ」と雨宮に感心された。

駅からバスが出るとき、信号で右折し、遠心力で乗客が押し合った。加部谷は後ろからの圧力で、ドアのステップへ落ちるところだったが、なんとか腕を突っ張って持《も》ち堪《こた》えた。しかし、バッグを落としてしまった。

「あ、しまった！」と加部谷が声を上げた。

雨宮が機敏な動作でステップを下り、バッグを拾い上げてくれる。後ろの男性も「すいません。大丈夫でしたか？」と声をかけてくれた。

「大丈夫だったかな」加部谷は、バッグの中を確かめる。

「何が入っとるの？」

「なんでもないなんでもない」

「嘘をつくな。青ざめとったで」

そのままバスは走り、五分ほどで日科大のゲート前に到着した。ドアが開いて、最初に降りたのが加部谷だった。彼女は、歩道の端へ行って、バッグの中をもう一度確かめた。箱が少しだけ凹《へこ》んだようだが、中は大丈夫だったみたいだ。

「なにぃ、それ」雨宮が横で覗き込んでいる。

「うん、あのね、コーヒーカップ」

「なんで、そんなもん持っとるの？」

「いえ……、うーん、まあ、なんとなく……」

「めっちゃんこ怪しいこと言うなぁ。どれどれ」

「あ、駄目だってば」

雨宮は手を伸ばして、箱を取り出した。

「あ、壊さないでね」

「うわ、なに、これ」雨宮は、箱を開けて中身のカップを摑んだ。「何に使うの？」

「何にって……、コーヒーを飲むんじゃないかな」

「そんなことせいとらんわ。なんで、持ってきたか」

「えっと、その、海月君にあげようと思って……」

「は？」雨宮は、目を見開いた。「そんで、持ってきたんか？」

「そうだけど」

「わざわざ？　プレゼント？　こんなもんを？」

「そ、そうだけど」

「あぁ……」雨宮は、片手を両目に当てて上を向いた。「なんという……」

「どうしたの？」

雨宮は、もう一度カップをじっと見てから、箱に戻した。なにも言わない。

「はい」と言って、加部谷のバッグの中へ戻してくれた。

「自分で作ったんだよ」いちおう、加部谷は弁解しようと思った。

「え？　自作？　うわぁあぁ……、それは、また……」

「何？」

「輪をかけて、凄いというか……、自分でこさえたときたもんだ。あぁあぁ……、立ち暗みがするわ。号泣《ごうきゅう》しそう」

「あまり、大袈裟《おおげさ》なものより、いいんじゃない？」

「充分大袈裟だがね！」

「そう？」

「あ、いや、まあ……、そういう手もな、なきにしもあらず？　ありかもしれんわ。願わくば、決定的に嫌われんことを祈るばかりだ」

「そんなこと……」

「案外、そういうので、人間の哀れみみたいなのを感じてだな、ああ、ほれ、救いの手を差し伸べようっていう場合もあるかもしれんしな。うん、世の中、何があるかわからんでよ。まあ、しかし、なんだな、加部谷という特殊な友人がいて、私の人生がどれほど幅広いものになったか……、だわなぁ。ここは、素直な感謝の気持ちを伝えよう。ありがとう。でも、一言いわせてもらえば……」

雨宮はそこで舌を打った。

「何？　一言きかせて」

「いや、やめとこと……。君には君の青春がある」

4

加部谷は、雨宮と別れて、研究発表が行われている教育棟へ向かった。立て看板にある配置図を確かめてから、建物に入り、ドアに貼られている部屋番号と講演番号を順番に見て通路を進んだ。一番端の教室だった。まだ、まえのセッションが終わっていないようだったので、中に入るのをやめて、通路の端で鞄を置き、梗概集を広げて読むことにする。

年次大会の梗概集というのは、分野ごとに分冊になっている。全部を合わせたら、厚さが三十センチ以上ある本になるだろう。加部谷が持ってきたものでも、彼女が住んでいる地域の電話帳くらいある。那古野の電話帳ほどではないが、持ち運べる限界に近い厚さだ。現に会員は梗概集のことを「電話帳」と呼んでいる。片手で持って読める重さではない。立っているのだから、両手で支えなければならない。足許のバッグを踏まないように注意をした。

しばらくすると、海月及介が現れた。気配が感じられず、ふと視線を上げたら、既に近くに立っていた。忍者になれるだろう。

「いつからいたの？　声くらいかけてくれたら良いのに」加部谷は笑った。「海月君、いつ帰るの？」

「このセッションを聴いたら」海月が答える。

西之園萌絵が発表する。彼の指導教官だから当然だろう。加部谷は、事前にその西之園の論文を梗概集で読んだが、海月及介も連名になっていた。だったら、海月が発表すれば良いのに、と少し思った。どうしようか、その理由をきこうか、と思っているところへ、通路を近づいてくる山吹早月が視界に入った。

「おはよう」山吹が片手を広げる。「西之園さんは？」

「たぶん、もう中じゃないかしら」加部谷は答える。

「あのさ、海月はどうして発表者じゃないの？」山吹が質問した。そうそう、それだ、と加部谷は思った。

「どうするってきかれたから、先生が発表する方が筋だと思いますって答えたら、うん、そうかなっておっしゃって」海月が言った。

西之園のことを先生と言い、敬語を使ったのが、海月及介の言葉としては新しい響きだった。

「筋って、まあ、そうだけれど、学生にさせるのも、教育的配慮だと思うなあ」山吹が言う。「でも、西之園さんらしいかな」

「どういうことですか？」加部谷は尋ねた。

「正論には従う」山吹が答えた。「実際のところ、研究の中心は、まだ西之園さんの方にあって、海月にあるわけじゃないってことだよね？」

海月は無言で頷いた。

「ね、昨日の続きだけれど、どうして、犯人は最初の日に二人を撃たなかったの？」

加部谷は突然質問した。口にしてから、この場所にはいかにも相応しくない話題だと思って、顔が赤くなるのを感じた。だが、海月がこのあとすぐに帰ってしまうと言ったし、自分も、正論に従いたい、と考えた瞬間に飛び出した疑問だった。

「違う人間だからだよ」海月は答える。

「違うって、何が違うの？」

「僕の考えを聞いても、意味はない。真実は、推論の中から生まれるんじゃない。現実の観察から明かされるものだ」

「うわ……」それは正論だ、と加部谷は感じた。言い返そうと思ったが、頭が回らなかった。

「あれは？　えっと……」山吹が割って入る。「裸足だったたっていう件。あれが、その違いの答になっている？」

海月は、山吹の方を見て、頷いた。

「あ、今、頷いたでしょう」加部谷は海月を指差す。「なんか、あうんの呼吸みたいでしたよ。ちょっと、教えて下さいよ、全然わっかりません、私」

「以心伝心《いしんでんしん》ってわけじゃなくてね」山吹は笑った。「昨日、電車を降りたあと、海月から聞いたんだ」

「何を聞いたんですか？」

「話すよ？」山吹は海月を見た。海月は口の形を少し変えただけだ。肯定なのか否定なのか。しかし、山吹は続けて言った。「海月はね、蔵本先生は自殺されたんじゃないかって言うんだ。だから、もしそうなら、つまり、福川学長とは、別の事件であって、違うということ……」

「え、どうして？　どうして、そんなことが言えるんですか？　だって、えっと、キウイはあったし、それから、そもそも、どんな理由で自殺なんかしなくちゃいけないんですか？」

「そういうふうにきかれるから、話したくないんだ」海月が睨むように加部谷を見た。

「だって、当然ききたくなるじゃない」加部谷は口を尖らせる。

「海月に言われて、僕も考えてみたんだけれど、靴を履いていなかったのは、床に拳銃を立てて、足の指で引き金を押した。こう前のめりになってね」山吹はお辞儀をするような格好になった。「そうすれば、立っているとき正面から撃たれた角度になるよね。つまり、他殺だと偽装した、ということ？」

「そう考えることができる」海月が言った。「でも、弾が貫通してしまったら、偽装は失敗だ。弾は天井から発見されることになる」

「どうして、そんな偽装を？」加部谷はきいた。しかし、どんどん疑問をぶつける自分に気づいて、口に手を当ててしまった。海月が、質問されるのを嫌がっているのが、わかったからだった。

「単なる可能性だ」海月はそう言うと、視線を遠くへ逸らせてしまう。

ドアが開き、部屋の中から人がつぎつぎに出てきた。セッションが終わったようだ。山吹は、ちらりと加部谷を見てから、ドアの方へ行ってしまった。海月もそちらへ行こうとする。

「ちょっと待って」加部谷は、思わず海月の手を摑んでいた。

「ちょっと待って」加部谷は言う。何を話すのだったっけ、と思い出しながら。「あの、もし、そう考えたのだとしたら、警察に伝えた方が……」

「こんなことくらい、とっくに考えているよ」

「そうかな。でも、そう、西之園さんには言った方が良いと思う」

「加部谷が言うだろう？」

「話してもいい？」

「うん」

「部屋に鍵がかかっていたのは？」

「助かりたくなかったから」

「ああ、そうか……」

「自殺なら、状況の辻褄《つじつま》が合う」

「深夜という時間も……」

「そう。それから、銃とキウイがあったのは、蔵本先生が、すべてを知っていて、実行の手配をした人物だということ」

　そう言うと、海月は加部谷に背中を向け、部屋のドアの方へ歩いた。

「え、そうなの？　じゃあ、最初の事件は？」加部谷は、もう頭の中が真っ白になっていた。

　海月は諦めたような顔で引き返してきて、加部谷に接近した。彼女は思わず後退して、通路の壁に背をつけた。近くに人がいたので、彼は内緒の話をしたかったようだ。囁くような音量で話した。

「まったく別の人間がやったことだと捉えるのが妥当だ。ただ、これは山吹には言わなかったけれど、一つの仮説として、あれも蔵本先生の犯行だと考えることも不可能ではない」

「え？　だって……」

「単純だ。蔵本先生は、殺人現場にいた。だから、福川学長を撃つことができた。物理的に可能だ」

「でも、ビデオに映っていたんだよ」

「ビデオが真実でない可能性は排除できない。蔵本先生は、建築における防犯の専門家だ。この大学の防犯システムにも詳しいだろう。だから、カメラの映像をすり替えることくらい簡単にできたと思う。カメラから伸びるケーブルのソケットを差し替えて、そこに別の電子信号を流すような物理的な方法も可能だけれど、それよりも、記録されたデジタルデータを加工する方が現実的だろう。警察が、それについて調べるまで、何時間もあったはずだ。特に、あらかじめ準備がされていれば、数分でできる。ネットに接続されていれば、パスワードを知っているだけで、どこからでもできる」

「だけど、あの映像は？　入れ替えるといっても、映像を作ることはできないでしょう？」

「それは、そういう映像を撮ったんじゃないかな」

「誰かを使わないとできないでしょう？」

「そう。しかも、その人間に、そういう嘘の芝居をしたことをしゃべられては困る。だとしたら、どうなる？」

「どうなるって……」

「殺す人間を使えば良い。あとでしゃべられることがない。場所も、学長の部屋を使った、同じカメラを使って」

「犯人を、誰かにやらせたってこと？」

「そう」

「共犯者？」

「そこまでは、わからない。なにか別の理由があるかもしれない」

加部谷は、そこで、昨夜西之園から聞いた話を思い出さずにはいられなかった。蔵本教授の講座には、彼女の実の息子がいる。インドネシアからの留学生だ。

「あまりにも、なんていうか、突飛すぎない？」

「だから？」海月が首を傾げた。「あまりにも突飛なものは、現実にはない？」

「いえ、そんなことは、ええ、ないけれど……」

「たとえば、防災訓練のための準備だったかもしれない。そういう話で、芝居をしてもらって、その映像を作ったかもしれない」

「ああ……。学長の部屋にテロリストが入ってくるっていう？」

「そうだ。そうなると、手榴弾くらいないといけない。銃は、おもちゃを使っただろう。手榴弾は、それらしく見えるものを使った」

「キウイにあったγの文字は？」

「少しは自分で考えろって」海月はそこで軽く笑った。「相変わらずだな」

セッションが始まったようだ。司会者が挨拶する声が漏れ聞こえてきた。

そうなのか、と加部谷は溜息をついていた。海月はドアの方へ歩いていったが、振り返ってこちらを向いた。じっと加部谷を見据《みす》える。彼女もその視線を受け止める。彼はまた戻ってきた。

「加部谷、これは単なる仮説だ。一つの解釈だ。真実かどうかはわからない」

彼はそう言ってから、断ち切るように視線を逸らした。加部谷はその背中を見つめたままだった。海月は部屋に入っていった。

一分ほど、彼女はそこに立っていた。沢山のことが頭を駆け巡った。ふと、思いついて、雨宮純に電話をかけた。でも、彼女は出なかった。しかたなく、部屋の中に入ることにした。

既に、最初の発表が始まっていた。西之園は、三人めだ。スクリーンにグラフが映し出されていて、それとは対照的に室内は暗い。目が慣れないので、近くの椅子に座った。

海月も、山吹も、どこにいるのかわからなかった。

海月が知らなくて、自分が知っていることがある。それが、蔵本教授の息子、留学生のことだった。もし、その彼が、今回の事件に絡《から》んでいるとしたら、最初の事件のときに、映像の中で拳銃を持っていた犯人役は、彼だったかもしれない。母子で共謀した犯罪ということだろうか？

あるいは、本当にその息子が殺したとも考えられる。つまり、海月が話したような、芝居をしたのではなく、息子が本当に学長を撃ったとも考えられるではないか。それを、母親の蔵本は気づいた。だから、自殺をした？

そのストーリィは、海月が話した仮説よりも、彼女には説得力があるように感じられた。

海月だって、偽ビデオについては、可能性が排除できない、と言っただけだ。息子が殺して、母親が自殺。ありえるのではないか。

いても立ってもいられなくなった。

加部谷は、そっと立ち上がって、部屋から出た。明るい通路で、携帯電話を取り出す。もう一度、雨宮に電話をかけた。

彼女が、その留学生に会いにいくと話していたからだ。

5

雨宮純は、今日は一人だった。朝一番で打合わせだけはしたものの、カメラと音声のスタッフは、別のチームに合流することになり、ディレクタは局へ戻ることになった。つまり、彼女は正式にはオフになった。収録はしない、ということだ。日曜日だから、もともとオフといえばオフなのだが、しかし、これまで日曜日に休んだことはあまりない。どこかでイベントがあって駆り出されることが多いからだ。常々、今の自分は働きすぎだ、と感じるのだが、若いうちに必死でしがみついておけ、という父の遺言《ゆいごん》を彼女は守っている。ちなみに、彼女の父親は、死ぬかと思われた病気が、医者の誤診だったため、今も元気だ。今さら本当の遺言が残しにくい状況になってしまっている。

雨宮は、建築学科の建物に入った。一階のホールである。昨日は立入り禁止だった階段に、今はテープはない。どうやら解除されたようだ。

製図室の入口に、設計展の受付があって、並んだテーブルに学生が二人座っている。雨宮は、彼らに近づいて尋ねた。

「蔵本研の留学生で、えっと……」彼女は演技をした。「あれ、名前が出てこない、えっと、インドネシアの……」

「ああ、スマリさんですね」女子学生が言った。

「そうそう、スマリ君、彼の部屋、どこ?」

「三階です。階段を上がって、右へ行った最初の部屋にいると思いますけど」

「どうもありがとう」

階段を上がろうとしたとき、電話が振動していることに気づいたので、ホールの端まで行って、バッグから取り出した。加部谷からだった。パネルに触れてから、耳に当てた。

「もしもし……」

しかし、声が聞こえない。通じなかった。どうやら、向こうが切ってしまったようだ。モニタを見ると、二回も着信記録があった。すぐにかけ直そうかと思ったが、面倒だったので後回しにして、階段を上っていった。

三階の院生室のドアをそっと開けた。部屋の番号はあったが、名称はどこにも記されていないので、何の部屋なのか、部外者にはわからない。院生室というのは、ノックなどしないのが普通だ、と雨宮は知っている。思ったよりも小さな部屋だった。おそらく、研究室ごとに割り当てられているのだろう。

天井の蛍光灯が白く光って二列に並んでいた。パーティションが両側の壁に直角に幾つも並んでいる。中央に大きなテーブルがあって、図面や模型が雑然と置かれていた。

「こんにちは、誰か、いませんか?」と呼びかける。

少し遅れて、窓に近いパーティションから、男性が顔を出した。というよりも、顔だけではなく、キャスタのついた椅子に座っていて、その椅子ごと、後方へスライドして現れた。一見して、日本人ではない、とわかる。日焼けした顔に、鼻が高い。

「あの、スマリさんですか？」当てずっぽうで言ってみた。

「はい、そうです」日本語で答える。

雨宮は部屋の奥へ歩く。途中で左右を見たが、どのパーティションにも、ちらかったデスクがあるだけで人の姿はない。スマリの前に立って彼女はお辞儀をした。

年齢はよくわからないが、二十代だろう。すらりとした感じで、黒いTシャツにジーンズだった。デスクには、スチロール板の細かい破片が沢山あった。模型を作っていたようだ。手に持っていたカッタナイフを机に置き、椅子を回してこちらを向いた。両手は膝に。その指が細長いのが印象的だった。

「こんにちは。スマリさん、ちょっとお話をしたいのですけれど、今、よろしいですか？」

「話はOKです。あなたは誰ですか？」

「私は、雨宮といいます」バッグから名刺入れを取り出し、一枚を抜いて差し出した。「テレビ局で働いています。建築学科の出身なので、学会に来ています」それから、周囲を見回してからつけ加える。「皆さん、いらっしゃいませんね」

「みんな、学会です」スマリは答えた。

「スマリさんは、行かなくて良いのですか？」

「はい、そうです。私は、発表がありません」

「あの、蔵本先生のこと、とても残念に思います。スマリさんは、蔵本先生の研究室ですね？」

「はい、そうです」

「どう感じられましたか？」

「どう？　ああ……、悲しい」

「これから、どうされるのですか？」

「これから？」彼は首を捻った。

「もう指導を受けられなくなりました。研究はどうしますか？」

「ああ、そうです。とても困っています」

「スマリさんは、警察の人と話をしましたか？」

「沢山しました。警察の人は、私を犯人だと思っている」

「え？」雨宮は驚いた。「どうしてですか？」

「わかりません」

「あの、それは、木曜日の、あの、学長の事件のことですか？　それとも、昨日の蔵本先生の事件のことですか？」

「わかりません。私を捕まえようとします」

「本当ですか？」

「はい、そうです」

雨宮は困った。これは凄い話ではないか。どうしてここにカメラがないのだ、と苛立った。

「あの、スマリさん、写真を撮っても良いですか？」

「写真は、どうしてですか？」

「私は、テレビ局に勤めていて、ニュースを作ります。もし、スマリさんが、その事件のことで話したいことがあれば、私は、それをニュースで流すことができます」

スマリは眉を顰め、雨宮をじっと見据えた。難しい問題に直面しているといった表情だ。

「わかりますか？」もしかして、日本語がしっかりと通じていないのか、と雨宮は思った。

スマリの声は、男性にしては高い。それに、日本語の発音が不自然で、明らかに外国人だとわかるしゃべり方だった。これは、蔵本教授が話していた犯人の特徴とは一致しない。蔵本は、犯人は普通の日本語を話し、声は低かったと証言していたからだ。

しかし、そう考えた瞬間、はっとした。

もしかして、蔵本は、嘘の証言をしたのではないか。

犯人が自分の息子だと知って、それを庇うために?

鼓動が速くなるのがわかった。

ふとデスクに目をやると、奥の本棚にキウイがあった。

「あ、あの、それ、キウイですか?」雨宮は指を差してきいた。

スマリは、表情を変えた。睨むようにして目を細める。口は閉じられ、答えない。

「あの……、えっと、蔵本先生は、スマリさんにとって、どんな方でしたか?」沈黙を避けたかったので、次の質問をしていた。よくあるパターンなので、その言葉が自然に口から出た。

「どんな方?」眉を顰めたまま、スマリは首を捻った。

「優しかったですか?」

「優しい先生」

「ほかには？　それだけですか？」

「はい、そうです」

「あの、さきほどの質問と同じですが、写真を撮らせてもらえませんか？」雨宮は、バッグから携帯電話を取り出して、それを見せた。

「写真は駄目」

「そうですか、残念です。わかりました。じゃあ、そろそろ、私……」

「警察は、私の写真を撮りました」スマリは言う。「困りました」

「写真がお嫌いなのですか？」

「警察は、私を捕まえにきます」

「どうして？　警察がスマリさんを疑っている、と思われるのは、何故ですか？」

「うたがっている？」

「警察はスマリさんを犯人だと思っている、と言いましたね？　どうしてそう思うのですか？」

「わかりません」スマリは首をふった。「私は、違います。犯人ではない」

「そうですよね。スマリさんには、福川学長や蔵本先生を殺すような動機がありませんよね？　動機って、わかりますか？」

「わかりません」

「人を殺す理由のことです。恨んでいるとか、邪魔だとか……」

「わかりません」スマリは首を左右にふった。

「あの、どうも、お話、ありがとうございました」

通路で人の声が聞こえ、すぐに、ドアがノックされた。スマリはびくっと震えるように驚いた。雨宮も振り返ってそちらを見た。ドアが開き、男が入ってくる。

「警察の者です」私服の男が言った。二人めも入ってきた。さらにもう一人。外にも何人かいるようだった。「スマリさんですね？」

スマリは立ち上がっていた。震えているのがわかった。

「警察まで、ご同行いただきたいのです。これは逮捕ではありません。捜査の参考のため事情を詳しくおききしたいのです。通訳の人も呼んでいます。日本語がわかりますか？　必要であれば、弁護士を呼ぶこともできます。事件の捜査のために、どうかご協力下さい」

「私は、行きません」スマリは言った。

「どうしてですか？　拒否をする理由があるのですか？」そう言いながら警官は近づ

いた。

「来るな」スマリは小声で言った。

「え？　何ですか？」

「来るな！」今度は濁《にご》った叫び声になった。

「いえ、だから……、ちょっと落ち着いて……」

ドアからまた何人かが入った。屈強そうな体格の男ばかりだった。

雨宮はどうして良いのかわからず、そこに立ち尽くしていた。警官たちは、彼女を見ていない。視線がスマリに集中しているのがわかった。

さっと、スマリがデスクの方へ動く。

長い指の手が、掬《すく》い取るようにナイフを摑んだ。

「ゲラウ！」そう叫んで、雨宮のところへ飛び込んでくる。

首に腕を回され、後ろに仰《の》け反《ぞ》った。

倒れなかったのは、スマリが支えたからだ。

何て言った？　ゲラウ？　ああ、出ていけって言ったのか。警察に通じただろうか。雨宮は、意外に冷静だった。自分でも、よくわからないが、驚くような暇もなかった。

「君は、誰だ?」警官はさらに落ち着いていた。どうやら、雨宮に向かって質問をしたようだ。

しかし、首を押さえられて、息もできない。だんだん、苦しくなってきた。力を入れようにも、躰が後方へ傾いている。

顔のすぐ横に、カッタナイフがあった。ぞっとしたが、こんなもので、殺されはしないだろう、とも思う。

あ、もしかして、私が人質?

ようやく、それに気づく。

「落ち着きなさい。今、通訳を呼ぶから。ウェイト! プリーズ」警官は両手を広げて後退した。

6

加部谷恵美は、西之園の発表を聴く機会を棒に振って、親友のところへ向かっていた。電話が通じないのが、なによりも心配だった。メールを出そうかとも考えたが、近くにいるのだから行った方が早い、と考えた。

建築学科の建物を目指し、炎天下を走っていた。バッグが重いし、慣れない靴の足が痛い。たぶん、建築学科だろう。留学生はそこにいるはずだし、雨宮もそう考えたはずだからだ。

入口の前に、卒業設計展の大きな看板が立っていた。ホールには、何人かいる。スーツ姿も、制服の警官も。設計展は製図室だが、その前の受付に学生らしい若者が座っていた。加部谷はそちらへ駆け寄って尋ねた。

「あの、うーん、若い女性で、ちょっと美人で、ジーンズで、ほっそりしている人、見ませんでした？」

「スマリさんを探していた人かな？」

「スマリさん？　ああ、そうかも、留学生の人でしょう？　えっと、蔵本研究室の」

「そうです。さっき、院生室へ上がっていきました。三階の階段を上がって右です」

「ありがとう」

「あの、たった今、警察の人かな……、ヤバいくらい沢山、上へ行きましたけど」

「そう……」加部谷は頷く。それは、たしかにヤバそうだ。

急いで、階段を上がった。踊り場のところで、鞄を壁にぶつけてしまい、はっとして立ち止まった。

「きぃ、やっちゃったかな」そう呟いた。鞄に入っているコーヒーカップのことをすっかり忘れていた。さっき、海月に渡しておけば良かったのだ。箱から出して確かめようと思ったが、きっと大丈夫だろうと何故か楽観的に考えることにして、さきを急いだ。箱に入っているのだし、割れたような音もしなかったではないか。

三階に到着すると、通路に大勢の男たちが集まっている。半分は制服の警官だった。

誰かが喚《わめ》いているような声が聞こえた。言葉がわからない。そっと近づいていく。全員が前を向いていたし、みんな背が高い。その間を縫って前進。誰にも制止されなかった。

すると、突然大勢がさっと後ろへ下がった。加部谷の前にいた男が下がってきたので、背中が顔にぶつかり、彼女は尻餅《しりもち》をついた。床に手をつき、落とした自分のバッグを見た。

今のは、ちょっとヤバいんじゃないの、と思ったが、それを口にすることはなかった。見上げると、目の前に雨宮の顔がある。

周りのみんながなにか言っていたが、声が重なってよく聞き取れない。

雨宮は、長身の男と一緒だった。抱き合っている？

「大丈夫？」雨宮がそう言った。こちらを見ている。加部谷に言ったようだ。

「カップが割れたかも」加部谷は答える。まだ立てない。

男の右手が、雨宮の顔のすぐ横にあった。そこにピントが合って、ようやく小さなナイフを握っていることがわかった。

事態が呑《の》み込めた。

加部谷は後ろへ下がろうと思ったが、それよりもずっと速く、雨宮たちが横を通り過ぎた。加部谷の脚を跨《また》いでいったようなものだった。

「ナイフを放しなさい！」誰かが大声で怒鳴った。

そのあと、聞いたこともない言葉がまた飛び交う。

加部谷は自分のバッグを引き寄せる。今度は、駄目だっただろう。チャックを開けてみた。箱をちょっと振っただけで、手応えでわかった。彼女は立ち上がった。

「もう、どうしてくれるの！」涙が溢《あふ》れてきた。

彼女は、バッグを振りながら、二人の背後へ向かう。男の横からバッグを思いっきりぶつけた。雨宮も長身だが、彼はもっと背が高い。雨宮は、加部谷の攻撃に気づいて頭を引っ込めた。

男の顔にバッグが当たるはずだったが、彼は右手でそれを受け止めた。バッグはまた床に落ちる。加部谷は躓《つまず》いて、床に手をつく。

合図もなく、周囲の男たちは一斉に男へ押し寄せた。

雨宮は床に倒れ、這《は》って、加部谷のところへ来る。

雨宮に押されて、加部谷も這って後退した。

「押さえろ」

「動くな！」

恐ろしい声と息遣いがしばらく続いた。

「大丈夫？」加部谷は雨宮にきいた。

「うん、大丈夫。はあ……、涙が出る」

「私も……」

二人とも泣いていた。

7

パトカーの中で、刑事と話をした。加部谷と雨宮が後部座席に座り、刑事が助手席から覗き込むようにして質問をした。もう一人、若い刑事が運転席に窮屈《きゅうくつ》そうに座っていたが、彼は終始黙っていた。記録をしていたのかもしれない。

雨宮が状況を説明した。彼女は、スマリに取材を申し込み、話をきいただけだと語った。加部谷は黙ってそれを聞いていた。雨宮は大事なことを言わなかった。それは、西之園から聞いた情報。スマリが蔵本教授の血縁者かもしれない、その可能性がある、というものだ。警察は、それを既に突き止めているだろうか。

でも、雨宮が言わないのだから、加部谷も黙っている決意をした。ところが、警察は、ほとんど加部谷には質問をしなかった。友達が心配になったから見にきた、と答えただけだった。これから、予定があるのかと質問されたので、学会の発表に戻りたい、と加部谷は答えた。既に、西之園の発表は終わっているから、それははっきり言って大嘘だったが、そう言えば早く解放してくれるのではないか、と思ったのだ。この種の嘘は、あとで事実を修正することで、嘘でなくすることができる。

刑事が差し出した手帳に、二人は住所を書き、携帯電話の番号も書いた。個人情報は目的以外のことには使用しません、という説明は一切なかったが、こういう場合は、しかたがないのかな、と加部谷は思う。

三十分ほどで解放された。雨宮には、被害届を出すかという質問があったが、彼女は、そのつもりはない、と答えた。でも、あとで躰のどこか痛くなるかもしれないから、今決めなくても良いですよね、と保留するような口振りでもあった。

刑事たちと別れてから、二人は研究発表が行われている建物へ向かって歩いたが、途中、木蔭《こかげ》にベンチがあったので、加部谷はそこに座った。

「疲れた？」雨宮が前に立ってきいた。

加部谷は黙って、バッグから箱を取り出した。箱が既に変形していた。蓋を開けると、少なくとも三つに割れたコーヒーカップがあった。

「被害届を出したいのは、私ですよ」加部谷は呟いた。「でも、いつ割れたか、特定できないんだよね。三階に上がる途中で、壁にぶつけたから、あのときだったかもしれない。警察の人とぶつかったときかもしれないし、あの人に鞄をぶつけたときかもしれない」

「少しずつ割れたんだに、きっと。最初はちょっと割れて、次にもう少し割れて、最後で粉々になった」

「ああ、もう……、ついてないな。どうして、さきに渡しておかなかったんだろう。馬鹿じゃないかしら」

「しょうがないがね。ああ、加部谷のおかげで、私は怪我もせんかった。助かりました。どうもありがとう」

「電話したんだよ」

「あ、そうそう、何が言いたかったの？」

「あのね、海月君がね……」

加部谷は、海月が話してくれた仮説を雨宮に説明した。もうすっかり加部谷はそれを信じていた。それに、警察だって、その結論に行き着いたのだ。だからこそ、彼を拘束《こうそく》しにきたのにちがいない。

「おお、なるほど」雨宮は口を開けた。「けっこう辻褄が合うな。俺もな、スマリさんの躰つきが、もうはい絶対、あのビデオに映っとった犯人だがって思ったもぉ。動き方も、えらい似とるでね。でも、あれ、演技して撮影したわけか。防災訓練に使うための映像とはね……」

「うーん、どうかな。そうかなぁ」加部谷は首を捻る。「もし、そうだったら、どうしてスマリさんは、ナイフなんか持ち出したの？　なにもしてないなら、そんなに抵抗しなくても良くない？」

「わからんよぉ、異国の地で、言葉もろくに通じないし、そのビデオで犯人役をやらされたなんて、話しても信じてもらえないって、思ったかもしれんでしょ。つまり、自分ははめられたって考えたかも」

「そうか。そうかもしれないね。でも、やっぱり、そんな演技のビデオなんか存在しなくて、実際に、スマリさんが学長を撃って、そのときに母親の蔵本先生が気づいたっていう方が、なんか自然な気がする」

「それだったら、拳銃はどうなる？」

「蔵本先生が、スマリさんから取り上げたんじゃない？　それで、自分が罪を被って、自殺しようとした」

「息子を庇うためにか？」

「そうそう」

「そこまでするか？」

「母親だったら、するんじゃない？」

「そうかなぁ。それだったら、嘘の遺書くらい書きそうだけどな。俺、こう見えても、まだ母親になったことないでね」

「私だってないけど」

「その話だと、私が罪を被りますから、拳銃を出しなさいって、言ったわけだろ？　だったら、そのまま母親のせいにして、スマリさんは、知らん顔しとれば良かった。

あんなところで、焦ってナイフなんか持ち出さんでも」

「そう。それは、もうパニック？」

「いや、そうかな……。むしろ、自分の母親が、偽物の映像を使ったトリックで、学長を殺した。たぶん、学長との間でトラブルがあったんだろうね、個人的な……。で、撃ったのは蔵本先生で、あの日は、スマリさんはあそこにはいなかった。でも、警察に話をきかれるし、蔵本先生が撮った動画のことも知っているわけだから、誰が犯人かはわかっていた。それで次の日には母親が死んだ。スマリさんは、自殺だとわかったんだろうね。警察は、でも、自殺だとは捉えていないわけで、これは、自分が身代わりになって、母親の名誉を守るべきだ、と考えたかもしれんがね」

「罪を被ろうとしたわけ？　それで、警察が来たとき、わざと純ちゃんを人質にしたってこと？　それは、ちょっとないんじゃない？　そこまでする？」

「せん？」

「しないと思う。息子っていったって、育ててもらったわけでもないし、そんな愛情を感じているかなって。それに、もし普通の家庭の場合でも、息子はそこまで母親のために自分を犠牲にできる？　親と子だと、親はできても、子は無理なんじゃない？」

「俺は、こう見えても、息子になったことはまだないでね」

「娘でも、無理なんじゃない？」

「うーん」

「難しいね」

「難しいな」

「私たちが、悩んでも、意味ないかもね」加部谷は溜息をつき、微笑んだ。

「それは、そうだな。同感」雨宮も口の形だけで苦笑する。

8

加部谷たちは、座っていたベンチから立ち上がり、発表会場へ向かおうとした。そこへ前方から、国枝、西之園、山吹の三人が近づいてくるのが見えた。国枝が一番背が高い。

「ああして見ると、国枝先生、覆面したら、あの犯人になれるがね」雨宮が言った。

「動きが違うんじゃない？」そうは言ったものの、具体的にどう違うのか加部谷はイメージできなかった。国枝は、加部谷の頭の中ではほとんどロボコップみたいな感じなので、イメージ自体が現実離れしている。

「すみません、発表が聴けなくて」加部谷は西之園に頭を下げた。

「なにか、あったの？」西之園が心配そうな顔できいた。

「凄いことがあったんですよ。あれ？　海月君は……」加部谷は建物の方を確かめた。こちらへ向かって歩いている人間が多いが、海月の姿は認められなかった。

「海月なら、帰ったよ」山吹が答えた。「西之園さんの発表が終わったらすぐ。セッションの途中で出ていった」

「相変わらず、愛想のない奴」国枝が言う。

「あ、今の……、先生、ジョークですね」西之園が指差した。「久し振りだわ」

国枝はむっとしていたが、言い返さなかった。口に手を当てて笑っている西之園以外、山吹、加部谷、雨宮は一瞬何が起こったのか、という顔になった。

加部谷と雨宮は、留学生のスマリのことを話した。雨宮は、非公式のインタビューをしたが、それも簡単に説明した。加部谷も初めて聞く内容だった。

「良かったね、怪我をしなくて」山吹が言う。でも、彼が言うと、なんとなく心が籠《こ》もっていない、棒読みみたいに聞こえてしまう。ここが山吹が、今一つ女子にアピールしない点なのだ、と加部谷は再認識する。

「逮捕のつもりではなかったのでしょう?」西之園がきいた。

「はい、そう言っていました」

「まだ、証拠がないのね。つまり、現在検査中、分析中ってことか」西之園は空へ視線を向けて、考える顔になる。「そうか、となると、どちらなのかなぁ、蔵本先生は自殺されたのだとしても、福川学長を撃った人物が誰か、となるとフィフティ・フィフティ」

「あれ? 西之園さんも、海月君から仮説を聞いたんですか?」加部谷は首を傾げた。

「何? 海月君の仮説って?」

「あのぉ、蔵本先生は、自殺なんですか?」山吹が眉を顰めて尋ねる。

ここで、一分間ほど、各自の情報交換があった。五人は道の真ん中で立ち話をしていたので、通行の邪魔になると考え、さきほどのベンチのある木蔭まで移動した。ベンチは先客があったが、芝生が広がるスペースの境にさらに大きな樹があって、その木蔭に入った。

蔵本教授が自殺だったのではないか、という説を、西之園は犀川から聞いたと話した。その根拠は、加部谷が海月から説明を受けたものと完全に一致していた。西之園たちが現場を見たときには、銃の弾は発見されていなかったが、犀川は、それとなく天井の話をしたという。それは、弾が天井から見つかるのではないか、という示唆《しさ》だった。

それから、インドネシアの留学生が、蔵本教授の実の息子ではないかという非公式情報も、西之園はもう一度語った。これは、国枝と山吹が知らなかったからだ。そのうえで、雨宮がスマリと話した内容を、もう一度確認すると、西之園が呟いたように、最初の殺人が、蔵本の犯行なのか、それともスマリの犯行なのか、いずれの可能性も否定できない状況に至る。

「フィフティ・フィフティって、貴女言ったけれど、どちらでもない、まったく別の人かもしれない。その可能性だって排除できないんじゃない？」国枝が言った。

国枝が、この種のテーマに関して発言すること自体が珍しいので、山吹、加部谷、雨宮の三人の教え子は、しばし呆然として、かつての指導教官を見つめてしまった。

「まあ、一つ確かなことは……」西之園が三人を順番に見据え、真面目な表情で言った。「国枝先生の機嫌がとんでもなく良いこと、だね」

「さあ、もう行かない？」国枝が笑いもせず言う。「食事を奢《おご》ってあげる」

「え？」西之園はびっくりして振り返った。「今、何ておっしゃいました？」

9

食堂は、思ったほど混み合っていなかった。学会も最終日なので、もうほとんどの会員が自分の発表を済ませて帰った、ということだろう。親睦のゴルフやテニスが午後から開催されるそうだが、天候は生憎《あいにく》下り坂。さきほどまで晴れていたのに、今は雲行きが怪しい。風が出てきている。台風が近づいている影響かもしれない。

全員の食事代を国枝が支払うため、レジで五人が並んで、合計で精算した。壁際のテーブルにトレィを各自が運び、「お疲れさまでした」と声を掛け合ってから食べることになった。ようするに、打ち上げということのようだ、と加部谷は気がついた。

「犀川先生は、どうされたんですか?」加部谷は西之園にきいた。

「さあ……。もう帰られたのかも」気のない返事である。

「ニュースでやっていますよ」雨宮が、携帯電話のモニタをみんなに見せた。テレビ放送だった。

角度的に画面を見ることができたのは、加部谷と西之園で、対面に座っている、国枝と山吹は音しか聞こえなかっただろう。

日本科学大学で起こった事件に関する続報である。二人めの被害者である蔵本寛子教授の講座の留学生に対し、重要参考人として警察が任意同行を求めたが、その際、同留学生がナイフを持ち出して抵抗し、一時は近くに居合せた女子学生を人質にしたが、その場で取り押さえられた。女子学生に怪我はなかった。警察は、詳しい事情をこの留学生にきく方針である。そういった内容だった。映像には、留学生が車に乗せられる短いシーンがあった。

「女子学生だに」雨宮が自分の鼻に人差し指を当てて言った。

「私は？　変だな、誰が警察を助けたの？　うーん、誤報ですね、明らかに」

「少なくとも、公務執行妨害にはなる、という判断かな」雨宮が言った。「じゃなかったら、連行されるところとか、映像は出せないと思う」

「でも、名前はまだだね」加部谷は言う。「逮捕状が出ていないから？」

「そうかなあ」雨宮は首を傾げた。「えっと、スマリっていうのは、名前？　それとも名字？」

「インドネシアの人って、姓がない人が多いんじゃない？」西之園が言った。「そうですよね、国枝先生」

「知らない」国枝が答える。「インドネシア人にきけば」

そのニュースはすぐに終わり、別の話題に切り替わった。雨宮は、携帯電話をバッグに仕舞い、冷やし中華を食べ始める。加部谷も同じメニューだったが、雨宮の方は大盛りである。冷やし中華に大盛りがあった珍しさで、雨宮は興奮していた。

「だけど、事件があったのに、学会は混乱もなく、終わりそうですね」雨宮が言う。

「そうだね、そういうものかもね」山吹が言った。彼は、定食を食べている。「あれくらいのことでは、社会の流れは変わらないってことだよね」

「よく知らないんですけど、蔵本研究室の学生は、発表があったんですか?」加部谷はきいた。

「あった」国枝が答える。「昨日ね」

「指導教官が死んで発見されたのに、やっぱり発表するんですね」

「そうだね」国枝が頷く。

「発表者本人が死んでも、可能な場合は、誰かが代わりに発表するんじゃないかな」山吹が言った。

「けっこう大きな事件なのに、周囲に影響が少ないっていうのが意外です」加部谷は言う。

「マスコミが取り上げると、とんでもない大事件ってことになるからね」山吹は雨宮を見て言った。

「身近じゃないものを身近に感じさせる、そう錯覚させるのが、私たちの役目なんです」雨宮が言った。「良い悪いは、私にはわかりませんけれど……」

「良い悪いといえば、さっきの、母と子の愛情？」山吹は箸をタクトのように振って話した。「そういうのも、なんかよくわからない。たとえば、子供のために犠牲になる親とか、親のために身を尽くす子供っていうのは、マスコミ的には、もの凄い美談になっているよね」

「自然界では、子供のために親が犠牲になるのは当たり前ですね」加部谷は言う。

「それは、子供がまだ小さいときだけね」西之園が発言した。「独り立ちしたら、もう無関係。でも、小さいときには、とにかく、親は身を挺《てい》して我が子を守る。これは本能というか、つまり自分の血筋を絶やさないようにという、遺伝子保存のプログラムだけれど」

「本能だとしたら、動物的ってことですよね？」山吹が言う。「つまり、自分の身を守る本能とまったく同レベルということになるわけだから、親が子供を守るのは、自分が自分を守る、つまりエゴと同じで、なにも美しいことじゃない、むしろ自己中というか、はしたないことと言われてもしかたがないレベルじゃないですか？」

「当たり前」
「そうだよ」国枝が簡単に頷いた。

「あ、ああ、そうなんですか……」山吹は苦笑した。「だけど、世の中ではそうは捉えられていませんよね？」

「日本の昔の武士道とかの本を読むと……」西之園が言う。「自分で腹を切るのと同様に、自分の息子を切り捨てるのも、武士の名誉というか、権利の一つみたいに書いてあるの。自己主義と同じレベルというのは、そうかもしれない。偉くもなんともない、本能的なものと解釈するのが、それまでの考え方だと思う。でも、現代はそうじゃない感じじね。子供を守る親は、不自然なくらい美化されている」

「だから、モンスタ・ペアレントなんてことになるのかな。あれも、単なるエゴですよね」山吹が言う。「親馬鹿っていう言葉があるくらい、かつては窘《たしな》められていたわけですよね。自己主張の激しい人と同じように、恥ずかしいものだって」

「だけど、その反対は、違いますよね」加部谷は言う。「子供が親のために自己犠牲を払うっていうのは、人間しかしないことでしょう？」

「親孝行は、昔から、人間の美徳の一つとして考えられている」西之園が言う。

「今回の事件の場合……」加部谷は話した。「もし、真犯人が蔵本先生で、スマリさんがそれを隠そうとして警察に抵抗したとしたら、それはやっぱり少し凄いなって思っちゃいますけど」

「私は、そっちだと思う」雨宮が言った。「彼と話をしていて、そう思ったよ。警察が来るまでは、なにもなかったし、今思うと、あの豹変振《ひょうへん》りは、なにか意図的なものを感じるな」

「このまま、もしどちらが犯人かわからなかったら、どうなるんだろう？」山吹が言う。「決められなかったら、不起訴ですよね？」

「そうはならないでしょう」西之園が言う。「いくら、こんな議論をしても、論理的に導ける問題ではなくて、現場の状況、そして証拠品の科学分析から、立証されるものなんだから。本人たちがどう考えて、どう行動したか、何を言っているか、どう認識しているかよりも、拳銃の弾に残る線条痕《せんじょうこん》、衣料品や家具の硝煙反応、部屋に残っている髪の毛、そういうものの分析結果でしか、真実には近づけないんだよ」

「結局、そうですよね」山吹が頷いた。

「真実には、辿り着けないかもしれませんよね」加部谷は西之園を見つめて言った。

「そもそも、近づいたかどうかが、わからないよ」山吹が言う。

「でも、そうやって、近づいたかなって信じられるものが、真実という言葉の意味じゃない？」西之園は答えた。「幻想といえば、幻想だけれど」

10

国枝、西之園、山吹の三人は、午後も研究発表を聴いていく、と話した。食堂を出たところで別れ、加部谷と雨宮は二人で帰ることになった。

建築学科の周辺には、まだ警察の車が数台あった。別の場所にいるかもしれないが、目につく範囲では、制服の警官の姿は数人しか見えなかった。報道陣は、管理棟の近くに集まっていて、カメラの前に立って話をするレポータの姿も見られた。雨宮は立ち止まり、そちらをじっと眺めていたが、視線を断ち切るようにしてまた歩きだした。

「マスコミっていうのは、因果《いんが》な仕事だわ」雨宮が呟くように言った。「人の不幸に群がって、無関係な人にも不安をばらまいとるんだでな」

「でも、ときどきは不安を感じないと、ぼんやりしてしまって、いざというときに備えることができないでしょう？」

「そんなもん、誰が備える？　口で言うだけ。物騒な世の中になったわねぇ、気をつけないといけませんねぇって」

「拳銃とかがあるから、いけないんだよね」加部谷は言う。「アメリカなんか、問題になっているじゃない。今度の事件も、どこから拳銃が来たんだろう？」

「あるところには、あるんだって」

「そう思うと、恐いよねぇ」

「海月がおらんくなって、加部谷、残念だったな。俺のために、プレゼント、渡しそびれて、しかも、落とらかしてな」

「もういいって。それ以上言わないで」

「つくづく、健気《けなげ》な奴」雨宮はふっと息を吐いた。「ほいだけどな、コーヒーカップは、割れて正解だったと思うわさ」

「正解ってことはないでしょ。言いすぎだよ、それ」

「いやいや、これに懲《こ》りず、別の方法を考えろってこと。別の方がええにぃ。絶対に、コーヒーカップよりはええでね」

「もう一回作ろうか、と思ってたのに」

「同じもんをか？　いかん、それはない」

「なかなか上手くできたんだよね。あぁ、悲しいなぁ……」

「そもそも、あれは何？　どこであんなもんこさえたん？」

「信楽《しがらき》焼きだよ。職場でね、陶芸が趣味のおじさんがいて、教えてもらったの」

「窯《かま》とかは？」

「そのおじさんが持っているの」

「どこにぃ？」

「自宅に。電気式でね、そんなに大きくないけれど」

「するってえと、君は、そのおじさんの自宅へ行ったのかね？」

「そうだけれど」

「まさか、そのおじさん、独身だったりして？」

「そう、離婚されて、今は一人」

「いくつ？」

「え？　さあ……」

「だいたい」

「五十代だと思うけれど……」

「危ね！」

「何が？　私だけじゃないよ、ほかにもう一人いたから。えっと、同じ職場の先輩のおばさん。四十代、この人は既婚者」

「ふうん。ま、大人だし、どうでもええけどが」

「突き放さないでよ。何？　どこが危ない？　そういうのじゃないと思うんだけれど」

「あんたが、危ないの。それを、よーく肝に銘じのチョコレートだがね」

「あ、面白い」加部谷は手を合わせた。

「ずれとるでね、基本的に、あんたの神経は。なんか、おかしな方向へずずずっと滑っていく未来が見えるわ。まあ、だで、悪いことは言わんでさ、そんなカップなんかこさえんでもええで、それよりも、言葉でずばっと気持ちを伝えやぁて」

「それ、やったんだよね」

「いかん、いっぺんやったら、もうはい通じたと思っとるわけだ。それがいかん。何度でも、繰り返し繰り返し、自分の意志を貫き通さな」

「ストーカになっちゃうよね」

「ええがね、なったらぁ？　ほんなも、ストーカが何だ言うの」

「そうか……。うーん、そうかもしれない」

「そうだがね」

駅が見えてきた。二人は切符売り場で時刻表を見た。十五分後に電車がある。

「なんだったら、今からでも、東京へ行ってこやぁ」雨宮が言った。

「あ、純ちゃん、あれ……」加部谷は駅前の商店を指差した。「ソフトクリーム食べない？」

「あ、聞いとらんでしょ！」

「え、何？」

「全然、堪《こた》えとらんし」

「答えてるじゃん。ねえ、食べようよぅ」

冷やし中華を食べたあとのデザートということになった。加部谷はバニラ、雨宮はヨーグルト味を買った。その店の前にベンチがあって、大きなパラソルがベンチの半分ほどを日陰にしていたので、二人は、その日陰で肩を寄せ合って座った。

「さあ、明日から仕事だ」加部谷は言った。

「私はずっと仕事でしたから」

「あ、私も出張だから、仕事か。そうだ、休暇で来たんじゃないんだ。レポートも書かなきゃ」

「そのわりに、プライベートなものを持ち込んでな」

「温泉入れて良かったよね、なんか、つるつるになったたし」

「今日のあれで、明日くらいどっか痛くなれせんかしら」

「ね、あのとき、どうするつもりだった？　逃げようと思ってた？」

「うん、けっこう冷静に考えとったよ。少しくらい切られてもええで、一気に腕を振《ふ》り解《ほど》くとか、それとも、顔面に一発浴びせたろか、とか」

「そうか、純ちゃん、ボクシングやっているんだ」

「そんなもん、関係ないさ。もう、ああいうときは必死だでね、動物の本能みたいなやつ、それだけだで」

「私も、カッとなって、そんな感じだった」

「そもそも、スマリさんは、私に切りつけようなんて考えてなかったと思う。逃げられるとも思っていなかったと思う」

「そうなの？　どうして？」

「いや、なんとなくだけどさ」

「手加減している感じだった？」

「そんなことはない。もう、めっちゃ苦しかった。最初は、気絶するかと思った。でも、だんだん、私が抵抗せんかったからかな、力が緩んできた。彼も、油断しとったのか、それとも迷っとらしたのか……」

「なかなかのイケメンだったし」加部谷は言った。

「お、そう思う? 珍し」

「何が?」

「いや、意見が一致したなと」

「あらま、そうなんだ」

「クリーム垂れるで」雨宮が指摘する。

加部谷は、持っているコーンの反対側を嘗《な》めた。

「ああいうのが、タイプなんだ、純ちゃん」

「見かけじゃないでね」

「何なの?」

「ハート」

「ハート?」

「そうだがね」

「ふうん」

そのあと、二人とも黙ってソフトクリームを食べた。残念ながら、その甘さは、ハートに響くほどではなかったが、それでも、「さ、帰るか」と立ち上がるには、充分なエネルギィ補給だった。

エピローグ

〈数〉にしても、数直線のイメージが絶対によいものかどうか、わからない。ときに、数直線のイメージを否定した〈数〉を考えなければならないのではないか、と思える場面に出あうこともある。数直線というのは、あの〈石と砂〉の矛盾、数学用語でいえば離散と連続の矛盾を、うまく解決しすぎているのかもしれない。

たとえば千年後の人間は、いまとまったく違った数学的世界像を持つかもしれない。それは、だれにもわからない。

事件から一カ月後、W大の西之園の研究室へ、島田文子が訪ねてきた。二日まえにメールがあり、時間をお互いに調整した。夕方の四時半が約束の時刻だったが、約二十秒の遅れでノックがあった。

西之園は、十五分まえに教室から戻ってきた。演習のレポートを両手に抱えていて、それをまずデスクの上に置いた。メールを読み、その返事を書いているうちに三分まえになったので、一度窓を開けて換気をした。もう十月なのに、外はまだ涼しいとは言い難い気温だった。応接用のテーブルを綺麗にしているときに、ノックがあった。

「はい、どうぞ……」

「こんにちは」島田文子が入ってきた。「お邪魔します」

「こんにちは、お待ちしておりました」

「あ、これ」島田は、紙袋を持ち上げた。「すぐそこで買ったものだけれど、学生さんとご一緒のときに」

「ありがとうございます。お気を遣わせて申し訳ありません」

「今、出さないでね。私は食べないから」

「え、そうなんですか？」

「ダイエットしているから」

「え？　そんなに細いのに？」

「若いときよりも、だいぶ太った」

「そんなふうに見えませんよ。あ、どうぞ、こちらへ、えっと、コーヒーなら良いですか？　冷たいものが良いかしら？」

「いえ、温かい方が」

「私も、ホットが飲みたかった」

カプセル式のコーヒーメーカで、二人分のコーヒーを作った。良い香りがした。それをテーブルへ運び、島田の対面に腰を下ろす。

「よく、東京へいらっしゃるんですか？」西之園は尋ねた。

「いいえ、全然。うーん、一年に、二、三回。ほとんど、あの田舎から出ないから」

「でも、環境が良くて、最高じゃないですか」

「だって、ずっと部屋の中にいるんだから、どこにいたって同じ」

「それはそうですけれど」

「なんか、やっぱり、雰囲気が違うなあ」島田は背筋を伸ばす格好で、部屋を観察した。「さすがに建築学科だね」

「いえ、私はデザインには無関係ですから。デザインの先生たちの部屋は……」

「もっとお洒落？」

「うーん、もっと、ちらかっているかも」

「そうそう、そういうものだよねぇ。よくさ、大学の偉い先生がテレビに出てくるとね、バックに書類とか本とか、山積みになっているじゃない。本棚の本も斜めになっていたりして、ごちゃごちゃ。もしかして、ああいうのがステータスだったのね、昔は」

「そういう人、今もいると思いますよ」

「今は、だって、データは全部電子化されているんだから、そんな積んでおかなくてもって思うし、学者だったら、せめてパソコンくらい使ってよって思うし」

「そうですね。もう、でも、ほとんど絶滅しましたね」

島田はコーヒーカップを手にした。西之園もカップを持ち上げる。

「あのときの事件、どうなったのかしら？　私、あまり知らないから」島田が話題を変える。

建築学会年次大会の期間中に日本科学大学で起こった射殺事件である。

「いえ、私も詳しくは知りません。警察から報告を受けているわけでもないので」

「なんだ、そうなのぉ。西之園さんなら、きっと情報をしっかり握っていると思ったのに」

「ニュースで報道されていることくらいしか知りません。えっと、蔵本先生は、どうも自殺だったようですね。あと、スマリという名の留学生は、少しまえに逮捕されて、それで、起訴される見込みだ、ということだったかしら」

「手間取っているのは、それだけ難しいからなんでしょうね」

「たぶん」

「私のところへもね、ハッキングの跡がないか調べてほしいって依頼があった。えっと、警備室のサーバなんだけれど。ちょっとね、うちのシステムは普通じゃないから、警察の手に負えなかったみたい」

「ハッキングっていうのは、あのカメラ映像を書き換えたんじゃないかってことですね？」

「そう、簡単に言うと、そうなる。でも、難しいんだよね。書き換えられた跡はあっても、それが本当にデータの入れ替えだったかどうかはわからない。書き換えたように見せかけることだってできるわけだから」

「それでも、逮捕したというのは、起訴できると踏んだんですよね。となると、それは、スマリさんが殺人を実行した、つまり、映像データの書き換えはなかった、ということになるのかな」

「私には、よくわからない。ちょっとだけ、そうね、三十分くらいなら考えてみたんだけれど、映像データはそのまま真実だとしても、そこで撃ったのが実弾で、本当に人を殺した瞬間だったかどうか、証明はできないんじゃない？　三人で、あの時間に芝居をしたのかもしれないでしょう？　同じことよね、結局」

「何のために、そんなことを？　しかも、あの日、あの時間に。そういう疑問が当然浮上しますよね」

「もの凄く不自然だとは思う。でも、不自然だからといって、ありえないとはいえないでしょう？　なにか企みがあって、その芝居をさせた。でも、そのあと、カメラに写らないところで、蔵本先生か、それとも全然違う人が撃ったかもしれない。そうでしょう？」

「それでも、一度倒れた人が、起き上がるシーンが映っていないわけだから、ハッキングで処理したことにはなりますよね？」

「だからね、デジタルのデータなんて、どうにだってなるのよ。昔はさ、写真が証拠だった。写真に写っていれば、それは真実だったわけじゃない。でも、フォトショで簡単に素人《しろうと》でも加工ができるようになっちゃったでしょう。それが、もう二十年もまえ。同じことが、動画だってできるのよ。できる人にはできる。特に、ある時間を抜いたり、飛ばしたり、間延びさせたり、それを違和感なくつなげることなんて簡単。もちろん、修整の跡が残らないようにするのは、多少技術がいるというか、面倒だけれど。でも、不可能じゃない」

「本人は、どう言っているんでしょうね」

「スマリ君？　なんかね、聞いた噂では、自分が学長を撃ったと話しているみたい。これ、オフレコね」

「どこから、そういう話が漏れてくるんですか？」

「どこかなぁ、留学生仲間で話を聞いた人がいるんじゃない？」

「まあ、本人がそう言っていても、状況はほとんど同じですね。なにか、犯人じゃないと知りえないような情報を提示しないかぎり、信じてはもらえないでしょうし、逆に、そこまで言っているのに、起訴が遅れているのは、証拠がないからなのかな」

「蔵本先生が自殺したのは、事実なの？」島田はきいた。

「そういうことになっていますね。科学的な分析の結果なのでしょう」

「自殺した理由は？」

「それは、どうでしょうか。それを知られたくないから、死を選ばれたのかもしれませんし」

「うん、福川先生との間に、なにかトラブルがあったのかなぁ」

「それだったら、福川先生が亡くなったら、もう自分は死ななくて良いのでは？」

「そうだよね。だから、話は戻ってしまうわけ。やっぱり、福川先生を殺したのは、スマリ君で、蔵本先生は、それを庇うために、いろいろ手を尽くしてから、死んだのよ。ハッキングがあったように見せかけたりしてね。そうすれば、映像だって、証拠にならないから」

「私は、それが一番可能性が高いと思っています」西之園は頷いた。「シンプルですよね。あれ？　そういえば、島田さんは、スマリさんと蔵本先生の関係をご存じなのですね？」

「うん、知っている。聞いたから」

「誰から？」

「大学の中では、みんな知っている。あのあと、広まったの。まあ、調べたらわかることだし」

「そうか……」

「警察だって、もちろん知っているよね」

「スマリさんが、それは話していると思います」

「だとしたらさ、警察は、どうしてすぐにスマリ君を起訴できないんだろう?」

「動機が説明できる、というだけでは不足なのでしょうね」

「さっさと起訴をして、裁判になれば、真実が語られるかもしれない、とかは?」

「そんな甘いものではないと思いますよ」

「でもさ、本人が、自分が犯人だと主張している以上、起訴しないわけにいかないんじゃない?」

「それも、難しいところですね。昔とは違います」

「だよね……。どうも、考えだすと、堂々巡りになるのよ」

「なりますね」

「こういうネストって、初心者が作ったプログラムで、よくなるよね」

「あるいは、不起訴ってことになるかもしれません。その場合は、福川学長を撃ったのは、蔵本先生ということになります。検察としても、その方が安全だと考える可能性はあります」

「うーん、そうかあ……」島田は腕組みをした。「いやいや、こんな話をしにきたんじゃなかった」彼女は姿勢を正した。「実はね、私、あそこを辞めることにしたの」

「え、大学をですか?」

「そう……。もともとさ、福川先生に呼ばれて行ったんだもん、先生が亡くなったら、もうバックアップもないし、たぶん昇格もできないし、そのうちリストラされるかもしれないじゃん。そうなるまえに、若いうちに転職しようって、考えたわけ」

「どちらへ？　もう決まったんですか？」

「うん、今度は、また、おもちゃ会社。でも、ゲームじゃないのよ。お人形を作っている中小企業」

「へえ……。そうなんですか。東京ですか？」

「違うの、日本じゃないの。香港《ホンコン》」

「あ、じゃあ、遠くなりますね」

「そんなことない。日本の田舎の方が遠い感じじゃない。それに、ネットがあるから、関係ないし」

「ええ、それは、そうですね」

それから、島田は、自分が大学でやっていた研究の話をした。研究は面白かったけれど、論文を書くのが面倒だと苦笑する。

「結局ね、そういう面倒を切り離そうと思った。そんなに、他人から評価してもらう必要もないかって。もう、この歳になったら、自分がどれほどのものか、だいたいわかるもんね」

「それがわかることが、ちょっと辛いときもありますね。研究をしていて一番感じるのは、その辛さです」

「西之園さんほどの天才が、そんなこと言うの？　私、気づくのが遅かったってことか？」

「私は天才でもなんでもありません。天才っていうのは……」

「犀川先生？」

「ええ、犀川先生は、私なんか足許にも及びませんけれど、でも、やっぱり、真賀田博士でしょうね」

「あの人は、もう人間じゃないから」島田は微笑んだ。「測れないのよ。比較対象がいないから。本当に一人なのって思うし、本当に生きているのって思う」

「どんな人たちが、周りにいるんでしょうね」

「取り囲んでいる人たちも、例外なく天才。じゃないと、近づくこともできないと思う。あ、西之園さん、会いにいけば良いのに」

「どうやって？」

「会いたいと思えば、会えると思うな」

「うーん、どうしようかな」西之園は微笑んだ。でも、それは正直な言葉だった。若いときの自分なら、会いたかっただろう。だから、会ったのだ。島田が言うとおり、会いたければ会えるにちがいない。でも、もうずっと昔のことになった。今の自分は、たぶんそれを避けようとしている。それは、恐いからだろうか。壊されたくないからだろうか。

壊されたくない、と感じるのは、作り上げつつあるものを持っているからだ。

あの頃の自分は、なにも持っていなかった。失うものがなかった。

そう、なかったのだ。

でも……、

今は、それがあるような気がする。

だから……。

「私はね、脱落者なんだよなぁ」島田は呟いた。しかし、短い溜息をついたあと、彼女はにっこりと微笑む。今まで見たなかで、一番チャーミングだと西之園は思った。

＊

加部谷恵美は、M大の建築学科の建物の一室にいた。この建物は、海岸線の堤防まで数十メートルの距離で、部屋の窓からは海が見える。会合が終わって、彼女はバッグに資料を仕舞って立ち上がった。

M大の教授が主催する研究会に県庁からも一名メンバを送り込んでいる。半年に一度は加部谷に順番が回ってくる。しかも、この頃は少し多くなっていて、三カ月振りだった。通路で挨拶をして主査の教授と別れたあと、十人ほどのメンバは階段を下りていった。加部谷は逆に階段を上り、山吹早月助教の部屋を訪ねた。メールで訪問は伝えてある。時刻は間もなく午後六時。今日は金曜日なので、解放感が僅かに体重を軽く感じさせていた。

ノックをして部屋のドアを開けた。学生たちもいる大部屋なので、本当はノックなしでいきなり開けて良いことになっている。

「こんにちは。あれ？」部屋の中は想像しなかった光景だった。模様替えがあったようだ。三人の若い男性がこちらを見ていた。知らない顔ばかり。山吹はいないし、デスクもない。「失礼しました。ごめんなさい」

背後で、通路の反対側のドアが開いた。

「こっちだよ、加部谷さん」山吹が言った。「プレートをよく見て」

変だなと思いながら、そちらの部屋に入った。

「こちらへ引っ越したんですか？」

「うん、だいぶまえだよ」

「それくらい、来なかったんですね」改めてお辞儀をした。「お久しぶりです」

「学会で会ったじゃない」

一カ月半ほどまえのことだ。たしかにそのとおりである。忘れていたわけではない。一カ月半というのは、友達だったら久し振りではないか、という主張を胸に秘める。

「うわぁ、なんか家具が新しくないですか？　素敵な部屋ですね」

以前は、広いが大部屋で、院生数人のデスクと並んでいた。この部屋は、明らかに個室だ。面積はまえよりも狭いが、書棚に囲まれたデスクは、もう〈大学の先生〉のオフィスだった。

「いつもなら、生協か喫茶店へ行くところだけれど、今日はここでコーヒーを出すよ」山吹はそう言って、食器棚があるコーナに立った。冷蔵庫もシンクもそこにある。

「あ、じゃあ、ちょうど良いです」加部谷は、バッグから箱を取り出した。「これ、お土産です」

「あ、お菓子？」

「違います。開けてみて下さい」

コーヒーメーカの前で豆を挽《ひ》いていた山吹は、加部谷から箱を受け取り、それを開けた。

「あ、コーヒーカップだ。へえ……」彼はそれを手に取って眺めた。「どこのお土産？」

「いえ、まあ、どこでも良いじゃないですか」

「ふうん、あ、イニシャルが入っているね」彼は、カップの片側にある〈S. Y.〉という飾り文字に気づいた。「わざわざ、僕のために？」

「わざわざ……、では、ありますね。ええ。うーん、まあ、練習というか……」

「練習？」

「まあまあ、あまり深く考えずに」

「どうもありがとう。じゃあ、これで飲もうかな」山吹は嬉しそうだ。

「割れやすいですから、気をつけて下さいね」

「うん、わかった……。どうして、割れやすいの？」

「うーん、まあ、実証済みというか……」

「ふうん」彼は、カップを持ってコーヒーメーカの方へ戻った。粉をフィルタに移している。「とにかく、久し振りに嬉しいなあ。あまり、女の子からものをもらったことないから」

「昨年も、今年も、チョコレートを渡しましたけれど」

「あれ、そうだった？　あ、ごめんごめん」

おしゃべりをしているうちに、良い香りが漂い、コーヒーができた。山吹は、加部谷が作ったカップでそれを飲んだ。加部谷は、ムーミンの絵付きカップで飲んだ。どうして、こういう可愛らしいものがここにあるのか不思議である。

「あの事件については、その後、なにか情報がありましたか？」カップをテーブルに戻して、加部谷は尋ねる。

「いや、全然」山吹は首をふる。「どうなったの？　加部谷さんの方が詳しいんじゃない？」

「私は、ネットのニュースしか見ていません」

「僕は、それも見ていない」

「えっと、スマリさんが、殺人罪で起訴されましたね」

「そうなんだ。じゃあ、検察は、彼が撃ったと立証できる自信があるんだね」

「結局、よくわかりませんよね」

「そう？」

「わかりますか？」

「誰が学長を撃ったのかは、わからないね。でも、学長が死んだことは確かだから、これは、よくわかるってことなんじゃあ」

「結果しかわからないわけですよね」

「結果がわかっているだけでも、うん、ましといったら怒られるけれど……。だって、たとえば、環境問題とか、結果さえわからないよね。今がどうなのか」

「そうなんですか」

「そうだよ」

「私は、あのキウイの意味が知りたいですよ。あと、γっていう文字とか」

「どうして知りたいの？」

「どうしてって……、理由がわからないから」

「理由をわからなくさせてやろうっていうのが、理由なんじゃない？」

「攪乱《かくらん》ですか？　あれは、蔵本先生？　それともスマリさん？　それとも、まったく別の人がやったんですか？」

「その後起きないところを見ると、前者二人のどちらかか、あるいは、そう思わせたい第三者か」

「結局、わからないじゃないですか」

「でも、たとえば、このカップにさ、僕のイニシャルが書いてあるのは、どうして？　何の意図がある？」

「え？　いえ、それは……、だって、私が書いたんですから」

「え！　加部谷さんが書いたの？」山吹はカップを持ち上げた。「あ、しまった」コーヒーが零《こぼ》れた。山吹は立ち上がって、シンクの方へ歩いていく。

「おっちょこちょいですよね」加部谷は言ってやった。

「そういうこと、先輩に向かって言う？」

「もう、社会人ですから」加部谷は笑顔で胸を張る。

「そうか、加部谷さんが作ったのか……」ティッシュでカップを拭いている。「どうりで垢抜けないなって思った」

「そういうことを、可愛い後輩に向かって言いますか?」

山吹は笑った。それは少し懐かしい笑顔だった。学生のときには毎日見ていたものだったからだ。

三十分ほど話をして、加部谷は山吹の部屋を辞去した。建物から出ると、潮の香りがした。もう日は落ちているが、空には明るさが残っている。アスファルトの上を歩きながら、夕食は何にしようかな、と考えた。たぶん、それはコンビニで決まるだろう。

でも、なにか作ってみようかな、金曜日なんだし、とも考え直す。駅前にスーパがある。あそこで野菜を買って……、えっと、油がまだあったかな?

それから、山吹に渡したコーヒーカップのことを思い浮かべた。それとほぼ同じものが、彼女の部屋のデスクでペン立てになっている。接着剤で修復したものだから、もう液体は入れられない。誰が見るわけでもないのに、なんとなく恥ずかしいから、〈K. K.〉のイニシャルを壁に向けて置いている加部谷だった。

解説——張り詰めた頂点の恐怖と興奮

雨宮まみ（ライター）

今作が初めて読む森博嗣作品だという方も、そうでない方も、今このページを開いてどうもやり場のないすっきりしない気持ちを抱えていらっしゃるのではないでしょうか。殺人についての謎は解決、しかし重要な小道具のように思われたキウイやγ《ガンマ》、なぜ殺人が行われたかという理由については、十分な説明がないまま終わっているわけですから。

それは今作に限ったことではなく、この「Gシリーズ」に共通して言えることです。殺人事件自体は解決する。トリックも解き明かされる。しかし、シリーズ全体に通じる謎は、一作の中では解決しない。

正直なところ、私はこの「Gシリーズ」は、大学生の主人公たち（今作では社会人になっていますが）のキャラクタで軽く楽しく読めるものの、ひとつひとつの事件にものすごくずっしりした何かがあるとか、一冊読み終えたあとの読後感に手応《てごた》えがあるとか、そういう感覚がなく、これはわざとそうした軽く、わずかに思わせぶりな読み応えを狙ったシリーズなのだと思っていました。この一冊を読んだだけでは全体を理解することはできないし、これが初めて手に取った一冊だったとしたら、それはどちらかというと不運なことなのかも、と思ったりもしました。

しかし、それは大きな間違いで、今作が初めての森博嗣作品だという方も、今作が初めての「Gシリーズ」だという方も、極めて幸運だと今は言えます。これを読めた人たちは、次作の『χ《カイ》の悲劇』から始まる「Gシリーズ」の大詰めの手前、クライマックスの手前に間に合ったということなのですから。

これを言うと読書意欲が削《そ》がれる方もいらっしゃるかもしれませんが、森博嗣作品の多くは、複数のキャラクタを通じてつながっています。読んでいるこちらも未知なことがまだまだあり、つながっている作品なのかそうでないのか判断ができないものもあります。全体でサーガになっていると言えるし、それを知らなくても十分に楽しめる部分もあります。

解説を書く身としては、知らなくても面白いですよと自信満々に勧めたいところだし、奇妙な事件の成り行きや人間関係を読むだけでも引き込まれる人は引き込まれるだろうと思うのですが、どうしても自信満々に「これ一冊だけで絶対楽しめますよ！」とは言い難いものがあります。「Gシリーズ」には、ところどころにヘンゼルとグレーテルが残していったパンくずのような手がかりがちりばめられており、現在最新作である『χの悲劇』から続く三作で、おそらくそれらの伏線が回収されるであろう予感があるからです。これまでさらっと読めるシリーズだな、あまり引っかかりがないな、と平面的に感じていたこのシリーズが、一気に立体として立ち上がってくるかのような展開が次作から待っています。これは、やはり、シリーズを通して読んでいなければ味わえない快感であって、今作を読んでしまった行きがかり上もうシリーズ全部読んでくれとしか言いようがないのです。最高の結末を最高のコンディションで見届けるためには、読んでくれとしか言えないんです。

たまたまこの作品を初めて見かけて手に取った人にとっては、めちゃくちゃハードル高いですよね。でも、仕方がありません。運命だと思って諦《あきら》めて受け入れて、読んでください。森博嗣作品の醍醐味《だいごみ》は、「これが代表作だから、これだけまず読んでね」と一冊や二冊を挙げられないところにこそあるのです。「S&Mシリーズ」「Vシリーズ」「四季」などのシリーズ作を続けて読んでいくうちにやっと解けてくる謎があり、そのつながりが見えてくる瞬間こそが最高に面白いのですから。

　とはいえ、それでもまだ、「S&Mシリーズ」や「Vシリーズ」には、一作の中で殺人の動機にあたる部分に対する説明がある程度なされており、一冊の独立した作品としてまだ読みやすく、読み応えを感じやすかったのですが、この「Gシリーズ」からは少し様子が変わってきます。森博嗣の作品の書き方がある時期から変わったと私は感じていて、サービス精神はあるものの、いずれわかることは過剰に説明しないスタイルになったと理解しています。

　よりシンプルな書き方になり、削ぎ落とされた形になり、洗練された、と僭越《せんえつ》ながら感じます。読む人を選ぶ作品を書くことを恐れなくなった、とも感じています。読み始めたときは、軽く柔らかい作品だと感じていたのに、今作まで来てやっと、これがいかにソリッドなシリーズなのかを実感しています。

　ミステリ作品なので、なぜ、どのようにして事件が起きたのかという謎解きを楽しむものではあるのですが、森作品を読む喜びはもうひとつあります。それは、作品を通して森博嗣の思考の鋭さに触れることです。

　今作では、例えばこういう箇所がそれにあたります。

「誰かが死んでも、誰かがそれを補って、すべてが回ってゆくのだな、と彼女は思った。それは、切ないとか、冷たいとか、そういうことでは全然なく、むしろその反対。つまり、そのために人間が大勢いて、それこそが集団の力、つまり人間の力なのではないか、と頼もしく感じるのだった。」

これに近いことを、私は最近、自分の身に起きたことで感じる機会がありました。自分自身が代替可能な存在であること、そのことを受け入れざるを得ないこと、受け入れなければ、と思うときに、なぜか悲しい気持ちになること。そういうことを体験しました。社会にとっては代替可能な存在であって良いし、それが当たり前だけれど、誰かにとっては代替不可能な存在であってほしいと願う気持ちがあり、その「誰か」にとって、代替可能な存在であるということは、切なく寂しいことだ、と自分は感じるのだな、と。

私自身のものの感じ方は平凡で、一般的だと思いますが、自分と同じような感じ方をする人の文章を読んで共感したいという欲求はあまりありません。実体験として知っていることを、わざわざ「自分だけでなく、他の人もそう感じるんだ」と知って安心したいとは思わないからです。知って安心したとしても、私自身が代替可能な存在であることは変わらない。それならそうとはっきり言ってもらったほうがいいし、違う視点からそこに見える希望のようなものを見出《みいだ》してみたいと思うのです。それが、感情的に受け入れ難い考えであっても。

森博嗣の作品を読むことは、ミステリを読むことであると同時に、私にとってはある種、哲学書を読むことに近いです。自分とはまったく違う価値観を読み、知ること。次元の違う考え方や視点から見えてくる世界を見ること。なぜ、こんなに長いサーガになっているのかという理由もそこにあります。今の世の中で通用しているものと違う価値観を、リアリティをもって提示するのに、それだけの多面的なアプローチと時間軸が必要だということです。

殺人が起きるミステリを「平和的」と表現するのにはためらいがありますが、個々の殺人事件がまだ牧歌的に感じられるほど、このサーガが紡《つむ》ぎだそうとしている世界は、私には恐ろしいです。未知のもの、自分では発想できないものだから怖いと感じるのかもしれませんが、「S&Mシリーズ」を読んでいたときには「まさかそんな未来が来るはずがない」と思っていたことが、今は当たり前のように現実になっています。今作の中にも、SNS中毒のような状態にある人間を「まるで家畜」と言う場面がありますが、この作品が書かれた二〇一三年には、まだ日本ではLINEの流行は来ていませんでしたし、instagramも今ほど誰もが使っているツールではありませんでした。複数のSNSでアカウントを持ち、発信し、受信するというのが一般的になったのは、それほど昔ではありません。

この物語は、いったい、どこまでを描き、どこまで行くのでしょうか。おそらく「Gシリーズ」の中だけでは終わらないでしょう。現時点では、すでに四作目まで刊行されている「Wシリーズ」が最先端を描くものだと思いますが、いくつかのことは近い将来現実になるでしょうし、現実が追いついてくるべきものとして書かれている小説である、とも感じます。SFではなく、実際に可能性が十分にあり、危険性も十分にある、近い未来の本当の話を、私たちは読んでいる。それはとても怖くて、魅力的で、面白いことなのです。どうして、怖いことがこんなに面白いのでしょう。受け入れ難いことをはっきり言われるのが、こんなに気持ちいいのでしょう。その答えを知りたくて、繰り返し読んでいる気がします。

森博嗣著作リスト

（二〇一六年十一月現在、講談社刊。＊は講談社文庫に収録予定）

◎S&Mシリーズ

すべてがFになる／冷たい密室と博士たち／笑わない数学者／詩的私的ジャック／封印再度／幻惑の死と使途／夏のレプリカ／今はもうない／数奇にして模型／有限と微小のパン

◎Vシリーズ

黒猫の三角／人形式モナリザ／月は幽咽のデバイス／夢・出逢い・魔性／魔剣天翔／恋恋蓮歩の演習／六人の超音波科学者／捩れ屋敷の利鈍／朽ちる散る落ちる／赤緑黒白

◎四季シリーズ

四季　春／四季　夏／四季　秋／四季　冬

◎Gシリーズ

φ《ファイ》は壊れたね／θ《シータ》は遊んでくれたよ／τ《タウ》になるまで待って／ε《イプシロン》に誓って／λ《ラムダ》に歯がない／

η《イータ》なのに夢のよう／目薬α《アルファ》で殺菌します／ジグβ《ベータ》は神ですか／**キウイγ《ガンマ》は時計仕掛け**（本書）／χ《カイ》の悲劇（＊）

◎Xシリーズ

イナイ×イナイ／キラレ×キラレ／タカイ×タカイ／ムカシ×ムカシ（＊）／サイタ×サイタ（＊）

◎百年シリーズ

女王の百年密室（新潮文庫刊・講談社文庫二〇一七年一月刊行予定）／迷宮百年の睡魔（新潮文庫刊・講談社文庫二〇一七年二月刊行予定）／赤目姫の潮解

◎Wシリーズ（すべて講談社タイガ）

彼女は一人で歩くのか？／魔法の色を知っているか？／風は青海を渡るのか？／デボラ、眠っているのか？／私たちは生きているのか？（二〇一七年二月刊行予定）

◎短編集

まどろみ消去／地球儀のスライス／今夜はパラシュート博物館へ／虚空の逆マトリクス／レタス・フライ／僕は秋子に借りがある　森博嗣自選短編集／どちらかが魔女　森博嗣シリーズ短編集

◎シリーズ外の小説

探偵伯爵と僕／銀河不動産の超越／喜嶋先生の静かな世界／実験的経験

◎クリームシリーズ（エッセイ）

つぶやきのクリーム／つぼやきのテリーヌ／つぼねのカトリーヌ／ツンドラモンスーン／つぼみ茸ムース（二〇一六年十二月刊行予定）

◎その他

森博嗣のミステリィ工作室／１００人の森博嗣／アイソパラメトリック／悪戯王子と猫の物語（ささきすばる氏との共著）／悠悠おもちゃライフ／人間は考えるＦになる（土屋賢二氏との共著）／君の夢　僕の思考／議論の余地しかない／的を射る言葉／森博嗣の半熟セミナ　博士、質問があります！／ＤＯＧ＆ＤＯＬＬ／ＴＲＵＣＫ＆ＴＲＯＬＬ

☆詳しくは、ホームページ「森博嗣の浮遊工作室」を参照
(https://www.ne.jp/asahi/beat/non/mori/)
（２０２０年11月より、ＵＲＬが新しくなりました）

■冒頭および作中各章の引用文は『魔術から数学へ』(森毅著、講談社学術文庫)によりました。
■本書は、二〇一三年十一月、小社ノベルスとして刊行されました。

|著者|森　博嗣　作家、工学博士。1957年12月生まれ。名古屋大学工学部助教授として勤務するかたわら、1996年に『すべてがＦになる』（講談社）で第１回メフィスト賞を受賞しデビュー。以後、続々と作品を発表し、人気を博している。小説に『スカイ・クロラ』シリーズ、『ヴォイド・シェイパ』シリーズ（ともに中央公論新社）、『相田家のグッドバイ』（幻冬舎）、『喜嶋先生の静かな世界』（講談社）など、小説のほかに、『自由をつくる　自在に生きる』（集英社新書）、『孤独の価値』（幻冬舎新書）などの多数の著作がある。2010年には、Amazon.co.jpの10周年記念で殿堂入り著者に選ばれた。ホームページは、「森博嗣の浮遊工作室」(https://www.ne.jp/asahi/beat/non/mori/)。

キウイγ《ガンマ》は時計《とけい》仕掛《じか》け　KIWI γ IN CLOCKWORK

森《もり》　博嗣《ひろし》

講談社文庫

定価はカバーに
表示してあります

2016年11月15日第１刷発行
2024年12月25日第６刷発行

発行者――篠木和久
発行所――株式会社　講談社
東京都文京区音羽2-12-21　〒112-8001
電話　出版　(03) 5395-3510
　　　販売　(03) 5395-5817
　　　業務　(03) 5395-3615

KODANSHA

Printed in Japan

デザイン―菊地信義
本文データ制作―講談社デジタル製作
印刷―――株式会社KPSプロダクツ
製本―――株式会社KPSプロダクツ

ISBN978-4-06-293541-8

講談社文庫刊行の辞

二十一世紀の到来を目睫に望みながら、われわれはいま、人類史上かつて例を見ない巨大な転換期をむかえようとしている。

世界も、日本も、激動の予兆に対する期待とおののきを内に蔵して、未知の時代に歩み入ろうとしている。このときにあたり、創業の人野間清治の「ナショナル・エデュケイター」への志を現代に甦らせようと意図して、われわれはここに古今の文芸作品はいうまでもなく、ひろく人文・社会・自然の諸科学から東西の名著を網羅する、新しい綜合文庫の発刊を決意した。

激動の転換期はまた断絶の時代である。われわれは戦後二十五年間の出版文化のありかたへの深い反省をこめて、この断絶の時代にあえて人間的な持続を求めようとする。いたずらに浮薄な商業主義のあだ花を追い求めることなく、長期にわたって良書に生命をあたえようとつとめるところにしか、今後の出版文化の真の繁栄はあり得ないと信じるからである。

同時にわれわれはこの綜合文庫の刊行を通じて、人文・社会・自然の諸科学が、結局人間の学にほかならないことを立証しようと願っている。かつて知識とは、「汝自身を知る」ことにつきていた。現代社会の瑣末な情報の氾濫のなかから、力強い知識の源泉を掘り起し、技術文明のただなかに、生きた人間の姿を復活させること。それこそわれわれの切なる希求である。

われわれは権威に盲従せず、俗流に媚びることなく、渾然一体となって日本の「草の根」をかたちづくる若く新しい世代の人々に、心をこめてこの新しい綜合文庫をおくり届けたい。それは知識の泉であるとともに感受性のふるさとであり、もっとも有機的に組織され、社会に開かれた万人のための大学をめざしている。大方の支援と協力を衷心より切望してやまない。

一九七一年七月

野間省一

講談社文庫　目録

講談社文庫　目録

森　博嗣　赤 緑 黒 白 〈Red Green Black and White〉
森　博嗣　四季 春～冬
森　博嗣　φ《ファイ》は壊れたね 〈PATH CONNECTED φ BROKE〉
森　博嗣　θ《シータ》は遊んでくれたよ 〈ANOTHER PLAYMATE θ〉
森　博嗣　τ《タウ》になるまで待って 〈PLEASE STAY UNTIL τ〉
森　博嗣　ε《イプシロン》に誓って 〈SWEARING ON SOLEMN ε〉
森　博嗣　λ《ラムダ》に歯がない 〈λ HAS NO TEETH〉
森　博嗣　η《イータ》なのに夢のよう 〈DREAMILY IN SPITE OF η〉
森　博嗣　目薬α《アルファ》で殺菌します 〈DISINFECTANT α FOR THE EYES〉
森　博嗣　ジグβ《ベータ》は神ですか 〈JIG β KNOWS HEAVEN〉
森　博嗣　キウイγ《ガンマ》は時計仕掛け 〈KIWI γ IN CLOCKWORK〉
森　博嗣　χ《カイ》の悲劇 〈THE TRAGEDY OF χ〉
森　博嗣　ψ《プサイ》の悲劇 〈THE TRAGEDY OF ψ〉
森　博嗣　イナイ×イナイ 〈PEEKABOO〉
森　博嗣　キラレ×キラレ 〈CUTTHROAT〉
森　博嗣　タカイ×タカイ 〈CRUCIFIXION〉
森　博嗣　ムカシ×ムカシ 〈REMINISCENCE〉
森　博嗣　サイタ×サイタ 〈EXPLOSIVE〉
森　博嗣　ダマシ×ダマシ 〈SWINDLER〉
森　博嗣　女王の百年密室 〈GOD SAVE THE QUEEN〉
森　博嗣　迷宮百年の睡魔 〈LABYRINTH IN ARM OF MORPHEUS〉
森　博嗣　赤目姫の潮解 〈LADY SCARLET EYES AND HER DELIQUESCENCE〉
森　博嗣　馬鹿と嘘の弓 〈Fool Lie Bow〉
森　博嗣　歌の終わりは海 〈Song End Sea〉
森　博嗣　まどろみ消去 〈MISSING UNDER THE MISTLETOE〉
森　博嗣　地球儀のスライス 〈A SLICE OF TERRESTRIAL GLOBE〉
森　博嗣　レタス・フライ 〈Lettuce Fry〉
森　博嗣　僕は秋子に借りがある I'm in Debt to Akiko 〈森博嗣自選短編集〉
森　博嗣　どちらかが魔女 Which is the Witch? 〈森博嗣シリーズ短編集〉
森　博嗣　喜嶋先生の静かな世界 〈The Silent World of Dr.Kishima〉
森　博嗣　そして二人だけになった 〈Until Death Do Us Part〉
森　博嗣　つぶやきのクリーム 〈The cream of the notes〉
森　博嗣　ツンドラモンスーン 〈The cream of the notes 4〉
森　博嗣　つぼみ茸《きのこ》ムース 〈The cream of the notes 5〉
森　博嗣　つぶさにミルフィーユ 〈The cream of the notes 6〉
森　博嗣　月夜のサラサーテ 〈The cream of the notes 7〉
森　博嗣　つんつんブラザーズ 〈The cream of the notes 8〉
森　博嗣　ツベルクリンムーチョ 〈The cream of the notes 9〉
森　博嗣　追懐のコヨーテ 〈The cream of the notes 10〉
森　博嗣　積み木シンドローム 〈The cream of the notes 11〉
森　博嗣　妻のオンパレード 〈The cream of the notes 12〉
森　博嗣　カクレカラクリ 〈An Automaton in Long Sleep〉
森　博嗣　DOG&DOLL
森　博嗣　森には森の風が吹く 〈My wind blows in my forest〉
森　博嗣　アンチ整理術 〈Anti-Organizing Life〉
萩尾望都 森 博嗣 原作　トーマの心臓 〈Lost heart for Thoma〉
諸田玲子　森家の討ち入り
森　達也　すべての戦争は自衛から始まる
本谷有希子　腑抜けども、悲しみの愛を見せろ
本谷有希子　江利子と絶対 〈本谷有希子文学大全集〉
本谷有希子　あの子の考えることは変
本谷有希子　嵐のピクニック
本谷有希子　自分を好きになる方法
本谷有希子　異類婚姻譚
本谷有希子　静かに、ねえ、静かに
茂木健一郎　「赤毛のアン」に学ぶ幸福《しあわせ》になる方法
森　林原人　セックス幸福論 〈偏差値78のAV男優が考える〉

2024年9月13日現在